DANILA MONTANARI

Tod eines Gladiators

Buch

Brot und Spiele – Kaiser Claudius weiß, wie man die Römer bei Laune hält. Die unter seiner Ägide veranstalteten Gladiatorenkämpfe im Amphitheater der ewigen Stadt sind ein gesellschaftliches Ereignis ersten Ranges. Ganz Rom ist anwesend, der Adel und das Volk, Kaiser Claudius mit seinem Hofstaat und seiner Gattin Messalina, die für ihre zahlreichen Affären bekannt ist. Natürlich weilt auch Senator Publius Aurelius unter den geladenen Gästen. Höhepunkt der Spiele ist der Kampf zwischen dem Thraker Chelidonis, dem gefeierten Star der Arena, und Quadratus, einem völlig unbekannten Gladiator. Der Wettkampf beginnt, und wie erwartet gewinnt Chelidonis schnell die Oberhand über seinen unerfahrenen Gegner. Doch dann ergreifen Überraschung und Entsetzen die Menge, als Chelidonis plötzlich tot zusammenbricht – ermordet, wie sich herausstellt. Gigantische Wetten platzen, ganze Erbschaften wechseln die Besitzer. Das Volk ist aufgebracht und ruft nach dem Namen des Mörders. Publius Aurelius wird vom Kaiser höchstpersönlich mit der Lösung des Falles beauftragt. Sein Weg führt ihn hinter die Kulissen des Amphitheaters, mitten in die düstere Welt der Gladiatoren und gedungenen Kämpfer …

Autorin

Danila Montanari wurde 1948 in Bologna geboren. Sie arbeitete als Geschichtslehrerin, bis sie den ersten Roman um ihren Serienhelden Publius Aurelius veröffentlichte. Seitdem widmet sie sich nur noch dem Schreiben und ihren Hobbys, zu denen neben dem Aufsuchen archäologischer Ausgrabungsstätten auch das Lesen von Krimis, historischen Sachbüchern und lateinischen, griechischen und chinesischen Klassikern gehört. Danila Montanari ist eine begeisterte Nutzerin des Internet, wo sie einige Homepages verwaltet (u. a. die über ihren Serienhelden Publius Aurelius: http://digilander.libero.it/roma10/AURELIO/publio.htm). Sie lebt mit ihrem Mann und ihrer Tochter in Bologna. Der nächste Fall für Publius Aurelius ist bei Goldmann in Vorbereitung.

Von Danila Montanari außerdem im Goldmann Verlag lieferbar:

Der Fluch des Orakels. Ein Fall für Publius Aurelius (45337)

Danila
Montanari

Tod eines Gladiators

Ein Fall für
Publius Aurelius

Aus dem Italienischen
von Sigrun Zühlke

GOLDMANN

Die Originalausgabe erschien 1999 unter dem Titel
»Morituri te salutant«
bei Hobby & Work, Mailand.

1. Auflage
Deutsche Erstveröffentlichung August 2003

Umschlaggestaltung: Design Team München
Umschlagfoto: AKG Images
Satz: Uhl+Massopust, Aalen
Druck: Elsnerdruck, Berlin
Verlagsnummer 45321
JE · Herstellung: Heidrun Nawrot
Redaktion: Kristina Lake-Zapp
Made in Germany
ISBN 3-442-45321-6
www.goldmann-verlag.de

»Die Kunst, ein gutes Leben zu leben,
und diejenige, einen guten Tod zu sterben,
ist dieselbe.«

EPIKUR

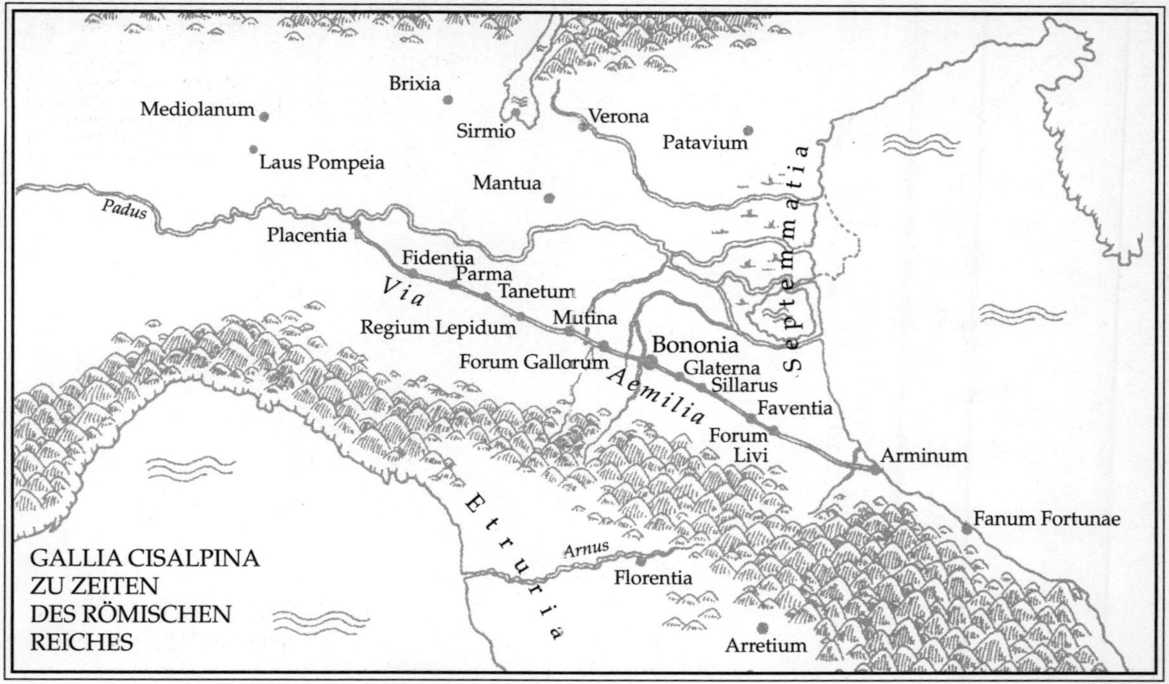
GALLIA CISALPINA
ZU ZEITEN
DES RÖMISCHEN
REICHES
Brixia
Mediolanum
Sirmio
Verona
Patavium
Laus Pompeia
Mantua
Padus
Placentia
Fidentia
Parma
Tanetum
Via
Aemilia
Mutina
Regium Lepidum
Bononia
Forum Gallorum
Glaterna
Sillarus
Faventia
Forum
Livi
Septemmatia
Arminum
Fanum Fortunae
Etruria
Arnus
Florentia
Arretium

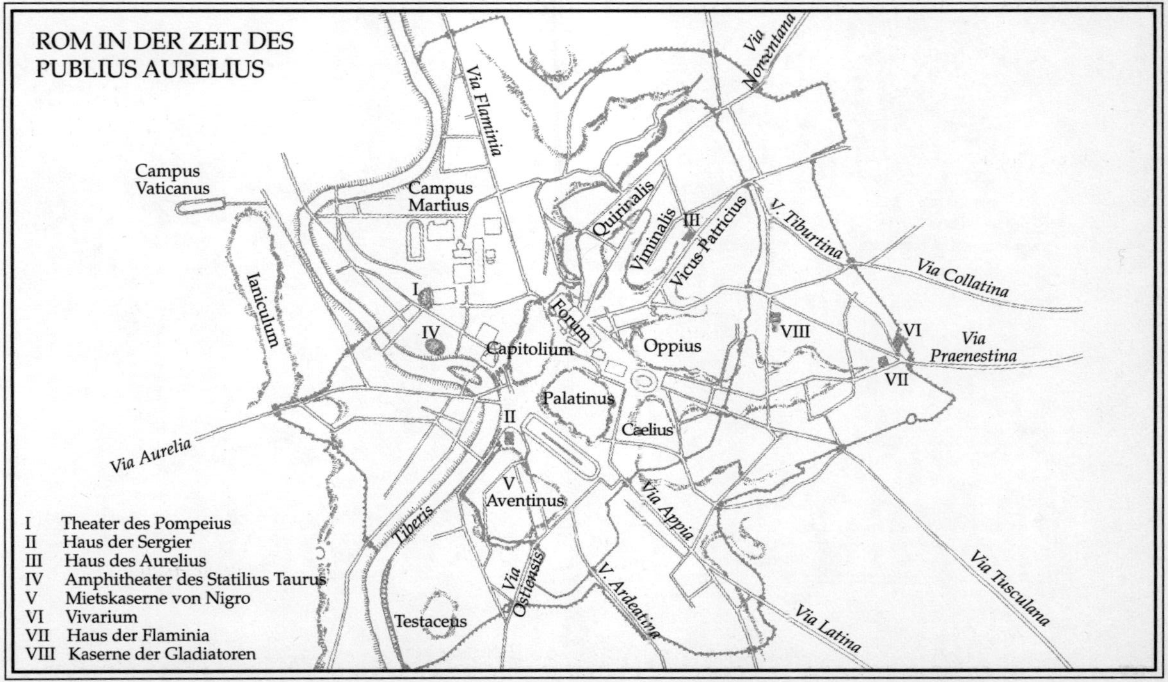

ROM IN DER ZEIT DES
PUBLIUS AURELIUS
Campus
Vaticanus
Ianiculum
Via Aurelia
Campus
Martius
Via Flaminia
Via
Nomentana
Quirinalis
Viminalis
III
Vicus Patricius
V. Tiburtina
Via Collatina
I
IV
Capitolium
Forum
Oppius
VIII
VI
Via
Praenestina
VII
Palatinus
II
Caelius
V
Aventinus
Tiberis
Via Appia
Via
Ostiensis
V. Ardeatina
Via Latina
Via Tusculana
Testaceus
I Theater des Pompeius
II Haus der Sergier
III Haus des Aurelius
IV Amphitheater des Statilius Taurus
V Mietskaserne von Nigro
VI Vivarium
VII Haus der Flaminia
VIII Kaserne der Gladiatoren

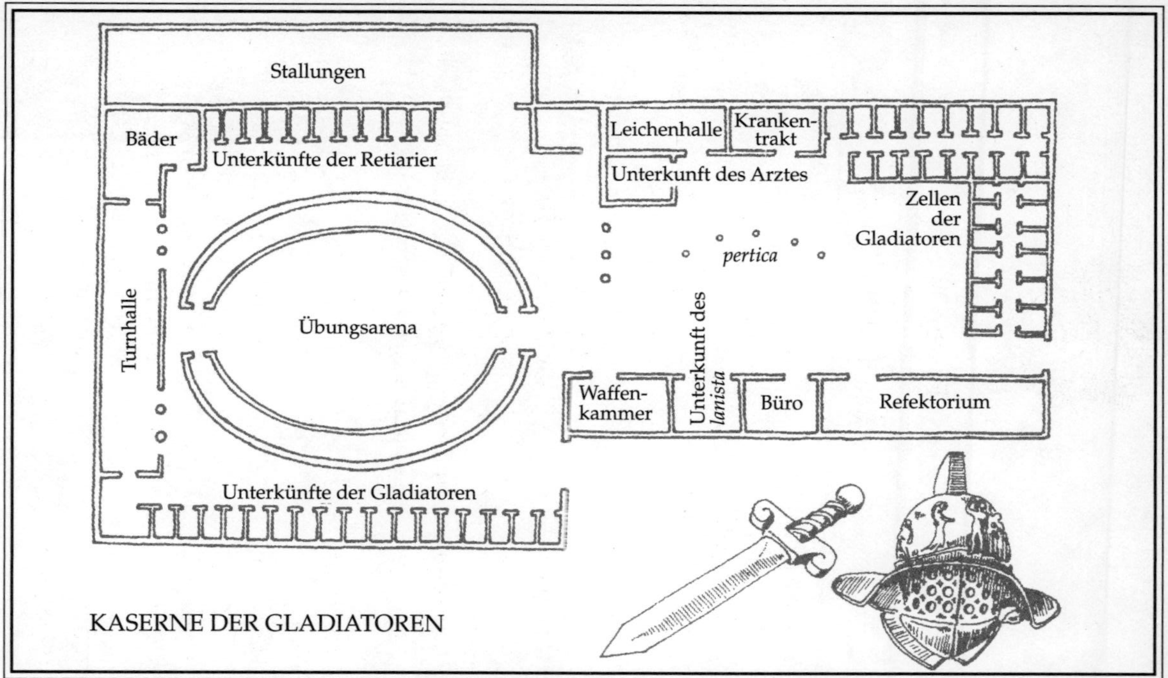
Stallungen
Bäder
Unterkünfte der Retiarier
Leichenhalle
Kranken-
trakt
Unterkunft des Arztes
Zellen
der
Gladiatoren
pertica
Turnhalle
Übungsarena
Unterkunft des
lanista
Waffen-
kammer
Büro
Refektorium
Unterkünfte der Gladiatoren
KASERNE DER GLADIATOREN

Personen

In der Urbs

Publius Aurelius Statius	römischer Senator
Castor und Paris	Freigelassene von Aurelius
Servilius und Pomponia	Freunde von Aurelius
Sergius Mauricus	bekannter Rechtsanwalt
Sergia	seine Schwester
Nissa	berühmte Schauspielerin der Pantomime
Flaminia	unbekannte Dame
Claudius Caesar	Kaiser des Römischen Reiches

In der Kaserne der Gladiatoren

Chelidonis	Held der Arena
Turius	Gladiator, sein Freund
Heliodorus	Gladiator aus Sizilien
Gallicus	keltischer Gladiator
Herkules	Gladiator aus Sarmatien
Arduina	Britannische Gladiatorin
Quadratus	Gegner von Chelidonis
Aufidius	*lanista*
Chrysippos	Arzt

Essedarier	Gladiator, der vom Streitwagen aus kämpft
Mirmillone	Gladiator, dessen Helm mit einem Fisch geschmückt ist
Retiarier	Gladiator, der mit Netz und Dreizack kämpft
Samniter	Gladiator, der in einer prächtigen Rüstung und mit dem Langschwert kämpft
Sekutor	»Verfolger«; Gladiator, der gegen einen Retiarier antritt
Thraker	Gladiator, der nur einen kleinen Rundschild und Beinschienen trägt und mit einem kurzen Schwert oder Krummsäbel kämpft

I

Rom im Jahre 798 *ab urbe condita*

(Sommer 45 n. Chr.)

Vigilie der Kalenden des Juni

Senator Publius Aurelius Statius saß etwas steif an der Seite von Titus Servilius auf der überdachten Tribüne hinter der kaiserlichen Loge.

Das Amphitheater von Statilius Taurus auf dem Marsfeld war schon zum Bersten gefüllt, und dennoch strömten immer noch mehr Menschen durch die *vomitoria,* die langen Eingangskorridore für das einfache Volk, hinein. An die Spiele dieses Tages würde man sich wahrlich noch lange erinnern: Claudius, begeisterter Anhänger der *ludi,* hatte weder Kosten noch Mühen gescheut, um dem Volk von Rom das Beste vom Besten zu bieten; es sollte alles übertreffen, was man je an Gladiatorenkämpfen zu sehen bekommen hatte.

Die Arena war mit großen Stoffbahnen überdacht, welche das Publikum vor der sengenden Sonne schützten. In der Mitte war ein künstlicher Berg aufgeschüttet, auf dem ein Stück tropischen Urwalds naturgetreu nachgebaut war. Hier würden nachher die Kämpfer die wilden Tiere heraustreiben. Darum herum erwartete ein Ring aus weißem Sand den triumphierenden Schritt der Sieger und das Blut der Verlierer.

Begeistert erläuterte Titus Servilius seinem Freund Aurelius die verschiedenen Besonderheiten der Szenerie, wies mit dem Finger hierhin und dorthin und genoss sichtlich gespannt die Vorfreude auf das Spektakel. Der Senator seinerseits sah mit einer Mischung aus Neugier und Abscheu in die Arena hinab: Er konnte diese Gemetzel nicht leiden, selbst wenn sie noch so kunstvoll in Szene gesetzt waren, und nur die Tatsache, dass er sich diesmal unmöglich seinen gesellschaftlichen Pflichten hatte entziehen können, hatte ihn bewogen, seinen stets für ihn reservierten Platz auf der Tribüne einzunehmen, den er gewöhnlich leer stehen ließ.

In dem Versuch, sich der makabren Faszination dieser Zurschaustellung des Todes zu entziehen, schweifte Aurelius' Blick über die Menschenmenge hinweg und blieb an der kaiserlichen Loge hängen, wo der sichtlich gealterte Claudius, angetan mit einer prachtvollen purpurnen Robe, gerade dabei war, ungeheure Summen mit den ihn umschmeichelnden Kurtisanen zu verwetten. An seiner Seite saß in königlicher Haltung unter einem Baldachin aus Brokat die wunderschöne Kaiserin Valeria Messalina, beliebtester Gegenstand von Klatsch und Tratsch der ganzen Stadt. Aurelius erhaschte zwischen all den sorgfältig ausrasierten Nacken der Hofbeamten nur einen Blick auf die Kaskade ebenholzfarbenen Haars und bekam einen kleinen Ausschnitt ihres herrlichen, orientalischen Profils zu sehen.

»Sieh nur, sieh nur, da kommen sie!« Servilius zog ihn am Ärmel und zeigte auf das Gitter, aus dem die Gladiatoren unter dem Beifall der Menge hervortraten. Eine erste Gruppe Kämpfer, in Leopardenfelle gehüllt, passierte gerade die Ehrentribüne, gefolgt von den Thrakern, die nur die *parma*, den kleinen runden Schild, als einzige Barriere zwischen sich und dem Tod trugen. Danach hatten die Mirmillonen ihren Auftritt und ließen ihre gut geölten Muskeln unter den funkelnden Harnischen spielen.

Angesichts dieses Übermaßes wohlgeformter nackter männlicher Arme stockte den Damen der Atem. Sehnsüchtige Seufzer entflohen ihren Lippen, verheißungsvolle Andeutungen für diejenigen, welche die Siegespalme erringen würden.

»Da kommt Chelidonis, der Held der Arena!«, rief Servilius aus. »Dort, zwischen den Retiariern: Schau nur, wie er sie alle überragt! Was für ein Bild von einem Mann!«

Publius Aurelius warf einen zerstreuten Blick auf die wogende Masse aus Leibern unter der Tribüne: Chelidonis, genannt »Die Schwalbe« – was für ein lächerlicher Name für diese Tötungsmaschine! Ein Aufschrei der Menge riss ihn aus seinen Gedanken. Drei hoch gewachsene Kämpfer hatten die Arena betreten, mit langen blonden Haaren, die ihnen ungebändigt bis auf die starken Schultern fielen. Der Senator sah genauer hin: Irgendetwas stimmte nicht an diesen durchtrainierten, von den kurzen Tuniken nur knapp bedeckten Körpern, eine ungewöhnliche Wölbung der Brustmuskulatur, die Andeutung einer weiblichen Brust. Nein, er täuschte sich nicht… die kraftvollen britannischen Gladiatoren waren ohne Zweifel Frauen!

In diesem Moment hob die größte der Athletinnen den Kopf zum göttlichen Caesar empor. Unter der strohigen Mähne kam ein gerötetes Gesicht zum Vorschein, aus dem ein Paar runde, grausame Äuglein hervorblickten. Was für schöne Exemplare weiblichen Ebenmaßes!, dachte Aurelius leicht angewidert.

Endlich kam die Menge zum Schweigen. Der Aufmarsch war vollendet, und die Gladiatoren erhoben ihre Waffen zur kaiserlichen Tribüne.

Wie aus einem Mund scholl der Schrei aus rauen Kehlen: »*Ave Caesar, morituri te salutant!*« – »Sei gegrüßt, Caesar, die, die sterben werden, erbieten dir ihren Gruß!«

»Jetzt warte doch wenigstens noch, bis Chelidonis dran ist!«, bedrängte ihn Servilius.

»Hör zu, Titus, ich langweile mich, ehrlich. Seit Stunden sitze ich hier und muss mir dasselbe Schauspiel in unendlicher Wiederholung ansehen: immer wieder der Tod. Und dann wird mir auch noch schlecht von diesem Blutgeruch!«, rief Aurelius aus und machte Anstalten, sich zu erheben.

Sein Freund war um eine passende Antwort sichtlich verlegen. In der Tat, schon seit einer ganzen Weile hatte der Gestank sogar die höchsten Stufen erreicht, und weder die Räucherfässchen noch die kleinen Amberstäbchen, welche die Damen sich unter die Nasen hielten, vermochten die Luft zu reinigen.

»Aber es fehlen doch noch die Britannierinnen, und dann kommt doch erst der Favorit! Ganz abgesehen davon, dass es eine Beleidigung für den Kaiser wäre, wenn du jetzt schon gingest; du weißt doch, was er sich diese Spiele hat kosten lassen!«, versuchte ihn Servilius zu überreden.

Resigniert nahm Aurelius widerwillig seinen Platz wieder ein und entschied sich, noch eine Weile zuzusehen.

Morituri te salutant! Also wirklich – wer brachte sie nur dazu, sich auf so etwas einzulassen, diese Verrückten. Viele waren nicht einmal Sklaven, sondern professionelle Kämpfer, die ihren Kontrakt mit der Arena sogar mehrmals verlängerten, nur um in den zweifelhaften Genuss zu kommen, regelmäßig ihre Haut für einen guten Batzen Geld zu riskieren. Ein Beruf wie jeder andere, einverstanden, dennoch konnte der Senator sich einer starken Sympathie für die wilden Tiere nicht erwehren … Bis jetzt war noch nicht einmal die Hälfte des Programms herum, schätzte er verzweifelt und begrüßte mit Erleichterung die kurze Pause der *gustatio*. Während die Sklaven mit Erfrischungen herumgingen, versuchte Aurelius, sich mit den feinen Damen in ihren leichten Kleidern zu trösten, die nach seinem Geschmack einen weitaus ansprechenderen Anblick boten.

»Aurelius, mein Lieber!«, grüßte ihn eine bekannte Kurtisane. »Warum kommst du in letzter Zeit nicht mehr zu mir?«

»Ich werde mich bei Gelegenheit wieder sehen lassen, Cynthia«, log der Patrizier, der fand, dass die Dienstleistungen der Hetäre in keinem Verhältnis zu ihren exorbitanten Preisen standen.

»Senator Statius, man hat mir ja schon erzählt, dass du nicht viel von den Spielen verstehst«, sprach ihn ein Kollege aus dem Senat an. »Aber es wundert mich doch, wie ein Mann von deinem Format so wenig Sportsgeist haben kann. Immer mit dem Daumen nach oben… Wenn es nach dir ginge, müsste man sie ja alle begnadigen!«

Das ist jetzt wirklich zu viel, dachte Aurelius. Es reicht nicht, brav hier zu sitzen und den Gestank des Blutes einzuatmen. Nein, man soll auch noch jauchzen vor Begeisterung!

»Ha, endlich geht es weiter: Sie blasen schon die Hörner«, rief ihn Servilius zurück. »Jetzt kommt das Beste!«

Abrupt wurden die Gespräche mit hastigen Grüßen beendet. Unter dem Wehen der Togen erhaschte Aurelius für einen Moment den hochmütigen, rätselhaften Blick der schönen Messalina. Der Patrizier verbeugte sich mit einem feinen, verständnisvollen Lächeln auf den Lippen. Sei ganz beruhigt, göttliche Augusta, ich werde es nicht sein, der deine Geheimnisse verrät!, dachte er mit leichtem Sarkasmus.

»Oho, wir wildern in fremden Revieren. Na, wenn das Pomponia wüsste«, kommentierte Titus Servilius.

Aurelius schrak zusammen: Die Ehefrau des guten Ritters war die bestinformierte Klatschbase der Stadt, und aus keinem Grund der Welt durfte sie auch nur den leisesten

Verdacht hegen, es gäbe da etwas zwischen ihm und der freizügigen kaiserlichen Venus, dem Lieblingsthema der Matrone. Deshalb versuchte er, die Aufmerksamkeit seines Freundes so schnell wie möglich wieder auf die Spiele zu lenken: »Sieh nur, die britannischen Amazonen sollen gegen die Äthiopier kämpfen!«, sagte er und wies auf die Afrikaner, deren schwarze Körper sich deutlich gegen die Blässe der nordischen Frauen abhoben.

»Ja, ein sehr gelungenes Bild!«, stellte der Ritter genießerisch fest, während das Gemetzel begann.

Eines der Mannweiber fiel sofort unter einem gewaltigen Hieb, der ihr den Hals durchtrennte. Auch die Zweite wälzte sich bald im Staub, niedergestreckt von einem Speerwurf. Übrig blieb die Dritte, die sich noch zwei Gegnern gegenübersah, denn einer der Afrikaner war bereits ihrem Schwert zum Opfer gefallen. Ohne Zögern warf sich die Amazone auf den schwächeren von beiden und verwickelte ihn in ein heftiges Gefecht, während der andere ihm zu Hilfe eilte.

Jetzt geschah alles auf einmal: Eben noch hatte die Riesin den Speer im Brustkorb des einen Gegners versenkt, da zog sie ihn mit blitzartiger Geschwindigkeit auch schon wieder heraus, wirbelte wie eine Furie herum und wandte sich gegen den überraschten Äthiopier. Der arme Afrikaner sah sich aus vollem Lauf heraus dieser Erinnye gegenüber und konnte nicht standhalten: Sein Schwert in den Staub werfend, suchte er sein Heil in der Flucht quer durch die Arena, die brüllende Gladiatorin immer auf seinen Fersen.

»Arduina, Arduina!«, feuerte das Publikum sie an und forderte mit gesenktem Daumen die gerechte Strafe für den Feigling. »*Iugula*!«, schrie die Menge. »Stich ihn ab!«

Die Siegerin ließ sich das nicht zweimal sagen.

Die *libitinari* in ihren Charonskostümen mühten sich noch damit ab, die Leichen aus der Arena zu schaffen und frischen Sand aufzuschütten, um die Kampfspuren zu beseitigen, als ein einmütiger Aufschrei die Ankunft des Chelidonis ankündigte.

Unter dem Beifall der Menge zog der Retiarier ein und schwang triumphierend seinen Dreizack, während sein unglücklicher Gegner mit gesenktem Haupt nur darauf zu warten schien, dass sich sein vorherbestimmtes Schicksal erfüllte: Der ewige Favorit der Spiele war bis heute ungeschlagen; keiner seiner Gegner hatte je lebend die Arena verlassen.

Der ungleiche Kampf begann: Nur wenig hatte der Unbekannte mit seinem armseligen Schwert dem Helden der Arena entgegenzusetzen. Im Handumdrehen war der Ärmste im Netz gefangen, und der schreckliche Retiarier kam bedrohlich näher.

Der Besiegte, das Gesicht im Staub, sah die mit Sand und Blut verkrusteten Stiefel näher kommen, die bedrohlichen Spitzen des Dreizacks nahmen ihm für einen Augenblick die Sicht auf die untergehende Sonne. Resigniert schloss er die Augen und gab auf. Ein ohrenbetäubendes Grollen kündigte sein Ende an.

Er wartete, einen unendlich langen Augenblick … Nichts geschah … fast widerwillig musste er zur Kenntnis nehmen, dass er immer noch am Leben war … Nein, ganz offensichtlich lief es nicht so, wie alle erwartet hatten.

Er öffnete die Augen und hob vorsichtig den Kopf. Wenige Handbreit neben seinem Gesicht ragten die Stiefel des Gladiators unbeweglich, die Zehen gen Himmel zeigend, aus dem Sand. Nach den Stiefeln kamen die Beine und der Rest des Chelidonis, niedergestreckt im Sand, den Dreizack noch in der Hand. Tot.

II

Kalenden des Juni

»Was für ein Anblick, Castor, das hättest du sehen müssen! Sicher, von den Stufen aus konntest du wahrscheinlich nicht alles so gut erkennen…«

»Doch, *domine*, ich hatte das Glück, die ganze Sache aus allernächster Nähe beobachten zu können«, räusperte sich der Sklave. »Man hat ja von der Botschaftstribüne einen ganz anständigen Blick.«

»Die Tribüne der Botschafter? Willst du mir etwa sagen, dass du dort gesessen hast?«, rief Aurelius aus und schalt sich innerlich dafür, dass er sich schon wieder von den Eskapaden seines listigen Freigelassenen hatte überraschen lassen.

»Gar nicht weit von deinem Senatorensitz entfernt, Patron. Ich konnte sogar hören, was die Kurtisane dir zugerufen hat.«

»Du bist nicht zufällig das Faktotum eines orientalischen Königs, Castor? Ich dachte, diese Sitze wären ausschließlich für höchste Würdenträger reserviert!«

»Ach, ich kenne da ein paar Leute, *domine*…«

»Und, was hältst du von Chelidonis?«

»Er ist einmal zu viel zum Kampf angetreten: So aufgeblasen, wie der in die Arena einmarschiert ist, würde ich sagen, dem ist vor lauter Einbildung auf seinen sicheren Sieg das Herz in der Brust zersprungen … Aber lass uns lieber über die schöne Cynthia sprechen: Du solltest sie nicht allzu sehr vernachlässigen, sie kann mit einigen wichtigen Kontakten aufwarten. Im Palast erzählt man sich …«

»Was weißt du denn vom kaiserlichen Hof, Castor? Pflegst du jetzt schon vertraulichen Umgang mit den Ministern?«

»Na ja, ich kenne da den einen oder anderen«, antwortete der Grieche ausweichend.

»Ich verstehe«, erwiderte der Senator und verzichtete darauf, weiter in ihn zu dringen. Angesichts der vielfältigen Verbindungen seines alexandrinischen Sekretärs wäre er nicht allzu überrascht gewesen, wenn er ihn eines Tages auf einer Liege an der Seite des Caesar persönlich vorgefunden hätte.

»Du müsstest wirklich etwas mehr für deinen guten Ruf tun, *domine*«, beharrte Castor mit einem tadelnden Unterton. »Du lehnst die Einladung der angesehensten Kurtisane ab, du lässt dich in zweifelhafter Gesellschaft sehen.«

»Zum Beispiel zusammen mit einem Levantiner aus meinem Bekanntenkreis, der schon halb Rom ins Bockshorn gejagt hat?«, erwiderte der Patrizier amüsiert.

»Nein, wirklich, Patron, ich meine es ernst. Auf dem Palatin …«

»Da oben wissen sie nicht einmal, dass es mich überhaupt gibt.«

»Sie wissen es, glaube mir«, bekräftigte der Grieche. »Hier ist eine kaiserliche Einberufung, die nichts Gutes verheißt.«

Aurelius drehte den Umschlag in den Händen. Das Siegel stammte ohne Zweifel von Tiberius Claudius Drusus Nero, dem göttlichen Kaiser persönlich. Er öffnete den Brief und versuchte, ihn außer Sichtweite seines Sekretärs zu lesen.

»Ich habe schon Anweisung gegeben, dir ein Bad zu richten, damit du noch rechtzeitig hinkommen kannst«, informierte ihn der Freigelassene.

In der Tat, der Termin war schon für heute Nachmittag angesetzt, aber das Siegel schien unverletzt; wie konnte also dieser gerissene Sklave das wieder herausbekommen haben?

»Ich soll mich nur mit Narcissus treffen«, log Aurelius. Ein Termin bei dem mächtigen Freigelassenen von Claudius, dem Minister, war mehr als glaubwürdig. Und im Übrigen hatte Castor überhaupt kein Recht darauf zu erfahren, dass die Einladung vom Kaiser persönlich stammte.

»Du wirst Claudius gealtert vorfinden«, fuhr der andere unbeirrt fort, als hätte er gar nicht zugehört. »Nun ja, er ist mittlerweile schon fast sechzig.«

»Castor, du hast die Nachricht gelesen!«, rief sein Patron unwillig aus. »Wie hast du das wieder geschafft? Der Siegellack ist vollkommen unberührt!«

»Während meiner Kindheit in Alexandria habe ich einige sehr nützliche Fertigkeiten erworben«, rechtfertigte sich der Freigelassene ohne eine Spur von Schuldbewusstsein.

Aurelius zog es vor, das Thema nicht weiter zu vertiefen. Er wusste nur allzu gut, welche Art von Kenntnissen sein treuer Sekretär in seinen ägyptischen Lehrjahren erworben hatte: eine außergewöhnliche Geschicklichkeit im Lügen, Betrügen und Intrigieren, begleitet von einer schier unglaublichen Begabung, sich alles anzueignen, was ihm unter die Augen und unvorsichtigerweise unter die Finger kam. Andererseits hatte der levantinische Schlauberger seine Qualitäten im Dienst seines Herrn schon so oft unter Beweis gestellt, dass dieser es vorzog, nicht allzu tief gehend über dessen Aufrichtigkeit nachzudenken.

»Wenn du zufällig auch weißt, was der Caesar von mir will, kann ich mir den Weg in den Palast sparen!«, platzte Aurelius heraus.

»Nein, es ist schon besser, wenn du hingehst: Du riskierst sonst, den Kaiser zu beleidigen«, riet ihm der Grieche unbeeindruckt. »Ich lasse dir die Festtags-Toga herauslegen, falls du zufällig Messalina triffst. Sie hat eine Schwäche für dich. Ich habe gesehen, wie sie dich im Zirkus angesehen hat.«

Mit einem etwas unbehaglichen Gefühl ob dieser scheinbar lückenlosen Überwachung, machte sich Aurelius in Richtung der Baderäume auf, um mit der Reinigungsprozedur zu beginnen. Dieser Castor, dachte er noch, wird wirklich immer dreister.

Einige Stunden später war der Senator nach einer gründlichen Leibesvisitation von einer Eskorte durch eine ganze Reihe langer Flure geleitet worden und wartete nun vor einer Tür.

Ob der Caesar ihn wieder erkennen würde? Vor seinem geistigen Auge ließ er die schier endlosen Sitzungen in der Bibliothek des Asinius Pollio vorüberziehen, die schon so lange Jahre zurücklagen. Die freundschaftlichen Gespräche, die Lektionen in der etruskischen Sprache, die zugespitzten, bissigen Kommentare: er, Aurelius, ein junger Mann mit besten Aussichten, und Claudius, bereits ein Mann in reiferem Alter, der jedoch von allen unterschätzt wurde. Von Kindheit an hatten sein Stottern und das verkrüppelte Bein ihn zum Gespött seiner Verwandten werden lassen: jener Claudier, die – schön, überheblich und selbstbewusst – ihn als nicht zur Familie gehörig betrachteten … ein gescheitertes Experiment, ein schlechter Scherz der Natur.

Claudius, der Idiot, hatten sie ihn genannt, zu sehr von sich eingenommen, als dass sie seinen scharfen Verstand und seinen Wissensdurst zu schätzen gewusst hätten, die aus ihm einen ernst zu nehmenden Sprachforscher und Historiker machen sollten. Paradoxerweise hatten dieselben Behinderungen, welche ihn als gefährlichen Konkurrenten um die Macht bedeutungslos erscheinen ließen, ihm das

Leben gerettet: Während seine vornehmen Verwandten einer nach dem anderen Mordanschlägen mit Gift und Dolchen zum Opfer fielen, hatte niemand mehr den armen Claudius auf der Rechnung, dem es so gelang, im Schatten der Berühmtheiten zu überleben. Und am Ende sogar Kaiser zu werden.

Nein, sagte sich Aurelius, man darf sich nichts vormachen: Derjenige, den er gleich treffen würde, war nicht mehr sein Freund aus alten Lesetagen, sondern der göttliche Kaiser, der Herrscher der Welt.

Der Sekretär gab dem Senator ein Zeichen, und die Tür öffnete sich. Über einen großen Marmortisch gebeugt, studierte Claudius einen ganzen Stapel Dokumente. »Ja, er ist wirklich alt geworden«, dachte Aurelius, während er ihn voller Zuneigung musterte. Sofort jedoch straffte er seine Schultern und erhob den Arm zum vorgeschriebenen Gruß: »*Ave,* Caesar!«

Der Kaiser hob den Blick. Sein Haar war grau geworden, und an seinen muskulösen Armen – den einzig starken Gliedern an diesem so unglücklich gebauten Körper – trat ein ganzes Netz blauer Venen deutlich hervor. Langsam erhob er sich.

»*Ave,* Senator Statius«, grüßte er ausgesprochen förmlich. Dann kam er in seinem unsicheren, hinkenden Gang auf ihn zu. Aurelius verharrte unbeweglich mit ernster Miene.

»Senator Statius!«, fuhr ihn der Alte harsch an. »Du scheinst über all den Jahren der rauschenden Feste, der Liebschaften und der Abenteuer die Zeit vergessen zu haben, da du mit einem armen, von allen verlachten Krüppel in der Bibliothek des Pollio gesessen und über Philosophie diskutiert hast. Du, jung, schön und gesund, erinnerst dich vielleicht nicht einmal mehr an jene fernen Tage, als ich versucht habe, dir Etruskisch beizubringen. Stundenlang haben wir miteinander gesprochen, und oft habe ich mich gefragt, wieso ein junger Mann mit so wachem Verstand, solch geschickten Händen und solchem Erfolg im Ringkampf keine einzige Verabredung mit dem Idioten Claudius verpasste, dem Schwachsinnigen, über den alle ihre Spottverse machten, dem Unglücklichen, der noch über jedes ausgestreckte Bein stolperte, das freche Jungs ihm stellten, und der unter ihren Grimassen jämmerlich zu stottern begann. Du hast es vielleicht vergessen können. Ich nicht.«

Aurelius musste sich zusammenreißen, um sich gegen die Welle der Zuneigung zu wehren, die über ihm zusammenschlagen wollte.

»Jetzt lacht niemand mehr über mich«, fuhr Claudius fort, »und wenn ich heute stolpere, dann sind sie zu hunderten da, um mich zu stützen… und du, ausgerechnet du, trittst mir mit Kälte gegenüber und nennst mich Caesar!«

Aurelius ließ seinen Arm, den er noch in halber Höhe hielt, herunterfallen und entspannte seine Schultern ein wenig. Dann machte er einen Schritt nach vorn; und der Alte hinkte auf ihn zu und breitete die Arme aus.

»Aurelius, mein lieber Freund! Wie oft habe ich dich eingeladen, und nie bist du gekommen!

»Du warst Caesar…«, begann Aurelius sich zu rechtfertigen.

»Ach, du und dein verdammter Stolz! Ich bin dein Lehrer für Etruskisch, das vor allem anderen!«, lachte der Kaiser und stützte sich leicht bei ihm auf.

»Komm, setz dich zu mir und erzähl! Ich habe all deine Unternehmungen verfolgt, weißt du? Frauen, Abenteuer, Reisen, Philosophie… Was für ein interessantes Leben! Mir dagegen haben sie eine Aufgabe aufgehalst, bei der mir keine Zeit mehr für solche Vergnügungen bleibt.«

»Claudius, der Gott!«, stellte Aurelius mit respektvoller

Zuneigung fest.

»Ach was, ein Gott! Mein kürzeres Bein bereitet mir fast täglich schier unerträgliche Schmerzen. Meinst du nicht, wenn ich wirklich ein Gott wäre, hätte ich dem nicht längst ein Ende gemacht?«, scherzte der Alte.

»Aber es ist doch so, du hast sie alle beiseite geräumt, und jetzt bist du Kaiser!«, lachte der Patrizier zufrieden.

»Ich musste nun wirklich gar nichts dafür tun«, entgegnete Claudius. »Meine lieben Verwandten haben sich alle gegenseitig umgebracht. Aber sag die Wahrheit: Das Reich könnte doch wahrlich schlechter geführt werden, oder? Glaubst du, dass irgendjemand mir dafür Anerkennung zollen würde? Nein, die Historiker warten nur darauf, dass ich endlich das Zeitliche segne, damit sie mich ungestört mit Dreck bewerfen und versuchen können, sich auf diese Weise bei meinem Nachfolger beliebt zu machen. Sie fangen jetzt schon damit an, gerade neulich wieder, wenn du wüsstest, was ich mir alles anhören muss... Alle beschweren sie sich: die Adeligen, weil ich ihre Macht ein klein wenig beschnitten habe; der Senat, weil ich ihn nicht ausreichend zu Rate ziehe; die Ritter, weil ich sie zwinge, Steuern zu zahlen; und sogar das Volk, seit ich entschieden habe, dass auch die Menschen in den Provinzen die Bürgerrechte erlangen können – als ob allein die Urbs das wahre Rom wäre! Ich muss an die ganze Welt denken, nicht nur an diese Hand voll Bürger von Rom: Die interessieren sich einen Dreck für Mauretanien, für Britannien, für Judäa. Die sind doch in den Zeiten von Cincinnatus stehen geblieben!«, fuhr der Kaiser gestikulierend fort und geriet immer mehr in Rage. »Du wirst sehen, was sie über mich sagen werden: dass ich ein armer Schwachsinniger war, der nur irrtümlich auf dem Thron gelandet ist; dass ich unter der Fuchtel der Frauen stand; dass ich haltlos dem Wein ergeben war... Wer wird sich je an all die guten Dinge erinnern, die ich auf den Weg gebracht habe, die Aquädukte, die Häfen, die Gesetze, die ich erlassen habe?«

»Die Geschichte«, antwortete Aurelius.

»Die Geschichte! Du bist immer noch der alte Träumer! Glaubst du vielleicht, dass in ein paar tausend Jahren die Schüler noch irgendetwas davon wissen, dass es mal so etwas wie das römische Recht oder die Reden des Cicero gab?«

»Warum denn nicht? Alles ist möglich«, meinte Aurelius.

»Ach was!«, entgegnete der alte Kaiser. »Von Rom, von seiner Sprache und seiner Kultur werden sich auch noch die letzten Spuren verlieren. Sieh nur, was mit dem Etruskischen passiert, schon heute sind wir nur noch ganz wenige, die es noch beherrschen. Aber lass uns jetzt über die Gegenwart sprechen, die Zukunft liegt in den Händen der Götter.«

Der Alte schenkte sich einen großen Kelch Wein ein. Es war allgemein bekannt, dass der Kaiser viel trank, zu viel.

»Ich hatte wirklich spektakuläre Spiele organisiert«, nahm Claudius den Faden wieder auf, »die, so hoffte ich, ein grandioser Erfolg werden würden. Und die außerordentlich wichtig für mich waren, um mir die Unterstützung des Volkes zu erhalten… Und dieser Schwachkopf von Chelidonis geht her und lässt sich mitten in der Arena ermorden, und jetzt stehen wir am Rande des Weltuntergangs!«

»Na ja, alles in allem war er doch nur ein Gladiator«, versuchte Aurelius ihn zu beschwichtigen.

»Nur ein Gladiator, sagst du? Aber dir ist hoffentlich klar, dass heutzutage die Helden der Arena mehr zählen als Tribunen und Senatoren?«, erwiderte der Kaiser mit einem bezeichnenden Seitenblick auf den kleinen Halbmond an Aurelius' Schuhen, der zusammen mit dem *laticlavius*, dem langen roten Streifen an seiner Toga, seinen Rang als Senator kenntlich machte.

»Ja, *panem et circenses*«, seufzte Aurelius, »Brot und Spiele.«

»Ganz richtig. Und nun erwarten alle von mir, dass ich ein Exempel an demjenigen statuiere, der schuld am Tod ihres Idols ist. Denn Chelidonis ist ganz offensichtlich ermordet worden, auch wenn bisher noch niemand weiß, auf welche Weise! Hinter den Kulissen der Spiele werden gigantische Wetten abgeschlossen...«

»Aber da zählen die Retiarier normalerweise nicht viel«, warf Aurelius ein.

»Chelidonis schon«, antwortete der Kaiser. »Auf diesen Gladiator wurde zehn zu eins gesetzt! Durch seinen Tod haben ganze Vermögen den Besitzer gewechselt; ich habe selbst ein ganz hübsches Sümmchen gewonnen!«

Spiele, Wein und Frauen, das waren die Laster, welche die Moralisten dem Kaiser vorhielten und worüber sie den Blutdurst seiner Vorgänger vergaßen.

»Ach, wie tief bin ich gesunken, Aurelius! Ich muss mir die Gunst der Massen wie ein skrupelloser Demagoge erkaufen. Früher hatte ich noch Ideale, erinnerst du dich? Ich wollte die Republik wieder errichten...«

»Wenn man eine Aufgabe wie die deine erfüllt, Caesar, dann sind Ideale ein Luxus, den man sich nur selten erlauben kann«, verteidigte ihn der Patrizier

»Ich beneide dich, Aurelius: Du brauchst niemanden, nicht einmal den Kaiser. Ich hingegen bin es, der dich braucht.« Claudius' Tonfall wurde ernst. »Es ist keine Schande, um Hilfe zu bitten, auch wenn man ein lebendiger Gott ist. Hat nicht sogar Jupiter die anderen Götter um Hilfe im Kampf gegen die Titanen gebeten?«, bemerkte der Kaiser scharfsinnig. »Also kommen wir zum Thema: Ich habe gehört, dass du schon einige rätselhafte Verbrechen aufgeklärt hast.«

»Ich dachte immer, das seien rein private Angelegenheiten gewesen«, wunderte sich der Patrizier.

»Mein lieber Freund, du machst Witze. In Rom haben sogar die Mauern Ohren. Und außerdem: Bin ich nun der Kaiser, oder bin ich es nicht? Ganz gewiss werde ich doch wohl den einen oder anderen Spitzel im Umlauf haben dürfen.«

Aurelius lächelte. Er zweifelte nicht, dass der göttliche Caesar nicht gerade wenig Geheimnisse kannte, vielleicht sogar mehr als seine Freundin Pomponia, die bestinformierte Dame der Hauptstadt.

»Es ist der Zeitpunkt gekommen, an dem du mich für jene Lektionen im Etruskischen bezahlen kannst, Senator Statius! Finde heraus, wer Chelidonis getötet hat, wirf ihn dem Volk zum Fraß vor, und du wirst dazu beitragen, das Imperium zu retten!«

»Ich werde mein Bestes geben, Claudius. Aber nur unter einer Bedingung.«

»Wie bitte?«, empörte sich wohlwollend der Alte. »Wer bist du, dass du es wagst, Claudius, dem Gott, Bedingungen zu stellen?«

»Senator Publius Aurelius Statius, frei geboren, römischer Bürger«, erwiderte Aurelius lächelnd.

»Also, wie lautet deine Bedingung?«

»Dass ich die Untersuchung auf meine Weise führen kann, ohne dass irgendjemand sich einmischt.«

»So sei es. Von diesem Moment an bist du mein Prokurator, und dein Wort ist mein Wort. *Vale,* Aurelius!«

»*Vale,* Caesar!«, verabschiedete sich Aurelius und wandte sich zum Gehen.

»Und wiederhole bei Gelegenheit einmal die etruskischen Verben!«, hörte er Claudius hinter ihm herrufen. »Du bist immer ein bisschen begriffsstutzig in Grammatik gewesen.«

III

Sechster Tag vor den Nonen des Juni

»Was für eine schreckliche Nachricht, was für ein unheilvolles Zeichen, welch grauenvolles Unglück!«

»Ich bitte dich, Pomponia, du hast ihn nicht einmal gekannt!«, protestierte Aurelius und war doch ein wenig überrascht von der Verzweiflung der Matrone über den Tod des Favoriten.

»Ich war bei allen seinen Kämpfen, und der lässt sich an dem einzigen Tag ermorden, an dem ich nicht dabei sein konnte! Ich musste es von Domitilla erfahren, denk dir nur!«

»Ach, von mir kannst du kein Mitleid erwarten, Pomponia, ich bin fest davon überzeugt, dass du wesentlich mehr über Chelidonis weißt als jede Domitilla«, stichelte Aurelius, denn er war sich sicher, dass die beleibte Dame ihm jede Nachricht liefern würde, von der sie Kenntnis hatte, um die Scharte wieder auszuwetzen, die ihre unentschuldbare Abwesenheit an diesem Tage hinterlassen hatte.

»Ausgerechnet an dem Tag war ich nicht in Rom! Wenn das kein Pech ist… Was sagtest du, ob ich etwas über Chelidonis weiß? Aber sicher! Die arme Nissa…«

»Nissa?«, Aurelius musste diesen Namen schon irgendwo gehört haben, eine Hetäre vielleicht oder eine Tänzerin?

Servilius, der unter dem Geplauder seiner Gemahlin Pomponia bisher nicht zu Wort gekommen war, fuhr plötzlich hoch: »Die Schauspielerin, der Stern der Pantomime! Da lief etwas zwischen ihr und Chelidonis, die ganze Stadt wusste davon. Aurelius, sag mal, wo lebst du eigentlich, irgendwo außerhalb der Welt?«, fragte er verwundert.

Aurelius, der von diesen wichtigen Informationen noch überhaupt nichts gehört hatte, bemühte sich, noch mehr herauszubekommen.

»Nissa ist die bekannteste Schauspielerin am Theater des Pompeius, jede ihrer Vorstellung ist ein gigantischer Erfolg. Ihre Freizügigkeit ist derart…«, begann Servilius und zeigte Aurelius, dass er das Gespräch gern fernab von indiskreten Mithörern fortsetzen würde.

»Was weißt du denn darüber?«, unterbrach ihn seine Gemahlin in inquisitorischem Tonfall, misstrauisch wie immer. »Du bist doch nicht etwa ohne mich dort gewesen, um sie zu sehen?«

Servilius senkte beschämt den Kopf und zwinkerte Aurelius dabei vorsichtig zu.

»Ja, diese Nissa kennt wirklich keine Scham«, erklärte derweil die wie immer gut informierte Matrone. »Sie spielt erotische Stücke, die nichts mehr der Phantasie überlassen, und am Ende einer Szene hat sie keinen Fetzen Kleidung mehr am Leib. Oh, dir würde das nicht gefallen«, fuhr sie an ihren Ehemann gewandt fort. »Es ist so vulgär, dass es schon fast peinlich ist; und außerdem hat sie krumme Beine.«

»Woher weißt denn du das?«, fragte Servilius leicht befremdet.

»Ich habe mir zusammen mit Domitilla eine Vorstellung angesehen, als du diese Angelegenheit in Praeneste zu erledigen hattest. Wirklich sehr ordinär, diese Nissa! Andererseits kann ich nicht leugnen, dass sie eine gewisse Faszination auf ihr Publikum ausübt: Wir waren ungefähr zweitausend an jenem Abend. Du hättest die Pfiffe hören sollen!«

»Eine Diva der erotischen Pantomime und ein Champion der Arena, was für ein Paar!«, meinte Aurelius.

»Die Liebe ist die Liebe«, verteidigte sie Pomponia.

In diesem Moment kam zaghaft eines der Dienstmädchen herein und teilte der Herrin mit, dass die Näherinnen zur Anprobe eines neuen Kleides bereitstanden. Pomponia verschwand sofort im Schlepptau der Sklavin, während Servilius erleichtert aufatmete.

»Oh, ihr Götter des Himmels, fast wäre es mir herausgerutscht!«, rief der Ehemann der Dame aus und wischte sich den Schweiß von der Stirn. »Hör zu, ich bin damals an jenem Abend nicht wirklich nach Praeneste gefahren. Ich habe einen Vorwand erfunden, um Pomponia nicht vor den Kopf zu stoßen. Also«, gestand er, »in Wirklichkeit war auch ich unter den zweitausend Zuschauern. Was für ein Glück, dass wir uns nicht begegnet sind!«

Aurelius konnte sich ein genießerisches Lächeln nicht verkneifen, als er sich vorstellte, wie sein Freund sich inkognito unter tausend Vorsichtsmaßnahmen zu dem verbotenen Schauspiel schlich, während seine Frau dieselbe Vorstellung in aller Ruhe aus der ersten Reihe genoss.

»Abgesehen von den krummen Beinen solltest du mal sehen, wie sie sich bewegt! Übrigens wollte ich dich sowieso fragen«, Servilius senkte die Stimme und setzte ein verschwörerisches Gesicht auf, »ob wir nicht, an einem dieser Abende, mal zusammen, nur du und ich … Du könntest dir ja auch eine Ausrede ausdenken, was weiß ich, eine juristische Angelegenheit, der du auf den Grund gehen musst. Und dann könnten wir sie zusammen bewundern, die kleine Schauspielerin!«

»Du kannst auf mich zählen, Titus Servilius, aber pass

bloß auf, dass Pomponia nichts davon erfährt, sie würde mir bei lebendigem Leib die Haut abziehen.«

»Nissa wird in genau zwei Tagen wieder auftreten.«

»Sehr gut. Du musst die Karten nicht vorbestellen, ich habe reservierte Plätze«, sagte der Patrizier und zeigte ihm das bronzene Täfelchen.

»Ihr Senatoren genießt wirklich überall Privilegien!«

»Was sind das schon für Privilegien; heutzutage muss man den Göttern danken, wenn man noch ein Bänkchen hinter den Freigelassenen des kaiserlichen Hofes findet!«, witzelte Aurelius, als er sich zum Gehen wandte.

Während er das *atrium* in Richtung des Ausgangs durchquerte, winkte ihm die dickliche Hand Pomponias hinter einem Vorhang zu.

»He, Aurelius!«, rief sie ihm mit verschwörerischer Miene. »Ich wollte dir nur noch empfehlen, dir diese Schauspielerin einmal anzusehen; es ist in der Tat eine außergewöhnliche Darbietung, es wird dir gefallen! Ich wollte in Gegenwart von Servilius nicht darüber sprechen: Du weißt ja, wie er ist, und ich möchte nicht, dass er sich irgendwelche Flausen in den Kopf setzt, schließlich ist er nicht mehr der Jüngste. Ich tue das nur zu seinem Besten, verstehst du?«

»Pomponia, deine Fürsorge für ihn ist wirklich lobenswert«, versicherte ihr Aurelius mit einem Lächeln auf den Lippen. »Sei ganz beruhigt, ich werde kein Wort darüber verlieren.«

IV

Fünfter Tag vor den Nonen des Juni

Die Sänfte kam am Fuß des Mons Oppius vor der langen Ziegelsteinmauer des Ludus Magnus zum Stehen.

Die Schule und Kaserne der Gladiatoren unterschied sich nicht sehr von einer militärischen Kaserne, abgesehen davon, dass die eiserne Disziplin, die in ihren Mauern herrschte, noch wesentlich strenger war als bei den Legionären. Wer sich an die Arena verkaufte und einen Vertrag unterschrieb, der gehörte fortan mit Leib und Seele seinem *lanista* wie ein Sklave seinem Herrn: Er riskierte es, geschlagen, mitunter gefoltert und am Ende getötet zu werden. Und dennoch unterschrieben viele freiwillig.

Der *servus ab admissione* riss das Tor auf, kaum dass der *nomenclator* Aurelius mit einem lauten Ruf angekündigt hatte: »Öffnet dem edlen Publius Aurelius, Senator von Rom!«

Aurelius zog mit großem Pomp ein, gefolgt von Castor und Servilius und mit einem ganzen Rattenschwanz von Sklaven im Schlepptau. Die *doctores* waren bereits neben der kleinen hölzernen Arena, die für die Proben der Gemetzel genutzt wurde, in Reih und Glied angetreten. Sie waren ehemalige Athleten, die dem Tod entronnen und in der Kaserne geblieben waren, um die neuen Rekruten auszubilden. Bevor nämlich eine künftiger Held der Arena sich dem Publikum präsentieren durfte, musste er sich einer monate-, manchmal sogar jahrelangen Ausbildung unter der Knute dieser knochenharten Lehrer unterziehen, die dem Neuling keine der Torturen ersparten, denen sie selbst viele Jahre zuvor unter anderen *doctoribus* ausgesetzt waren.

Aufidius, der Betreiber der Schule, empfing den Senator mit der gebotenen Ehrerbietung. Er war ein großer, schwerer Mann, dessen Körper mit den Jahren schlaff geworden war und aus dessen harten Augen eine arrogante Selbstsicherheit strahlte. »Befiehl, und dir wird gehorcht werden, Senator. Auf Anordnung des Kaisers stehen wir stets zu deiner Verfügung und werden jedem deiner Befehle Folge leisten. Ich habe dir in einem meiner Räume eine kleine Erfrischung bereitstellen lassen …«

»Danke sehr«, schnitt ihm Aurelius das Wort ab in dem Versuch, etwas Abstand zu wahren. »Bevor wir anfangen, würde ich gern einen Rundgang durch die Kaserne machen. Was sind denn das für Gebäude da hinten?«, fragte er und wies auf ein niedriges, etwas heruntergekommenes Gebäude am Rand der Arena.

»Das ist das Refektorium, dort nehmen die Athleten die gemeinsamen Mahlzeiten ein.«

»Am Abend vor den Kämpfen kommen sogar einige fanatische Anhänger in die Kaserne und leisten ihnen Gesellschaft«, fügte Servilius hinzu. »Bei der letzten *cena libera* war ich selbst dabei.«

Aurelius nickte. Er kannte den Brauch, die Gladiatoren, die normalerweise einer strengen Diät unterworfen waren, am Abend vor den Spielen schier zu mästen: eine üppige, reichhaltige Mahlzeit, die für viele auch die letzte sein würde.

»Ich erinnere mich noch, dass die Äthiopier an jenem Abend keinen Bissen mehr angerührt haben … Als hätten sie es geahnt, die Ärmsten!«, erinnerte sich Servilius.

»Ach die!«, erwiderte Aufidius. »Ich wusste, dass sie es nicht schaffen würden, die waren wirklich schlechte Kämpfer. Andererseits haben sie einen schönen Anblick geboten, als sie von den Britannierinnen niedergemacht wurden, und die Nummer war ein voller Erfolg!«

»Schade nur, dass die Akteure dazu nichts mehr sagen können«, bemerkte Aurelius bitter. »Kannst du dich noch erinnern, ob Chelidonis am Bankett teilgenommen hat?«

»Sicher, und er hat mit Appetit zugelangt. Was man von seinem Gegner Quadratus nicht gerade behaupten kann: ein Taugenichts, der mit Sicherheit nicht mehr lange zu leben hat. Ein solches Glück hat man nicht zweimal. Wenn ich nur daran denke, dass dieser Versager noch am Leben ist, während mein bester Athlet auf dem Tisch in der Leichenhalle liegt. Finde denjenigen, der ihn dahin gebracht hat, Senator, und ich drehe ihm mit meinen eigenen Händen den Hals um. Wenn du wüsstest, was ich allein an Wettgeldern verloren habe!«

»Wirklich sehr bedauerlich«, unterbrach ihn Aurelius eisig. Aufidius, geübt im Umgang mit den Mächtigen, hörte sofort auf, sein Unglück zu beklagen, und führte die Besucher auf den sandbestreuten Platz, wo einige Übungsgeräte für die Gladiatoren aufgebaut waren.

»Dies sind die Stangen, an denen die Reflexe verbessert werden«, erklärte der *lanista*. »Dort unten am Fuß des Pfahls kannst du die sich drehenden Stangen sehen: Der Athlet muss versuchen, das Ziel zu treffen, und gleichzeitig über die Hindernisstangen springen. Wenn sie weit genug fortgeschritten sind, werden die Holzstangen durch Klingen ersetzt. Ein Fehltritt, und sie verlieren ein Bein! In meinem Stall sind die Männer, wie du hier sehen kannst, nicht einfach nur Schlachtvieh, das nichts weiter kann, als sich niedermetzeln zu lassen; ich schicke nur exzellent vorbereitete Athleten in die Arena, die eine richtige Vorstellung auf allerhöchstem Niveau bieten. Der Preis für die Besten – neben einem wirklich hübschen Sümmchen Geld, natürlich – ist das Leben, und der Tod ist ein wohl kalkuliertes Risiko. Sicher, mit etwas Schwund muss ich immer rechnen: all die Angeber, Aufschneider und schlichtweg Unfähigen, Leute, die man besser heute als morgen wieder los wird und für die es ja immer reichlich Nachschub gibt. Wir haben eine unglaublich lange Warteliste von Leuten, die in meine Schule eintreten wollen, und da sind die ganzen Verurteilten und Kriegsgefangenen noch gar nicht miteingerechnet. Aber die Auswahl ist hart, und die Schwächeren überleben nicht einmal die Vorbereitungszeit. Chelidonis hingegen … Abgesehen davon, dass er nicht mit der *sica* angetreten ist, wie das die Kämpfer aus Thrakien doch üblicherweise tun, hat man sofort gesehen, dass er das Zeug zum Sieger hatte!«

»Tja, wir vergessen oft, dass die Spiele ursprünglich dazu gedacht waren, den Sieg über die feindlichen Heere zu feiern. Die besiegten Stämme waren dann gehalten, mit den traditionellen Waffen ihres Landes anzutreten, wie zum Beispiel die Samniter mit ihren Krummschwertern …«

»Oder der Streitwagen der Essedarier, den man nach der Eroberung Galliens überall gesehen hat«, warf Servilius ein.

»Und heutzutage sind es die Seeschlachten, die ganz groß in Mode sind. Es heißt ja, Claudius hätte vor, noch eine gigantische Seeschlacht auf dem Fucciner See zu veranstalten, bevor er ihn trockenlegen lässt. Die *naumachiae* des Augustus werden nicht dagegen sein!«, prahlte Aufidius.

Aurelius, weit davon entfernt, seinen Enthusiasmus zu teilen, sah sich verwundert um: »Da ist noch etwas, das ich nicht verstehe, Aufidius. Wieso sehe ich hier, wo die besten Kämpfer der Welt ausgebildet werden, so wenig Waffen?«

Der *lanista* sah ihn überrascht an: Wie konnte jemand bestimmte Dinge einfach nicht wissen?

»Die Männer haben natürlich keinen freien Zugang zu den Schwertern, edler Statius. Sie sind gewalttätig und leicht erregbar, schon bei der kleinsten Meinungsverschiedenheit würden sie aufeinander losgehen und sich gegenseitig umbringen.«

»Anstatt ruhig darauf zu warten, unter den Augen des Publikums zu sterben«, versetzte Aurelius ironisch.

»Genau!«, bekräftige Aufidius ernsthaft und ignorierte den Sarkasmus des Patriziers. »Nur ich und der Sklave, der für die Pflege der Waffen zuständig ist, haben die Schlüssel zur Waffenkammer. Aber komm, ich zeige dir unser *sanarium*, wo wir die Verwundeten versorgen. Hier drüben sammeln wir den Sand, mit dem die Gladiatoren ihre Körper vom Schweiß und dem Öl reinigen, das sie so schön glänzen lässt und sie so schwer greifbar macht. Er steht in dem Ruf, ein gutes Mittel gegen alle möglichen Wehwehchen zu sein, weshalb wir ihn weiterverkaufen und nicht schlecht daran verdienen.«

Der Senator nickte und verzog das Gesicht. Allein der Gedanke daran, dass dieses Ekel erregende Gemisch aus Asche, Schweiß und dem Staub der Arena vielen Menschen nicht nur als Glücksbringer, sondern sogar als wirksames Heilmittel galt und als solches auch angewendet wurde, ließ ihn erschaudern.

»Dort hinten siehst du das *spoliarium*, die Leichenhalle.«

»Ist der Leichnam von Chelidonis noch dort?«, erkundigte Aurelius sich neugierig.

»Aber sicher, edler Statius«, antwortete der *lanista*.

»Dann zeige ihn mir und schicke mir auch den Arzt her, der ihn untersucht hat«, befahl der Patrizier.

Die Leiche lag schon gewaschen auf einem Holztisch aufgebahrt. Ringsherum war ein ganzer Haufen namenloser Leichen kreuz und quer übereinander getürmt, alle mit einem Brandzeichen gekennzeichnet. Auf diese Weise stellte die Kaserne sicher, dass niemand entfliehen konnte, indem er sich einfach tot stellte. Aurelius musste den Blick abwenden, weil ihm übel davon wurde.

Ein leises Hüsteln machte ihn darauf aufmerksam, dass Chrysippos hereingekommen war. Unter einem dünnen Schnurrbärtchen kräuselten sich die Lippen des Arztes zu einem selbstgefälligen Lächeln.

»Was ist die Todesursache?«, fragte der Senator den würdevollen Chirurgen und bemühte sich dabei um einen höflichen Ton, was ihm allerdings angesichts des herablassenden Auftretens des Arztes, der die für die Griechen so typische Überheblichkeit förmlich aus jeder Pore ausdünstete, sehr schwer fiel.

»Wie allgemein bekannt sein dürfte, existieren vier Säfte im menschlichen Körper, welche im Gleichgewicht zueinander stehen müssen«, begann der Quacksalber von oben herab zu dozieren. »Das Blut, die gelbe Galle, die schwarze Galle…«

»Und das Phlegma«, ergänzte der Senator mit einer ungeduldigen Handbewegung. Er wollte eine klare Antwort, keine Vorlesung in Anatomie.

Chrysippos konnte seine Verärgerung nur schlecht verbergen. Dieser Ignorant in seiner vornehmen Toga glaubte ganz offensichtlich, etwas von Medizin zu verstehen. Allzu gern hätte er ihm gehörig Bescheid gesagt, aber er war der Prokurator des Kaisers, und es war der Kaiser, der auch sein Salär zahlte.

»Ich habe die Leiche gründlich untersucht, ohne irgendetwas zu finden, außer einigen kleinen Hautabschürfungen am Hals und an den Armen, die Chelidonis sich im Fallen zugezogen haben dürfte. Vielleicht ist ein unbekannter Körpersaft in seinen Körper gelangt, der das Gleichgewicht der Säfte gestört ...«

»Drück dich bitte klarer aus. Meinst du, dass Gift im Spiel war?«

»Es ist nur eine Vermutung, in Ermangelung anderer Hinweise.«

»Also weißt du es nicht?«, platzte Aurelius heraus.

»Nein«, gestand Chrysippos eisig, ohne noch ein Wort hinzuzufügen.

Aurelius dachte nach: Die kaiserliche Gladiatorenschule verfügte über die besten Ärzte, und dennoch konnte man ihnen nicht immer trauen. Ganz im Gegenteil ...

»Chrysippos, was glaubst du? Wie alt bin ich deiner Meinung nach?«, fragte er unvermittelt.

Der Grieche schürzte die Lippen und trat nah an Aurelius heran, um seine Augenlider genauer in Augenschein zu nehmen.

»Unsteter Lebenswandel, viel Wein, fettes Essen, Frauen im Überfluss, verschiedenste Laster, das alles ausgeglichen jedoch durch eine eiserne Konstitution und regelmäßige körperliche Ertüchtigung ... Um die vierzig, würde ich sagen, auch wenn du versuchst, jünger auszusehen«, fällte er schließlich sein Urteil. »Und ja, es könnte dir tatsächlich auch weiterhin gelingen, wenn du ein wenig auf deine Leber Acht gibst.«

Getroffen von der Tatsache, dass sein Alter so leicht feststellbar war, gab der Patrizier ein unwilliges Brummen von sich. Chrysippos verstand sein Handwerk, da gab es keinen Zweifel. Folglich, immer vorausgesetzt, dass der eingebildete Grieche nicht log, handelte es sich um einen Giftanschlag. Doch Chelidonis hatte sich bis kurz vor dem Kampf in absoluter Bestform gezeigt: Welche giftige Substanz hätte nach Stunden plötzlich eine solch durchschlagende Wirkung entfalten können, und das auf den Punkt genau im richtigen Moment?

Immer noch in Gedanken traf Aurelius im Hof wieder auf sein Gefolge.

»Wir beginnen gleich mit den Befragungen, dafür bleibt uns noch ein wenig Zeit vor dem Essen.«

»Aufidius hat für uns sicher einige auserlesene Spezialitäten vorbereiten lassen«, vermutete der naschhafte Servilius.

»Das wird nicht nötig sein, ich habe vor, den Tisch mit den Gladiatoren zu teilen: Es gibt nichts Besseres, um das Wesen eines Menschen kennen zu lernen, als ihm beim Essen zuzusehen«, erklärte der Senator.

»Oh, ihr Götter, Soldatenfraß!«, stöhnte der gute Ritter auf und presste die Hand auf den Magen. Es war kein Geheimnis, dass die Ernährung der Gladiatoren, auch wenn sie sehr ausgewogen und nahrhaft war, recht wenig Rücksicht auf die Gaumenfreuden nahm.

»Der *lanista* wird aber sehr enttäuscht sein, Patron, wenn du seine Erfrischungen nicht zu würdigen weißt«, warf Castor ein. »Ich erlaube mir daher vorzuschlagen, dass zumindest der Ritter die Einladung annimmt, während du in aller Ruhe und mit der gebotenen Gründlichkeit die Seele der Mirmillonen im Refektorium studierst.«

Servilius warf ihm einen langen, dankbaren Blick zu: Castor würde noch an diesem Abend in den Besitz einer neuen Tunika gelangen, dachte Aurelius bei sich, während er sich in dem kleinen Zimmer einrichtete, das ihm Aufidius für die Gespräche mit den Retiariern zur Verfügung gestellt hatte.

Unter all den Athleten waren die Retiarier ohne Zweifel

diejenigen, die das Opfer am besten gekannt hatten; es war auch nicht auszuschließen, dass der eine oder andere sogar in freundschaftlicher Beziehung zu ihm gestanden hatte, da sie in der Arena nicht hätten aufeinander treffen können. Freundschaften unter Gladiatoren, die gegeneinander kämpfen sollten, waren strengstens untersagt.

»Der Erste soll hereinkommen!«, befahl der Senator und sah einen Mann vortreten, der sichtlich angespannt und misstrauisch den Blick gesenkt hielt. Um die Situation etwas aufzulockern, bot ihm der Patrizier einen Becher von dem Wein an, an dem er selber nippte.

»Nein, danke, Herr! Ich trinke nur *posca*. Wein benebelt die Sinne und verlangsamt die Reflexe.«

Aurelius konnte seine Bewunderung angesichts solch eiserner Konsequenz, sich in Form zu halten, nicht verhehlen: Die *posca*, ein Getränk aus mit Essig versetztem Wasser, war ohne Zweifel durstlöschend, aber ebenso zweifellos nicht gerade wohl schmeckend.

»Wie heißt du, Retiarier?«

»Heliodorus, Senator.«

Aurelius fiel auf, wie einsilbig der Mann antwortete und sich keine Blöße gab, fast als kämpfte er in der Arena.

»Wie bist du zu den Gladiatoren gekommen?«

»Ich stamme aus Sizilien, meine Familie lebt auf den Hügeln unterhalb des Ätna. Sie ist sehr arm, und ich war schon von klein auf derjenige, der am geschicktesten im Kampf ist; also habe ich mich entschieden, das Risiko einzugehen. Ich habe mich eingeschrieben und einen guten Vertrag bekommen: Wenn ich meine Haut heil wieder hier herausbringe, dann kehre ich mit Reichtümern überschüttet auf meine Insel zurück.«

»Ich sehe, du bist sehr ehrlich«, bemerkte der Senator beifällig. »Sag mir, kommen viele so wie du aus der Provinz, in der Hoffnung, bei den Spielen ein bisschen Geld zu machen?«

»Viele. Aus meinem Dorf waren wir sechs, jetzt bin ich als Einziger noch übrig geblieben. Die anderen haben sich zu sehr von ihren Gefühlen mitreißen lassen, aber in diesem Beruf muss man kaltblütig sein, um zu überleben.«

»Was hast du von Chelidonis gehalten?«

»Im Kampf war er außergewöhnlich, keiner konnte so mit Netz und Dreizack umgehen wie er. Aber er hätte niemals die gesamte Dienstzeit überlebt. Wie ich dir gesagt habe: Geschicklichkeit in der Arena allein ist nicht genug. Er war sich seiner selbst zu sicher, früher oder später hätte irgendjemand ihn erwischt. Wie auch immer, jetzt habe ich einen Konkurrenten weniger.«

»Hast du gesehen, wie er zusammengebrochen ist?«

»Nein, ich hatte gerade gekämpft, und wenn ich ins Untergeschoss zurückkomme, möchte ich immer gern allein sein, um mich wieder zu sammeln. Außerdem interessieren mich die Geschichten der anderen nicht besonders, ich habe genug damit zu tun, selbst am Leben zu bleiben.«

Aurelius seufzte: Wenn die Athleten alle so gesprächig waren wie Heliodorus, bestand nur wenig Hoffnung.

»Der Nächste!«, rief er und sah sich einem untersetzten, vierschrötigen Mann gegenüber, der mehr breit als hoch war und über dessen fleischigen Lippen zu beiden Seiten ein enormer Schnurrbart herabhing.

»Name?«

»Herkules!«, dröhnte der so Angesprochene mit einem barbarischen Akzent.

»Sprichst du Latein?«, fragte ihn der Patrizier zweifelnd.

»Ich brauche nicht Latein: Ich stark, ich Sarmate, ich Gladiator!«

»Kanntest du den Chelidonis?«

»Chelidonis stark. Jetzt er tot, und ich der Stärkste von allen!«

»Wo warst du, als er zu Boden gegangen ist?«

»Hm?«, machte Herkules und runzelte die Stirn.

»Weißt du etwas, das…«, begann der Senator.

»Hm?«, wiederholte der Sarmate, dem die Sprache der Bürger Roms offensichtlich doch größere Schwierigkeiten bereitete.

Der Patrizier entließ ihn mit einer niedergeschlagenen Handbewegung: Gespräche dieser Art würden ihn ganz sicher nicht voranbringen.

Kaum war Herkules hinaus, da trat Castor ein, gefolgt von einem gut aussehenden, lebhaften jungen Mann mit blonden Locken, die von der Hand eines guten Friseurs in Form gebracht worden waren.

»*Ave*, Senator Statius!«, grüßte ihn der Neuankömmling, indem er in perfekter Weise den Arm hob. »Gallicus, zu deinen Diensten!«

»Du drückst dich sehr gewählt aus«, wunderte sich Aurelius.

»Ich bin aus Augustodunum. Es mag dich überraschen, aber die Zivilisation ist bis in unsere Gegend vorgedrungen«, antwortete der junge Mann in sarkastischem Ton.

»Ich weiß«, lachte Aurelius. »Aus deinem Land kommen meine Lieferungen *cervisia* und dieses gelbe Fett, das ihr aus Kuhmilch herstellt. Hier in Rom wollen sie ja nichts davon hören, aber ich habe viel Erfolg damit gehabt, als ich meinen Koch angewiesen habe, beim Braten das Öl dadurch zu ersetzen!«

»Der feine Senator Publius Aurelius trinkt *cervisia* und schätzt den keltischen Geschmack! Wer hätte das gedacht? Fehlt nur noch, dass du auch unsere langen Hosen übernimmst!«

»Das fehlte gerade noch! Die sind wirklich zu unbequem; das treibt einen in den Wahnsinn, wenn die Beine so im Stoff gefangen sind«, scherzte Aurelius. »Andererseits habe ich auch nicht erwartet, einen Gladiator aus Gallia Transalpina zu treffen, der Latein wie Cicero spricht. Wo hast du das gelernt?«

»In der Schule. Ich war Sklave eines wohlhabenden Provinzbeamten, der es mich hat lehren lassen. In seinem Haus habe ich zahlreiche Privilegien genossen: Ich durfte seine Kleider tragen, an seinem Tisch sitzen und sogar in seinem Bett schlafen«, lachte Gallicus augenzwinkernd.

»Ich verstehe … Und wie kommt es dann, dass der Günstling eines reichen Geldsacks sich nun in der Arena prügelt?«

»Die Tochter meines Herrn war sehr hübsch, und ich habe, ohne vorher Bescheid zu sagen, ihr Bett gegen das ihres Vaters eingetauscht. Außerdem habe ich in Anbetracht der Tatsache, dass mein großzügiger Herr mir für den Fall seines Verscheidens eine erkleckliche Summe Geldes vermacht hätte, ein wenig vorweggegriffen und etwas davon genommen, ohne sein Ableben abzuwarten … Wie es scheint, war die Leidenschaft, die der Herr für mich hegte, weniger glühend als die für seine Sesterzen!«

»Dennoch scheint es mir, dass du dich ganz gut behauptest.«

»Na ja, ich bin vielleicht ein bisschen schmächtig im Vergleich zu den Fleischbergen, die hier herumlaufen, aber ich kann dir versichern, dass Geschicklichkeit und Wendigkeit bei den Spielen mehr zählen als reine Kraft. Ich kann wie ein Frettchen unter den Ausfällen des Gegners hindurchschlüpfen, und bis jetzt habe ich Glück gehabt. Noch zwei Monate, und ich gehe hier als freier Mann heraus, ohne Schulden und mit einem hübschen Sümmchen auf der hohen Kante.«

»Kanntest du den Chelidonis?«

»Und ob! Wir haben uns oft getroffen, auch außerhalb der Kaserne. Zum Würfelspielen oder auch für einen Besuch im Bordell…«

»Ja, habt ihr denn freien Ausgang?«, wunderte sich Aurelius.

»Aber sicher, der Sieger darf sogar feiern! Vor wichtigen Kämpfen kommen die höchsten Kreise der Stadt, um uns Gesellschaft zu leisten, und du solltest die spitzen Schreie der Damen hören! Wir empfangen Besuch, manchmal bekommen wir sogar eine Einladung von einflussreichen Familien; ganz zu schweigen davon, dass die Sprösslinge der guten Gesellschaft Roms sich schier überschlagen, um uns zu begleiten, wenn wir uns amüsieren gehen.«

»Und wo geht ihr gewöhnlich hin, um euch zu amüsieren?«

»Kommt darauf an; in die Taverne von Niobe oder auf irgendein Fest. Manchmal werden wir auch engagiert, um vor den Gästen eines Banketts einen Schaukampf zu zeigen. Ich nehme solche Einladungen gerne an, weil ich auf diese Weise wichtige Leute kennen lerne, die mir eines Tages noch nützlich sein können. Ich habe nicht vor, diese ekelhafte Arbeit hier mein ganzes Leben lang zu machen, ich nicht! Chelidonis war natürlich am allermeisten gefragt: Sie haben fast alles getan, um ihn zu kriegen.«

»Sag mir, gibt es irgendjemanden in der Kaserne, der Interesse daran gehabt haben könnte, ihn aus dem Weg zu räumen?«

»Jemanden? Alle, würde ich sagen! Die Sekutoren, die Thraker, die Mirmillonen, die Samniter… Bei jeder Auslosung bestand das Risiko, dass sie sich ihm gegenüber wieder fanden.«

»Aber doch nicht ihr Retiarier, oder?«, vermutete Aurelius. Die typische Konstellation für einen Kampf bei den Spielen bestand ja gerade aus einem Retiarier gegen einen Thraker mit Schwert und Schild oder gegen einen Kämpfer, der auf eine andere Waffe spezialisiert war. Nie jedoch traten zwei Retiarier gegeneinander an, also zwei Athleten, die beide mit Netz und Dreizack bewaffnet waren.

»Senator, du scherzst«, fuhr Gallicus fort. »Es stimmt schon, dass die Retiarier genau aus diesem Grund separate Zellen bewohnen und nicht mit den anderen zusammenkommen; dennoch brauchst du nicht zu denken, dass zwischen uns alles eitel Sonnenschein ist. Chelidonis war der unumstrittene Held, und nun, wo er tot ist, steigen die Chancen für alle anderen, seinen Platz einzunehmen.«

»Und möchtest du das auch?«

»Nein, die Nummer eins zu sein reizt mich nicht. Ich versuche, eine anständige Position und gewisse Privilegien zu halten: Was das angeht, hat Chelidonis mir lebendig sehr viel genutzt.«

»Du scheinst ja nicht sehr erfreut. Ich glaube nicht, dass in der Kaserne viele so denken wie du.«

»Oh, dies ist hier die zentrale Sammelstelle für Schwachköpfe aller Art; das Einzige, was die gut können, ist, sich gegenseitig die Köpfe einzuschlagen. Befrage sie nur, und du wirst sehen!« Mit diesen Worten verabschiedete sich Gallicus, wobei er dem Senator noch einen komplizenhaften Blick zuwarf, der diesem nicht wirklich geziemend erschien.

»Ein schlaues Bürschchen«, meinte Castor. »Ich möchte die Bekanntschaft mit ihm gern vertiefen. Macht es dir etwas aus, wenn ich mich für einen Moment zurückziehe?«

Castor ist dabei, einen neuen Freund zu gewinnen. Offensichtlich versteht man sich gut, so von Betrüger zu Betrüger, dachte Aurelius. O ihr Götter, wer weiß, was die beiden zusammen noch aushecken werden!

»Der Nächste soll hereinkommen«, befahl er sodann mit stoischer Resignation.

»Also, Turius, du behauptest, ein Freund des Chelidonis gewesen zu sein. Du bist der Erste, der das zugibt!«, staunte Aurelius.

»So war es aber.« Der dunkelhäutige Mann mit dem bartlosen Gesicht schien sich in Gegenwart des Senators äußerst unwohl zu fühlen. Seine Antworten kamen stoßweise, er rang die Hände, als hätte er gerade in ein Büschel Brennnesseln gefasst, und trat dabei von einem Bein aufs andere, in einem nervenzerrüttenden Ballett, das weniger geduldige Menschen als Aurelius längst dazu gebracht hätte, die Fassung zu verlieren.

»Die anderen wollten ihn tot sehen, Senator Statius, aber das war Neid, purer Neid. Auch Gallicus, dieses gelockte Jüngelchen, ist hinter ihm hergelaufen wie ein Schatten, er dagegen hätte ihn jederzeit für eine Hand voll Kleingeld verkauft«, erklärte er, ohne auch nur einen Moment lang sein nervöses Geschaukel zu unterbrechen.

»Chelidonis hat ihn aber doch ermutigt«, widersprach ihm der Patrizier.

»Am Anfang nicht. Wenn du wüsstest, wie oft er sich über seine Locken lustig gemacht hat, die er mit *sapo* aus Magontiacum bleicht! Er hat sich oft einen Spaß daraus gemacht, ihn vor den anderen lächerlich zu machen, und ihn gefragt, warum er denn nicht mit dem *calamistrum* zum Kampf antritt, anstatt mit dem Dreizack. Er hat Spottverse auf ihn gedichtet und sein gekünsteltes, weibisches Latein nachgeäfft. Einmal hat er ihm sogar das Friseurbesteck in seine Zelle gelegt! Aber dann, nach all den Schmeicheleien und schönen Worten, hat es Gallicus doch geschafft, sich an seine Fersen zu heften, und ihn ins Unglück gestürzt. Wie oft habe ich zu ihm gesagt: ›Chelidonis, geh nicht aus nachts, ruh dich aus, du musst in Form bleiben, ein Schwertstreich, und du bist erledigt, denk an deine Familie!‹ Und er? Nichts dergleichen. Immer raus in die Hurenhäuser und Spielhöllen, immer zusammen mit diesem Taugenichts.«

»Familie? Chelidonis hatte doch keine Verwandten; ich dachte, sie seien alle umgekommen, damals in Thrakien während eines Angriffs …«

»Ja, das hat er immer behauptet, aber wenn er sturzbetrunken war, dann hat er angefangen zu plaudern … dann hat er von Forum Gallorum erzählt, nicht von Thrakien.«

Forum Gallorum: ein Ort in Gallia Cisalpina, nicht weit von Mutina entfernt … Was konnte denn der große thrakische Gladiator mit diesem verlorenen kleinen Städtchen an der Via Aemilia zu tun haben?

»Sag mir alles, was du über ihn weißt, Turius, auch Dinge, die dir nicht wichtig erscheinen!«

Der Athlet schien zu zögern: »Ich weiß nichts, Senator, außer dass die Leute immer um ihn herum waren, weil sie sich Vorteile davon versprochen haben. Es ist eine hässliche Welt, die Welt der Arena: Da gibt es keinen Platz für wahre Gefühle«, schloss er mit einem tieftraurigen Seufzer.

»Offen gesprochen, Turius, es überrascht mich, einen so feinfühligen Menschen wie dich hier als Gladiator vorzufinden. Wie kommt das?«

»Ich war zum Tode verurteilt: Sie haben mir die Wahl zwischen dem Henker und den *munera* gelassen, so bin ich hierher gekommen.«

Aurelius nickte verständnisvoll: ein armer Teufel, der den wilden Tieren vorgeworfen werden sollte, weil er vielleicht einen Laib Brot gestohlen hatte. Er hatte Mitleid mit diesem liebenswürdigen Menschen, der gezwungen worden war, ein so blutiges Handwerk auszuüben.

»Wie lautete denn die Anklage?«, erkundigte er sich taktvoll.

»Verwandtenmord«, gestand der Befragte in aller Ruhe. »Ich habe meinen Vater und meinen Bruder mit einer Axt erschlagen, und dann habe ich sie in Stücke gehauen.«

»Und wieso? Was hatten sie dir denn getan?«, fragte der Patrizier verblüfft.

»Gar nichts, ich konnte sie einfach nicht mehr ausstehen«, erklärte Turius mit einem Lächeln, ging zur Tür und ließ den vollkommen entgeisterten Senator zurück, der sich fragte, wie weit es eigentlich mit seiner angeblichen Menschenkenntnis noch her war.

Wenig später erschien Castor sichtlich empört wieder auf der Bildfläche: »Was für ein Betrüger, dieser Gallicus! Wir haben eine Partie Würfel gespielt, und stell dir nur vor, seine Würfel waren gefälscht! Aber ich habe das sofort bemerkt und ein anderes Paar ins Spiel gebracht!«

»Und wie ist es ausgegangen?«

»Unentschieden! Dieser Hurensohn hat herausbekommen, dass meine auch gefälscht waren!«

Im Refektorium herrschte das Chaos.

Die Verpflegung hatte sich wider Erwarten als ganz passabel erwiesen, und so hatte Aurelius ausreichend Muße, die Menschen um sich herum zu beobachten.

Die Helden der Arena schienen durch seine Anwesenheit in keinster Weise beunruhigt: Direkt ihm gegenüber schlang ein Gladiator sein Essen herunter, ohne auch nur ein einziges Mal aufzublicken, während sein samnitischer Nachbar jedes einzelne Stückchen Hammelfleisch mit dem Messer aufspießte, als versenke er einen Speer direkt im Bauch eines Gegners.

Aurelius erhob sich und ging hinüber zu einem Mann, der

schweigend sein Mahl verzehrte und mit fast religiöser Hingabe jeden Bissen langsam im Munde zergehen ließ, als sei es göttliches Ambrosia.

»Schmeckt's?«, fragte der Senator.

»Ganz ausgezeichnet. Seit gestern kommt mir noch die letzte Dreckbrühe wie köstlichster Nektar vor.«

»Du hast mit dem Schlimmsten gerechnet, nicht wahr, Quadratus?«

Der Gladiator machte eine Geste, die keines weiteren Kommentars bedurfte.

»Ich kann es noch gar nicht fassen; sonst habe ich immer solches Pech gehabt! Als ich Chelidonis mausetot am Boden liegen sah... Aber mein Glück wird nicht lange halten. Sie werden mich wieder in die Arena schicken, und beim nächste Mal würde selbst Quirinus, wenn er mit seinem Wagen vom Himmel herabkäme, es nicht schaffen, mich noch einmal aus dem Dreck zu ziehen. Wie auch immer, noch bin ich am Leben. Und ich esse.«

»Was glaubst du, wie es passiert ist?«

»Na ja, die Parze wird ihre Schere verlegt haben, oder Jupiter wollte sich einen Scherz mit mir machen.«

»Mir scheint, dass er sich eher mit Chelidonis einen schlechten Scherz erlaubt hat.«

»Schon möglich. Ich hatte schon am Abend vorher so ein ungutes Gefühl und habe schon befürchtet, dass ich mit ihm kämpfen müsste: Selbst für die Besten wäre das ziemlich hart geworden, aber für mich erst!«

»Wieso, bist du denn nicht gut in der Arena?«, fragte Aurelius, überrascht angesichts solcher Bescheidenheit.

»Ich und gut in der Arena? Sieh nur die Schwielen an meinen Händen: Sehen die aus wie von einem Krieger? Ich bin dazu geboren worden, Erde zu bearbeiten, nicht Sand. Stattdessen werde ich hier mit den Füßen voran herauskommen.«

»Ja, aber was machst du dann hier als Gladiator?«

»Glaubst du, ich wäre freiwillig hier? Sie haben mich dazu verurteilt! Das ist meine Frau gewesen, die Hure, zusammen mit ihrem Liebhaber. Er war mit einer schwer reichen Frau verheiratet, sie haben sich zusammengetan, um sie um die Ecke zu bringen und dann mir die Schuld in die Schuhe zu schieben.«

»Ja, aber das hätte doch das Gericht, das Gesetz ...«

»Ja, das Gericht! Wenn einer es sich leisten kann, Zeugen zu kaufen ... Vier Leute haben ausgesagt, dass sie mich mit dieser armen Frau zusammen gesehen haben, kurz bevor sie ermordet wurde, und schneller als ich gucken konnte, hab ich mich in Ketten wieder gefunden. Und ich hab ja noch Glück gehabt, dass ich *ad ludum* und nicht *ad bestias* verurteilt worden bin, sonst hätten sie mich noch ohne Vorbereitung in die Arena geworfen!«

»Unglaublich!«, wunderte sich der Senator.

»Ich bin ein Pechvogel. Von klein auf habe ich als Tagelöhner gearbeitet, und es verging kein Tag, an dem ich nicht Prügel für die Fehler der anderen bezogen hätte. Es wollte schon keiner mehr mit mir zusammen sein, weil ich das Pech förmlich angezogen habe. Und dann ist meine Frau schwanger geworden, und ich bin erst hinterher darauf gekommen, dass es die ganze Zeit nur darum ging, mir diesen Bastard von dem Hundesohn unterzuschieben, der mich dann hierher gebracht hat. Jetzt machen sich die beiden ein schönes Leben, während ich mich hier abstechen lasse, und rate mal, was meine Kollegen über mich sagen? Dass ich längst hätte tot sein müssen und dass ich schon nach Tod rieche.«

»Da kam dir das Ende des Chelidonis aber gerade recht. Ach ja, wo warst du denn vor dem Kampf? Keiner hat dich gesehen.«

Der Gladiator schwieg.

»Hör zu, Quadratus; ich will dir nichts Böses, aber denk noch einmal darüber nach: Es ist besser für dich, wenn du meine Frage beantwortest. Genau gesehen bist du derjenige, der am meisten von Chelidonis' Tod profitiert hat«, versuchte ihn der Senator zu überzeugen.

»Ich war auf der Latrine!«, seufzte Quadratus. »Ich hab mir ins Hemd gemacht vor Angst! Kannst es ja mal selbst versuchen, wenn du's nicht glaubst!«, rief er aus, stand auf und trottete mit hängenden Schultern kopfschüttelnd zu seiner Zelle zurück.

V

Vierter Tag vor den Nonen des Juni

Am nächsten Morgen lag der Senator Publius Aurelius Statius auf dem Massagetisch und überließ sich ganz den kundigen Händen seiner ägyptischen Sklavin Nefer, einer Schönheit, die ihn ein Vermögen gekostet hatte.

Er hatte ein wohltuendes Dampfbad genommen und sich dann kurz im Eiswasser abgekühlt. Jetzt entspannte er sich und gab sich ganz den magischen Berührungen von Nefers dunklen Händen hin. Während jegliche Anspannung aus seinen Muskeln wich, konnte er seinen Gedanken freien Lauf lassen.

Alles hatte in der Kaserne begonnen, und hierauf musste er seine Untersuchungen auch konzentrieren, vor allem auf die Retiarier. Und dennoch, auch von Chelidonis' Gegnern müsste sich etwas in Erfahrung bringen lassen, selbst wenn sie nur wenig Kontakt zu ihm gehabt hatten. Vielleicht auch von einer Person, die aus ganz besonderen Umständen heraus eine sehr außergewöhnliche Rolle im Ludus Magnus gespielt hatte.

»Castor, ich habe eine Aufgabe für dich.«

»Ich wäre dir nur zu gern zu Diensten, *domine*«, erwiderte dieser und hielt sich dabei die Stirn, »aber leider quält mich seit heute Morgen eine böse Migräne ...«

»Wirklich schade! Na schön, dann frage ich jemand anderen. Wer von den Sklaven sieht denn am männlichsten und attraktivsten aus? Lass mich nachdenken, Tullius vielleicht.«

»Tullius? Machst du Witze? Mit diesem Gesicht wie ein toter Fisch … Worum geht es denn, *domine*?«, fragte Castor und nahm Nefer den mit wohl riechenden Ölen getränkten Schwamm aus der Hand. »Dieses Mittel hat mir der Arzt Hipparcus verschrieben, und es ist wirklich sehr stark, ich fühle mich schon viel besser. Wo waren wir stehen geblieben, Herr?«, fuhr der Grieche fort und begann, den Rücken seines Herrn energisch zu bearbeiten.

»Ich bräuchte Informationen darüber, mit welchen Leuten Chelidonis Umgang hatte. Es gibt da ein Mädchen …«

»Nissa!«, platzte Castor heraus.

»Nicht ganz«, enttäuschte ihn der Senator. »Das werde ich übernehmen, ins Theater zu gehen, um die Schauspielerin zu treffen. Du wirst stattdessen in der Kaserne Nachforschungen anstellen.«

»Aber da gibt es doch gar keine Frauen!«, protestierte der Freigelassene misstrauisch und musterte seinen Patron voll ungläubigen Staunens.

»Nein, du meinst doch nicht etwa Arduina, *domine*! An die Hexe gehe ich nicht heran, nicht für alles Geld der Welt!«

»Und für zwei Sesterzen?«, versuchte Aurelius zu handeln.

»Für zwei lumpige Sesterzen soll ich meinen Hals bei dieser blutrünstigen Amazone riskieren? Da kennst du mich aber schlecht, Patron, auch ich habe Gefühle!«, erwiderte Castor beleidigt.

»Wäre deinen Gefühlen mit einem halben *aureus* angemessen Rechnung getragen?«, erhöhte Aurelius sein Angebot.

»Sagen wir einen ganzen *aureus* und zwei Amphoren Wein, Spesen gehen extra«, schlug der Levantiner vor. »Ich kann doch schlecht mit leeren Händen einer Dame den Hof machen? Was würden die Leute sagen, wenn der Sekretär des mächtigen Aurelius wie ein schäbiger Bettler daherkommt, um einem Mädchen seine Aufwartung zu machen?«

»In Ordnung, aber beschränke dich auf ein paar Girlanden: Das ist eine Gladiatorin, keine Hetäre.«

»Es wird sowieso an ein Wunder grenzen, wenn ich da lebend wieder herauskomme!«, stöhnte der Grieche, während er flink seinen Lohn einsteckte. »Auf jeden Fall wirst du mich für immer und ewig auf dem Gewissen haben!«

Die Vorstellung im Pompeius-Theater war ein voller Erfolg. Nach der Pantomime strömten die Besucher in kleinen Grüppchen aus dem Tor und summten die Melodien nach, die sie gerade erst von den Flöten- und Harfenspielern gehört hatten. Einige blieben noch unter den Statuen der großen Schauspielerinnen stehen, die Atticus persönlich für Pompeius Magnus ausgewählt hatte, als jener sich entschlossen hatte, den Römern das erste feste Theaterhaus zu schenken. Niemand konnte angesichts der in Marmor gehauenen Formen der Diven vergangener Zeiten umhin, sie mit jenen der schönen Nissa zu vergleichen, wobei Letztere eindeutig den Sieg davontrug.

Lang vergangen waren die Zeiten, als Frauen auf der Bühne noch Skandale hervorriefen. Obwohl die hoch bezahlten Diven, die die Bühnen bevölkerten, rein rechtlich noch als *personae abiectae* galten wie die Prostituierten, hob das Publikum sie auf die Altäre seiner Bewunderung, und schon so mancher Patrizier aus altem Adelsgeschlecht hatte sich ruiniert, indem er sein ererbtes Vermögen in die liebreizenden Hände einer *mimula* gelegt hatte.

»Bist du sicher, dass sie uns empfangen wird?«, sorgte sich Servilius aufgeregt und schleifte Aurelius in Richtung der Garderobe.

»Aber sicher. Ich habe ihr doch eine Nachricht zukommen lassen.«

»Wer weiß, wie viele sie noch bekommen hat!«, seufzte der Ritter, von Zweifeln geplagt.

»Nicht allzu viele, die von einem Armband aus massivem Gold begleitet waren, schätze ich. Vertrau mir, mein Freund«, versicherte ihm Aurelius. »In Rom öffnet Geld sogar die Türen des Kaiserpalastes, und da sollte es uns nicht das Kämmerlein einer kleinen Schauspielerin auftun können? Ich bitte dich!«

Titus Servilius folgte ihm ungeduldig. Pausenlos fingerte er nervös an seinen grauen Haaren herum, in dem aussichtslosen Versuch, die allmählich kahl werdenden Stellen zu bedecken.

In der Tat hatte der Ritter allen Grund, etwas angespannt zu sein, denn Nissa hatte sich an diesem Abend wahrlich selbst übertroffen. In einer Sparte des Theaters, wo die ganze Ausdruckskraft der Körpersprache gefordert war, konnte niemand ihr das Wasser reichen, wenn sie das Publikum mit schamlosen Gesten und wollüstigen Bewegungen in Wallung brachte. Ja, einige Male stand sogar zu befürchten, dass die aufgeheizten Zuschauer aus dem Parkett die Bühne stürmten oder irgendein übereifriger Magistrat in einem Anfall von Prüderie die Vorstellung unterbrechen lassen würde, weil sie ihm allzu gewagt erschien.

»Ach, die Episode mit Ares und Aphrodite: Nur sie konnte das so darstellen! Was für eine Klasse, was für ein Temperament! Und du meinst, wenn ich sie einladen würde...«, schwärmte der gute Ritter.

»Du müsstest das natürlich mit Pomponia absprechen«,

ernüchterte ihn Aurelius mit übertriebenem Desinteresse an den Verführungskünsten der waghalsigen *mimula*.

Inzwischen löste sich der Menschenauflauf vor den Kammern der Schauspieler allmählich auf. Enttäuscht darüber, dass sie nicht empfangen worden waren, wandten sich auch die treuesten Verehrer zum Gehen, nicht ohne noch einen letzten Kuss in Richtung der unerbittlich geschlossenen Tür zu hauchen.

Als die Menge sich verlaufen hatte, kam der Sklave, der ihre Tür bewachte, mit einer ölig komplizenhaften Miene auf Aurelius und Servilius zu: »Nissa erwartet euch, hier drüben!«

»O Eros, Pothos, Himeros!«, rief Servilius außer sich vor Aufregung.

Das Kämmerlein war winzig, und die Schauspielerin, angetan mit einer eher schlichten Tunika, saß vor dem Spiegel, umgeben von den Mädchen, die dabei waren, sie abzuschminken. Mit geschlossenen Lidern und ekstatischem Gesichtsaudruck gab sie sich ganz entspannt der Massage der Kosmetikerinnen hin und streichelte dabei ein Bündel aus weichem Fell, das in ihrem Schoß zusammengerollt lag.

»*Ave*, Senator Statius«, grüßte sie mit einem leichten Kopfnicken und warf ihm unter den kaum geöffneten Lidern einen feurigen, grünen Schlangenblick zu.

In diesem Moment bewegte sich das Fellbündel auf Nissas Beinen und ein neugieriges, aufmerksames Gesichtchen kam zum Vorschein.

»Ich danke dir für das Halsband, es hat Piumina sehr gut gefallen«, sagte die Schauspielerin beiläufig, während sie mit den Fingern über das kostbare Schmuckstück strich, dass Aurelius ihr hatte zukommen lassen und welches am Hals des Mungos sehr gut zur Geltung kam.

Servilius, ganz versessen darauf, auch einmal zu Wort zu kommen, versetzte seinem Freund einen energischen Stoß mit dem Ellenbogen, damit dieser ihn endlich vorstellte.

»Der Ritter Titus Servilius«, verkündete der Patrizier auch prompt, aber das Mädchen würdigte ihn keines Blickes: Geübt im Umgang mit Männern jeden Standes, hatte sie sofort herausgefunden, welcher ihrer Gesprächspartner wirklich zählte.

»Stört es dich, wenn ich mit meiner Toilette fortfahre?«, fragte sie Aurelius und räkelte sich auf ihrer Liege, sodass die Tunika sich wie zufällig öffnete und einen Blick auf ihre Beine freigab.

»Bitte, bitte, nur zu!«, kam Servilius seinem Freund zuvor und schluckte heftig.

»Chelidonis …«, begann Aurelius.

»Sein Tod ist ein schwerer Schlag für mich, allein davon zu sprechen lässt mich schon die Qualen des Tartarus erahnen!«, rief die Schauspielerin aus und schlug die Hände vors Gesicht. »Wie soll ich ihn je vergessen!«

»Während der Vorstellung schienst du nicht gerade am Boden zerstört vor lauter Kummer«, bemerkte Aurelius trocken, der das Getue von Schauspielern abseits der Bühne nur schwer ertragen konnte.

»Das war Arbeit; das hat überhaupt nichts mit meinem Privatleben zu tun!«, entgegnete die junge Frau empört. »Denkst du, es fällt mir leicht, vor tausenden von Zuschauern, die mich mit ihren geifernden Blicken verfolgen, zu spielen, während mein Herz angesichts des Verlustes meines geliebten, unersetzlichen Chelidonis blutet!«

»Ach, die Ärmste«, seufzte Servilius voller Anteilnahme.

Aurelius hatte allmählich genug; solange Titus Servilius dabei war, würde es ihm nicht gelingen, auch nur ein einziges ernsthaftes Wort mit dieser Frau zu wechseln.

»Titus!«, befahl er kategorisch, »Nissa hat Durst: Lauf und hol ihr einen Becher Wein!«.

»An der Ecke ist eine Taverne, ich eile und bin sofort zurück!«

»Du willst doch dieser anspruchsvollen jungen Dame nicht etwa dieses billige Zeug anbieten? Nimm die Sänfte und kaufe etwas im *thermopolium* an der Via Nomentana.«

»So weit? Da bin ich ja in hundert Jahren nicht zurück!«, protestierte der gute Ritter, der sich nicht so leicht abschütteln lassen wollte.

»Genau. Je eher du gehst, umso eher bist du zurück«, verabschiedete ihn Aurelius und schob ihn zur Tür hinaus. »Und ihr da, auch hinaus!«, fügte er an die Sklavinnen gewandt hinzu.

Die Schauspielerin hatte nichts dagegen einzuwenden. In die Kissen gelehnt, drückte sie ihr Haustierchen in einer kindlichen Geste an sich und warf dem Patrizier einen unsicheren Blick zu.

»Und jetzt, wo wir endlich allein sind, süße Nissa, kannst du aufhören, die Frau mit dem gebrochenen Herzen zu spielen«, sagte Aurelius brüsk. »Als Erstes erzähle mir doch, wie viele und welche Männer du noch getroffen hast, außer dem Retiarier.«

»Aber nie im Leben hätte ich …«, unternahm die Diva einen halbherzigen Versuch.

»Hör zu, meine Liebe«, unterbrach sie der Senator ungeduldig. »Ich bin auch Magistrat. Und das bedeutet, dass ich dein hübsches Spektakel jederzeit unterbrechen lassen kann. Und sobald es mir beliebt, kann ich auch eine handfeste Anklage formulieren, die ausreichen dürfte, um dich auf offener Bühne, im Angesicht deines dir so zugetanen Publikums, auspeitschen zu lassen.«

»Das würdest du aber doch nicht…«, wagte Nissa verunsichert einzuwerfen. Eine Schauspielerin konnte sich in Rom nie ganz sicher fühlen, und sie wusste nur zu gut, dass der Patrizier durchaus in der Lage war, seine Drohungen Wirklichkeit werden zu lassen.

»Und warum sollte ich das nicht tun? Du bist doch in der Szene mit der Auspeitschung sehr überzeugend. Sind die Peitschenhiebe nur gespielt, oder gefällt es dir wirklich?«, bedrängte der Patrizier sie weiter und ergriff, wenig zartfühlend, ihr Handgelenk.

»Was möchtest du denn wissen?«, fragte sie und entwand sich seinem festen Griff mit einer plötzlichen Bewegung.

Ihr Tonfall hatte sich jedoch deutlich verändert, da war nichts Geziertes oder Affektiertes mehr zu hören, sondern die feste Stimme einer Geschäftsfrau, die einen Kontrakt aushandelt.

»Man hat mir von gewissen Festen erzählt, die du zusammen mit Chelidonis besucht haben sollst. Ich will die Namen der Gäste und ganz sicher nicht die von irgendwelchen Schmierenkomödianten und Gauklern.«

»Das sind sehr bekannte Leute, ich hoffe, du bist diskret. Ich war oft bei den Einladungen von Sergius Mauricus.«

»Dem Anwalt?«, fragte Aurelius stirnrunzelnd und fuhr auf das zustimmende Nicken der Frau hin fort: »Wie viel hat er dir gezahlt, damit du vor seinen Gästen aufgetreten bist?«

»Senator, ich bin nicht auf Almosen angewiesen. Weißt du, was ich für diese Vorstellungen nehme? Zweihunderttausend Sesterzen, mehr als viele deinesgleichen in einem ganzen Jahr verdienen.«

»Fast genauso viel wie Mnester!« Aurelius stieß einen leisen, anerkennenden Pfiff aus. Es war kein Geheimnis, dass der berühmteste Komödiant Roms schier unglaubliche Summen verlangte, und ebenso wenig, dass er für Messalina etwas mehr als nur ein Schutzbefohlener war, aber wer hätte es gewagt, laut etwas gegen die Kaiserin zu sagen?

»Wie auch immer, du hast also das Engagement im Haus der Sergier angenommen?«, fuhr der Patrizier in inquisitorischem Ton fort.

»Ich kenne Mauricus schon seit ewig; er hat mich mal vor Gericht vertreten.«

Aurelius dachte nach. Sergius Mauricus war nicht nur eine Berühmtheit auf dem Forum, sondern auch bekannt für seinen engen Kontakt zu sehr reichen, skrupellosen Leuten, die er immer wieder höchst erfolgreich vor Gericht verteidigte. Dem Gesetz nach durften die römischen Anwälte eigentlich kein Honorar von ihren Klienten verlangen, da es die guten Sitten geboten, die Angelegenheiten von Freunden und Schutzbefohlenen gratis zu vertreten. Andererseits war es schon seit geraumer Zeit üblich geworden, dass der Klient seinen Retter auf sehr handfeste Weise belohnte, indem er ihn nämlich mit Geschenken überhäufte.

Im Fall von Sergius schien es allerdings sehr lohnend, ihn trotz seiner astronomischen Rechnungen zu engagieren, denn nur selten wurde einer seiner Klienten verurteilt, unabhängig davon, ob er nun schuldig oder unschuldig war. Der berühmte Redner konnte somit auf die Dankbarkeit mächtiger Freunde zählen; darüber hinaus erlangte ein guter Anwalt natürlich im Laufe der Jahre umfassende Kenntnis so vieler Geheimnisse seines Schützlings, als dass jener es sich noch erlauben könnte, ihm eines Tages einen Wunsch abzuschlagen.

Falls Nissa in der Vergangenheit in irgendwelche dunklen Machenschaften verwickelt gewesen war, verfügte Sergius sicher über genügend Beweise, um sie in der Hand zu haben. Sie zu bitten, vor seinen Gästen aufzutreten, war im

Grunde genommen noch das Geringste, was er verlangen konnte, umso mehr, als der gewiefte Anwalt in dem Ruf stand, ein durchaus exzentrischer Gastgeber zu sein. Er und seine Schwester liebten es, sich mit fragwürdiger Gesellschaft zu umgeben: Tänzer, Schauspieler, Gladiatoren, Gaukler und andere aus den weniger gut beleumundeten Kreisen der Stadt.

»Da bin ich wieder!«, rief Servilius, der in diesem Augenblick mit einem Krug in jeder Hand auf der Schwelle erschien. »Ich habe so schnell gemacht, wie ich konnte! Und es ist mir gelungen, Albaner und Herbulus aufzutreiben, aber sie sind beide erst sieben Jahre alt!«

»Kein Vergleich zu dem, was die Sergier auf den Tisch bringen; aber zumindest diesmal wird sich unsere gute Nissa damit begnügen müssen«, erklärte der Patrizier und machte Anstalten, sich zu verabschieden.

Doch Servilius zögerte noch und weigerte sich zu gehen, als verpasse er die Gelegenheit seines Lebens. Als Nissa dies bemerkte, kam sie langsam, mit einem schmachtenden Lächeln auf den Lippen, auf ihn zu: »Ach, Titus«, murmelte sie mit rauer Stimme.

Der Ritter schürzte die Lippen in Erwartung eines Kusses und schloss die Augen, um den magischen Moment besser genießen zu können. Er spürte die warme Liebkosung, die leichte Berührung einer rauen Zunge, die Feuchtigkeit einer kalten Nase – und sah überrascht in die frechen Äuglein des Mungos, den Nissa ihm ans Gesicht hielt.

Der gute Servilius, der sich tatsächlich mit wenig zufrieden gab, war dennoch außer sich vor Begeisterung. »Was für eine wunderbare Frau!«, murmelte er noch vor sich hin, als sie längst auf dem Heimweg waren. »Anmutig, höflich, faszinierend …«

»Sorg lieber dafür, dass du keine blonden Haare auf der

Tunika hast, wenn du reingehst«, riet ihm Aurelius und ließ den Freund vor seiner Haustür zurück, der vollauf damit beschäftigt war, die kompromittierenden Hinterlassenschaften des Mungos Stück für Stück von seinem Umhang abzulesen.

VI

Vigilien der Nonen des Juni

»Paris, ich muss wissen, ob wir eine Vertretung in Mutina haben.«

»Nein, *domine*«, erwiderte der brave Verwalter und wunderte sich über das plötzliche Interesse seines Patrons an den Geschäften: Normalerweise musste er ihm stundenlang hinterherlaufen, bevor er sich dazu durchringen konnte, die Buchhaltung zu prüfen.

Und in der Tat: Obwohl der Patrizier das schon beachtliche Vermögen seiner hoch edlen Vorfahren durch seine Aktivitäten als Reeder und Bankier noch mehrte, gehörte Geldzählen ganz sicher nicht zu seinen Lieblingsbeschäftigungen. Im Gegenteil: Er zog es vor, das Geld in aristokratischer Unbekümmertheit mit vollen Händen auszugeben. Eine Haltung, die der zutiefst vorsichtige und umsichtige Paris, gelinde gesagt, ziemlich unschicklich fand.

»Wir haben ein Büro in Bononia, das ist die Stadt, die Mutina am nächsten liegt«, bemerkte er.

»Wie lange braucht ein Bote dorthin und wieder zurück?«

»Mehr als eine Woche, Herr. Wenn es dir sehr eilig ist, können wir auf jeden Fall noch auf die Brieftauben zurückgreifen. Immerhin haben wir ja ein Netz von Taubenschlägen über das ganze Land verteilt; in zwei oder drei Tagen werden wir die Antwort haben.«

»In Ordnung. Ich möchte herausfinden, was Chelidonis in Mutina und Forum Gallorum zu suchen hatte. Es wird doch für unsere Leute in Bononia ein Leichtes sein, sich in der Nachbarstadt umzuhören: Ich bin bereit, demjenigen, der mir die interessantesten Informationen liefert, einen Umzug in die Hauptstadt zu spendieren!«

»Das wird wohl nicht funktionieren, *domine*,« erwiderte Paris kopfschüttelnd.

»Warum nicht?«, fragte Aurelius. »Du weißt sehr gut, dass alle Provinzler sich nichts sehnlicher wünschen, als in der Urbs Karriere zu machen...«

»Nicht in Bononia, *domine*. Die Einwohner dieser Stadt, halb Kelten, halb Etrusker, sind fest davon überzeugt, dass sie am schönsten Ort der Welt leben: – Bononia ist der Nabel der Welt – Bononia caput mundi, darauf bestehen sie all dem Glanz der Hauptstadt zum Trotz. Unter keinen Umständen würden sie je darum bitten, nach Rom ziehen zu dürfen; wenn einer von ihnen gezwungen ist, irgendwo anders zu leben, wird er alles dafür tun, um wieder in seine geliebte Heimatstadt zurückzukehren. Glaub mir, es ist besser, einen Geldpreis auszusetzen«, riet der umsichtige Verwalter.

»Ich werde es genauso machen, wie du mir rätst,« versicherte der Patrizier. »Hast du mitgeschrieben? Gut, dann schick es sofort los!«

Das Siegel war kaum in den Siegellack gedrückt, da hallte ein unmenschlicher Schrei durch das *peristylium*.

»Unsterbliche Hekate, heilige Aphrodite, große Astarte!«, rief Castor und stürzte herein, als wäre ihm eine ganze Kohorte Prätorianer auf den Fersen.

Beim Anblick des ziemlich mitgenommen aussehenden Levantiners verzog Paris die Lippen: Es war ihm wirklich unerklärlich, wie ein Aristokrat von Aurelius' Format – ein überaus gebildeter, wenn auch etwas exzentrischer Mensch –

Castors ungezügelte Temperamentsausbrüche mit solcher Nachsicht hinnehmen konnte, besonders jetzt, da er sich auch noch diese arme Xenia vom Lande mitgebracht hatte, ein junges, unschuldiges, reines Mädchen, das der infame Grieche mit seinen zweifelhaften Avancen immer wieder zu verderben versuchte.

»Arduina hat mich fast erledigt! Die ist ein wildes Tier, Patron! Verlange bloß nie wieder, dass ich auch nur in ihre Nähe gehe; schließlich habe auch ich meine Würde!«

»Ehrlich, Castor? Die versteckst du normalerweise aber ganz gut.«

»Wie auch immer, ich habe zumindest eine Haut zu retten!«

»Und was hast du herausbekommen?«, fiel Aurelius ihm ins Wort, weil er sich sicher war, dass der Alexandriner viel Aufhebens um die Schwierigkeiten, die er überwunden hatte, machen würde, um seinen Lohn in die Höhe zu treiben.

»Zuerst die Rechnung, *domine*«, sagte Castor tatsächlich. »Das macht fünfundfünfzig Sesterzen.«

»Fünfundfünfzig Sesterzen? Ja, bist du denn verrückt geworden?«

»Ein guter Degen aus gehärtetem Stahl ist ziemlich teuer, aber es schien mir das geeignete Geschenk für eine Gladiatorin. Und es war der Mühe wert, hör nur zu! Chelidonis hatte Erfolg bei den Frauen der besseren Gesellschaft: Nicht nur war er häufig bei den Sergiern zu Gast, sondern obendrein scheint es auch, dass er, allerdings mit größter Diskretion, auch eine Dame edelster Herkunft besucht hat, die erst vor kurzem, nach einem längeren Aufenthalt im Orient, inkognito nach Rom zurückgekehrt ist.«

Aurelius fühlte, wie ihm das Herz in der Brust schlug, ließ sich aber nichts anmerken.

Als er Castor mit seinem Lohn und dem Auftrag, Erkundigungen über den nächsten Fall von Sergius Mauricus bei Gericht einzuholen, entlassen hatte, schloss er sich in dem kleinen Arbeitszimmer neben der Bibliothek ein, setzte sich gedankenverloren an den Tisch und betrachtete eingehend seine *cervisiam*, macht aber keine Anstalten, davon zu trinken.

Verwirrt sah er der Büste Epikurs in die gemalten Augen, als erwarte er, dort eine Antwort zu finden: eine Dame von hohem Stand, in Rom unter falschem Namen… Könnte sie es vielleicht sein?

VII

Nonen des Juni

Die Sänfte kam genau vor der Basilica Julia zum Halten, mitten auf dem Forum, und Aurelius sprang heraus, gefolgt von dem unvermeidlichen Servilius. Wenn Castor sich nicht geirrt hatte, würde die Verhandlung hier in wenigen Augenblicken beginnen.

Da der Patrizier eigentlich keine Eile hatte hineinzugehen, verweilte er noch in aller Ruhe auf den Stufen zum Tribunal; er hatte für diesen Anlass seine prachtvollste Toga, die mit dem *laticlavius*, angelegt. Und er war, diesmal ganz unbescheiden, der Meinung, dass er es auch verstand, sie mit der notwendigen Eleganz zu tragen: Man sah schließlich schon genug Togen herumflattern, die von den Schultern ihrer Träger wie Wäsche von der Leine herabhingen. Wer machte sich heutzutage noch die Mühe, die Falten zu glätten und sie sorgfältig über den Arm gelegt zu tragen?

Zwei oder drei reich gekleidete Damen grüßten ihn mit verheißungsvollem Interesse. Für jede hatte Aurelius ein Lächeln, eine galante Bemerkung oder ein ausgefallenes Kompliment.

»Auf, auf du eitler Pfau, meinst du nicht, es ist Zeit hineinzugehen?«, unterbrach ihn Servilius. »Bist du hier, um einer Verhandlung beizuwohnen oder um den Damen den Hof zu machen?«

Der Saal war überfüllt wie immer, wenn der Redner Sergius Mauricus hieß.

Das Publikum riss sich darum, ihn zu sehen, als sei er ein gefeierter Schauspieler; und in der Tat unterschied sich die Art, wie der große Redner seine Fälle vortrug, nicht sehr von der Vorstellung eines Schmierenkomödianten: Die Ausrufe, das Beben in der Stimme, weit ausladende Gesten – es wurde an nichts gespart, um die Richter zu beeindrucken.

»Seit jenem Tage, an dem der kühne Marius Jugurtha unterwarf …,« deklamierte der Meister des Forums gerade, als sie hereinkamen.

Im Unterschied zu vielen seiner Kollegen las Sergius seine Rede nicht ab, sondern trug sie frei vor, als rezitiere er aus dem Gedächtnis.

»… wie Cato in Bezug auf Karthago nicht müde wurde zu erinnern … schon der perfide Catilina … die *lex remnia*, die *lex publica* und nicht zuletzt die *lex iulia …«*

»Tja, ich habe zwar keine Ahnung, wovon er gerade spricht, aber er scheint wirklich kompetent zu sein«, bemerkte Aurelius. »Er muss jahrelang studiert haben.«

»Machst du Witze?«, entgegnete Servilius. »Der hat keinen blassen Schimmer von Rechtsprechung: Er hat eine ganze Heerschar von Rechtsberatern, die für ihn arbeiten und ihm seine Fälle vorbereiten. Er trägt nur vor, was sie ihm liefern, das ist alles. Allerdings ist er ein Experte für überraschende Effekte. Pass auf, jetzt kommt eines seiner Glanzstücke: die Klage über die menschliche Ungerechtigkeit!«

»… und die Göttin Temis, vom heiligen Olymp …«, rief der Redner wortgewandt aus.

»Ja, aber wie lautet denn die Anklage in diesem Fall?«, fragte Aurelius, der sich allmählich in all den historischen und mythologischen Exkursen nicht mehr zurechtfand.

»Ehebruch. Irgendjemand hat seine Ehefrau beschuldigt,

sie hätte ihn mit einem seiner Angestellten betrogen«, erklärte Servilius.

»Und der bemüht Cincinnatus und Scipio, wenn nicht gar das ganze Pantheon, nur wegen eines gehörnten Ehemanns?«

»So werden vor Gericht die Verhandlungen gewonnen, mein Lieber! Denk nur daran, dass die Griechen sogar Gesetze frei erfunden und auf die Unwissenheit der Richter spekuliert haben. Da, ich glaube, er kommt jetzt allmählich zum Schluss«, bemerkte Servilius und versuchte, über die Köpfe der Zuschauer hinweg etwas zu sehen.

»*Dixerunt!*«, rief in diesem Augenblick einer der Magistrate und schloss damit offiziell die Plädoyers ab. Mit schier unendlicher Geduld musste Aurelius nun noch die letzten Zeugenbefragungen und die *probatio* über sich ergehen lassen.

Endlich wurde unter lautem Jubel der Anwesenden das unanfechtbare Urteil gesprochen.

Wenig später verließ der Kläger mit finsterer Miene, wutentbrannt, wortlos den Saal, gefolgt von seinen Anwälten. Sergius hatte wieder einmal gesiegt.

»Sieh nur, da unten ist er, umringt von seinen Anhängern.« Servilius zeigte auf das Häuflein von Togaträgern, die sich um den Rechtsverdreher scharten. »Und das muss die Angeklagte sein.«

Die Frau schaute gerade mit bewundernden Blicken zu ihrem Retter auf. Man sah ihr an, dass sie es kaum abwarten konnte, ihm ihre Dankbarkeit andernorts zu bekunden.

»Der alte Wolf ist sehr empfänglich für Schmeicheleien. Komm mit!« Servilius schleifte Aurelius mit hinunter.

»*Ave*, Mauricus, eine wunderbare Rede, wirklich!«

»Senator Statius!«, rief der Anwalt aus. »Ah, und auch Titus Servilius... Seid ihr wegen eines Falles hier?«

»Nein, nein, wir wollten nur mal eine deiner Reden hören: Die wirklich guten Redner sind rar geworden heutzutage«, schmeichelte ihm Aurelius und ekelte sich dabei fast schon vor sich selbst.

»Du hättest mir vorher Bescheid sagen sollen, ich hätte euch einen bequemeren Platz besorgen können. Na ja, wenn es sonst nichts mehr gibt… *Valete*!«, verabschiedete sie der Held des Forums, der es offensichtlich kaum noch erwarten konnte, sich wieder seiner schönen Klientin zuzuwenden.

»Also, da gäbe es schon noch etwas…«, unterbrach ihn Aurelius mit einem übertrieben höflichen Lächeln. »Der Mord an Chelidonis.«

»Da ist nichts zu machen, ich verteidige keine Gladiatoren. Ganz abgesehen davon, dass der Schuldige auf jeden Fall von der wütenden Menge niedergemetzelt würde, bevor er das Gericht erreicht.«

»Aber du kennst doch Nissa gut, die Liebhaberin des Opfers…«

»Wer kennt die nicht? Ganz Rom hat mittlerweile Gelegenheit gehabt, sie splitterfasernackt zu bewundern!«, lachte Mauricus auf.

»Ja, aber doch nicht bei sich zu Hause«, insistierte der Patrizier mit scheinbar ahnungsloser Treuherzigkeit.

Mauricus reagierte unwillkürlich mit einer ärgerlichen Bewegung, die Rollen mit seinen Notizen entglitten seiner Hand und fielen zu Boden. Aurelius sprang eilfertig herbei und sammelte sie sorgsam wieder ein, wobei er versuchte, einen Blick auf den Text zu werfen.

Was konnte dieser Störenfried nur wollen?, fragte sich der Anwalt verblüfft. Publius Aurelius Statius, der Senator. Sicher, er kannte ihn: ein reicher Adeliger mit der lästigen Angewohnheit, seine Nase in alles Mögliche zu stecken, der in seinem ganzen Leben noch nichts getan hatte, außer zu lesen und den Frauen hinterherzusteigen. Und jetzt, wer weiß aus welchem Grund, fing er an, seine Nase in Angelegenheiten zu stecken, von denen er sich besser fern halten sollte.

»Mit welchem Recht hat Nissa dir denn so vertraulich von unserer Freundschaft erzählt, wenn ich mal fragen darf? Gehörst du etwa zu ihrem engeren Freundeskreis?«, sagte er trocken, während er weiter intensiv nachgrübelte: Der Senator Statius stand in dem Ruf, sich eigentlich nur auf Empfängen und in literarischen Zirkeln blicken zu lassen, andererseits galt er vielleicht an höherer Stelle mehr, als auf den ersten Blick erkennbar war…

»Nein, das nun wirklich nicht! Ich habe sie ganz offiziell als Prokurator aufgesucht. Ich untersuche im Auftrag von Claudius den Tod des Chelidonis«, informierte ihn der Senator mit gespieltem Gleichmut.

Kaum war der Name des göttlichen Caesar gefallen, ließ der Redner jegliche Feindseligkeit verschwinden und starrte Aurelius überrascht an: Prokurator von Claudius, dieser harmlose Schönling… »Da wirst du wahrscheinlich auch mit mir sprechen wollen«, beeilte er sich, Kooperationsbereitschaft zu signalisieren.

»Das hat keine Eile, Sergius, ganz wie es dir passt. Und lass uns die Förmlichkeiten beiseite lassen. Wäre es nicht viel angenehmer, vor einem guten Essen liegend ein paar Worte über diese Sache zu wechseln, statt uns in einem kalten *tablinum* zu treffen? Hortensius, mein Koch, ist ein wahrer Zauberer am Herd.«

»Ich danke dir, aber dann würde ich es vorziehen, wenn du zu mir kämest, zusammen mit Titus Servilius. Ihr werdet mir doch das Vergnügen, euch zu Gast zu haben, nicht abschlagen!«

»Wenn du darauf bestehst«, schlug der Senator ein. »In

diesem Fall wäre es sehr nett, wenn auch die schöne Nissa anwesend sein könnte.«

Servilius spürte, wie ihm das Herz bis zum Halse schlug: Es gäbe also eine Gelegenheit, sie wieder zu sehen.

»Ihr könnt darauf zählen. Ich erwarte euch an der Vigilie der Iden«, schloss Mauricus etwas brüsk und eilte davon.

»Heilige Aphrodite, ich muss anfangen, mich vorzubereiten!«, platzte Servilius besorgt heraus. »Was meinst du, soll ich ab jetzt Diät halten?«

»Ein paar Tage Zurückhaltung werden wohl nicht ausreichen.« Aurelius wollte nicht zu hart sein, betrachtete jedoch mit Besorgnis den stattlichen Körperumfang seines Freundes.

»Vielleicht mit ein paar Massagen … leihst du mir deinen Samson aus? Ich brauche einen kräftigen Mann.«

»Wenn du meinst …«, zweifelte Aurelius.

Es stimmte schon, ursprünglich war Samson – ein wahrhaft gigantischer Sklave mit eher rüden Umgangsformen – als Masseur gekauft worden; mittlerweile allerdings, nachdem es durch sein wildes Kneten bereits zu einigen Verletzungen gekommen war, wurde er aus Gründen der Vorsicht im Haus des *Aurelius* nur noch als Träger eingesetzt, obwohl er auch bei der Erfüllung dieser Aufgaben noch reichlich Schaden anrichtete.

»Also dann komme ich gleich mit zu dir nach Hause«, beschloss Servilius. »Und übrigens, es wäre vielleicht besser, wenn Pomponia davon nichts erführe; sie könnte die Dinge falsch interpretieren, du verstehst schon, was ich meine.«

»Nur zu gut«, brummte Aurelius, dem angesichts der Begeisterung seines Freundes für die schöne Schauspielerin Böses schwante. »Da sind schon die Träger mit der Sänfte, lass uns einsteigen.«

»Nein, steig du nur alleine ein. Ich komme zu Fuß nach,

ein bisschen Bewegung wird mir gut tun«, erklärte Servilius mit heldenhafter Entschlossenheit. So setzten sich die Nubier in ihren langsamen Trab, gefolgt von dem beleibten Ritter, welcher nur mühsam Schritt halten konnte.

»Ich höre ohrenbetäubende Schreie aus dem Gymnastikraum. Hast du jemanden zur Folter verurteilt?«, fragte Castor, als er ins Bad trat.

»Viel hilft viel. Servilius ist fest davon überzeugt, dass er durch eine solche Behandlung Gewicht verliert«, erklärte Aurelius und schüttelte sich, um die Kälte loszuwerden, als er wieder aus dem *frigidarium* auftauchte.

»Na ja, wenn er wirklich ausdauernd dabeibleibt, kann man vielleicht in ein paar Monaten die ersten Ergebnisse sehen«, schätzte der Freigelassene, während er seinem Herrn ein heißes Handtuch um die Schultern legte.

»Ja schon, aber Titus hat nur ein paar Tage!«, klärte ihn Aurelius auf und erzählte Castor von der Begegnung mit Mauricus.

»Zum Essen mit der Göttlichen, das ist schon was!« Der Grieche pfiff leise bewundernd durch die Zähne.

»Meinst du, dass ich in deiner goldenen *chlamys* eine gute Figur machen würde? Sie würde meine klassisch-hellenischen Gesichtszüge gut unterstreichen.«

Aurelius schwieg: Der Levantiner hatte schon als Sklave nur widerwillig gehorcht, seit seiner Freilassung war es jedoch noch viel schlimmer mit ihm geworden. Seit es ihm obendrein gelungen war – im Gegenzug für seine zweifellos wertvollen Verdienste –, Xenia ins Haus zu bringen, diese professionelle Diebin, mit der er sich zusammengetan hatte, spielte sich das saubere Pärchen in der *domus* hemmungslos als Hausherren auf, als seien sie die rechtmäßigen Eigentümer. Dieser aufmüpfige Sklave hatte eine Lektion verdient, und er würde ihn ganz sicher nicht zu der Einladung mitnehmen!

»Wie kommst du denn darauf, dass du eingeladen bist?«, fragte Aurelius ihn voller Ernst.

»Ein tadelloser griechischer Sekretär macht immer einen guten Eindruck, *domine*«, versuchte der Freigelassene Zeit zu gewinnen. »Besonders, wenn er geschickt und feinfühlig ist und seine Ohren aufzuhalten weiß.«

»Du bist doch vollkommen außer Übung, Castor. Es ist Jahrhunderte her, dass du mir eine interessante Nachricht geliefert hast«, erwiderte der Patrizier.

»Könnten die Wetten, die Mauricus mit dem Tod des Chelidonis gewonnen hat, eventuell interessant für dich sein?«, flüsterte ihm der Sklave mit verschwörerischer Miene zu.

Aurelius sprang auf die Füße: Castor hatte tatsächlich immer noch einen Pfeil in seinem Köcher.

»Erzähl!«

»Ich kenne da ein paar von den Buchmachern. Unser Rechtsverdreher hatte tausend Sesterzen auf Quadratus gesetzt, den Gegner des Chelidonis.«

»Tausend Sesterzen auf diesen armseligen Schwächling... da ist doch was faul!«

»Ich könnte das ganz leicht morgen Abend überprüfen, indem ich mich ein wenig bei den Sklaven umhöre«, versprach Castor treuherzig in dem Bemühen, sich die Einladung zu sichern.

In diesem Augenblick erschien eine gespenstische Gestalt auf der Schwelle, von Kopf bis Fuß in schneeweiße Laken gehüllt. Mit schweißnasser Stirn ließ sich der arme Servilius wie einen Sack Gerste auf den marmornen Rand des Beckens fallen.

»Uff...«, stöhnte er und fächelte sich Luft zu. Dabei

rutschte das Laken zurück, und ein bläulich angelaufener Arm kam aus den Falten zum Vorschein.

»Dieser Samson ist wirklich ein Grobian«, beklagte sich der Ritter.

»Du bereitest dich tatsächlich rechtzeitig vor, Servilius«, stellte Aurelius besorgt fest. »Hast du schon entschieden, was du anziehen wirst?«

»Ich dachte an eine festliche Tunika aus durchbrochenem Leinen und darüber eine schön bunte, mit Gold und Silber bestickte *vestis cenatoria*«, schlug der Ritter vor.

Castor hüstelte: »Herr, dein Geschmack ist zweifellos ganz exzellent, aber wenn du erlaubst, so würde ich dir gern noch einige ergänzende Details empfehlen, selbstverständlich nur, wenn du möchtest.«

»Ja, ja Castor, gib mir deinen Rat!«, erwiderte Servilius.

»Ich kann dich mir sehr gut in einer eher schlichten *dalmatica* vorstellen, sagen wir in Hellgrau, die macht schlank und verdeckt die blauen Flecken ...«

»Eine sehr gute Idee! Und was würdest du zu einem kleinen roten Mantel sagen, um das Ganze abzurunden?«

»Eine frivole *laena*?« Der anspruchsvolle Grieche schüttelte den Kopf. »Nein, besser wäre ein dunkler Umhang, sehr zurückhaltend, oder vielleicht eine *lacerna*.«

»Aber meinst du nicht, dass ich darin zu alt aussehe?«

»Die jungen Mädchen erliegen sehr leicht der Faszination eines reiferen Mannes. Im Gegenteil, du solltest noch deinen Haarschnitt verändern lassen: Er ist entschieden zu jugendlich.«

Ohne zu zögern eilte Servilius zu Azelis, Aurelius' Barbier, einem weibischen Syrer-Phoenizier mittleren Alters, der wohl den ganzen Nachmittag für diesen korrigierenden Eingriff brauchen würde.

»Fünf zu eins, dass Servilius in weniger als zwei Wochen

die Diva erobert hat«, schlug Castor vor und streckte die Hand aus.

Die *quirites* waren unverbesserliche Wetter: In der Urbs setzte man auf alles und jeden, von den Pferderennen über die Wagenrennen bis hin zu den Liebhabern der Kaiserin, und nicht einmal Aurelius konnte sich dieser eingefleischten Angewohnheit entziehen.

»Willst du dich ruinieren, Castor?«, staunte der Patrizier. Es bestand nicht die allergeringste Chance, dass der gute Ritter mit Nissa anbändeln konnte.

»Ich setzte zwei Golddenare!«, beharrte der Grieche.

»Angenommen, Titus prahlt mit seinem Erfolg, wie kann ich wissen, ob er die Wahrheit sagt?«, gab der Senator zurück.

»Er wird dir einen Beweis liefern, irgendetwas ganz Persönliches, das der Schauspielerin gehört; ein Wäschestück, keine Ahnung, vielleicht ein Brusttuch oder eine Leibbinde. Du zahlst nur, wenn Servilius wirklich in der Lage ist, dir etwas in der Art zu bringen.«

Während Aurelius zuhörte, fragte er sich, wie immer, wenn er es mit dem gerissenen Freigelassenen zu tun hatte, wo der Haken an der Sache war.

Dann schlug er ein, bereute es jedoch sofort wieder: Bei einer solchen Summe als Einsatz würde Castor alles in Bewegung setzen, um das Werk der Verführung zu befördern, und wenn Pomponia davon erführe… Nein, diese Narretei des Freundes musste unbedingt im Keim erstickt werden, auf jeden Fall schon beim Bankett!

VIII

Sechster Tag vor den Iden des Juni

»Herr!« Paris wartete höflich an der Schwelle. »Die Antworten aus Bononia sind eingetroffen, wo soll ich sie dir hinlegen?«

»Leg die Schreiben in mein Arbeitszimmer, Paris. Ach, übrigens, wieso hattest du mir nichts davon erzhält, dass der Architekt meiner Villa in Pithecusa hier war?«

Paris lief über und über rot an und schlug die Augen nieder: »Das muss ich vergessen haben, *domine*«, gestand er verwirrt.

Aurelius sah ihn verwundert an. Paris' Erinnerungsvermögen war legendär: In den langen Jahren seines Dienstes hatte der gewissenhafte Verwalter noch nie auch nur eine Kleinigkeit vergessen.

»Sag mal, findest du Paris in letzter Zeit nicht auch ein bisschen seltsam?«, fragte er wenig später Castor. »Er scheint manchmal mit seinen Gedanken ganz woanders zu sein; hoffen wir nur, dass er nicht krank ist, ich habe keine Ahnung, wie ich ohne ihn zurechtkommen sollte.«

Ohne sich etwas anmerken zu lassen, schluckte der Grieche diese schmeichelhafte Bemerkung über den Verwalter. Gegensätzlich in Temperament und Veranlagung, waren Castor und Paris ewige Rivalen im Dienst desselben Herrn.

»Kann ich dir helfen, diese zwei, drei Briefe durchzusehen?«, fragte der Sekretär, um verlorenen Boden wieder gutzumachen.

Castor hatte es sich zum Prinzip gemacht, sich stets freiwillig für kleine, leichte Aufgaben anzubieten, um anderen schweren und langwierigen Arbeiten aus dem Weg zu gehen. Eben mal kurz mit dem Patron zusammen die paar Briefe durchsehen, und er hätte den ganzen Tag zur freien Verfügung.

»Wenn du unbedingt möchtest…«, ging der Patrizier dankbar auf sein Angebot ein.

Das kleine Arbeitszimmer, in das sich Aurelius so gern allein zurückzog, um in Ruhe über den Werken seiner geliebten epikureischen Philosophen zu brüten, ging auf das *peristylium* hinaus, den ruhigsten Teil des Hauses.

»O ihr Götter des Hades!«, fluchte der Patrizier, als er die Tür aufstieß. Castor riss verblüfft die Augen auf: Eine Unmenge von Rollen lag auf dem Tisch, quoll über Sessel und Regale, begrub die Büste des Epikur unter sich und bedeckte sogar einen großen Teil des Fußbodens.

»Bei Hephaistos! Ein Glück, dass du dich angeboten hast, mir zu helfen, Castor. Ich darf gar nicht daran denken, dass ich dir eigentlich den ganzen Tag freigeben wollte!«

Mit einem unterdrückten Seufzer ließ sich der Sekretär auf das einzige Fleckchen Boden fallen, das noch frei von Schriftrollen war.

»Gut, fangen wir an«, bestimmte der Patron und ließ sich neben ihm auf die Knie nieder. »Schau an, schau an. Hier ist einer, der in Forum Gallorum geboren ist und berichtet, er habe Chelidonis in seiner Jugendzeit gekannt.«

»Die Kurtisane Quintilla rühmt sich, ihn privat besucht zu haben.«

»Eine Wäscherin aus Mutina besteht darauf, dass Chelidonis ihr noch Geld für die Wäsche schuldet.«

»Und das ist noch nicht alles, Castor. Hör dir mal das hier an:

Septicius Rusticus an Publius Aurelius Statius:

Hochverehrter Senator,

ihr in Rom seid mitnichten so schlau, wir ihr denkt, denn ihr glaubt wirklich alles. Der Chelidonis, von dem kann ich euch sagen, dass er in Wirklichkeit Placidus heißt und in Mutina gearbeitet hat, beim Seiler Spurius, und dass er dem eine ganze Menge Ärger eingebrockt hat, indem er dessen Sklavin geschwängert hat.

Ich weiß das ganz genau, weil besagter Spurius mein Schwager ist, was also heißen soll, dass er meine Schwester Decia geheiratet hat und jetzt hier in Bononia lebt und die Belohnung wirklich gut brauchen könnte, denn sie haben fünf Kinder, und das Geschäft mit den Seilen geht schlecht.

»Von wegen heldenhafter Kriegsgefangener, einziger Überlebender bei der Vernichtung seines Dorfes … da hat er sich wirklich eine schöne Geschichte ausgedacht!«, pfiff Aurelius anerkennend.

»Hör dir das an, *domine*« Castor sprang auf. »Hier ist sogar ein Brief von einer gewissen Placida, einer Frau aus Forum Gallorum, die fragen lässt, wann Sergius Mauricus sich endlich dazu durchringen könnte, ihr das Vermögen ihres Stiefbruders Chelidonis zurückzugeben, dessen einzige Erbin sie ist.«

»Nicht übel, nicht übel«, sagte der Patrizier mit Genugtuung.

Zwei Stunden später, nachdem sie alle Briefe ausgewertet hatten, konnten Aurelius und Castor den Lebenslauf des größten Helden der Arena detailliert nachvollziehen: Als römischer Bürger, frei unter dem Namen Placidus in Forum Gallorum geboren, war er schon bald nach Mutina gegangen. Schon von klein auf hatte er seine Eltern zur Verzweiflung getrieben; nachdem er mehrmals seine Arbeit gewechselt hatte – Seiler, Kutscher, Obstverkäufer, Träger –, hatte Placidus den Weg in die Arena eingeschlagen, und das mit vollem Erfolg. Seitdem hatte er keinen Fuß mehr nach Mutina gesetzt, sich aber immerhin bemüht, seiner Schwester, die ständig in beängstigenden finanziellen Schwierigkeiten war, monatlich eine gewisse Summe zukommen zu lassen.

Und all dies musste Sergius Mauricus sehr gut wissen, angesichts der Tatsache, dass er damit beauftragt war, der Familie das Geld zu schicken.

»Da hast du aber einiges, mit dem du dich morgen Abend beschäftigen kannst«, bemerkte Castor.

»Ja, aber vorher … Ich wette, dass es da noch jemanden gibt, der über diese Geschichte Bescheid weiß. Erinnerst du dich an diesen Turius, in der Kaserne? Ich glaube, ich werde ihm noch einen Besuch abstatten!«

In diesem Moment erschien Paris mit betont gleichgültiger Miene in der Tür.

»Herr, Besuch für dich«, kündigte er an, und seine Stimme ließ den gewohnten missbilligenden Unterton vermissen, mit dem er normalerweise seine Abneigung gegenüber den extravaganten und mit der Würde eines Senators nur schwer zu vereinbarenden Leuten zum Ausdruck brachte, die der Patron so gern empfing. »Es ist ein vornehmer Herr, sehr gepflegt«, fuhr er fort, ohne seine Bewunderung zu verbergen. »Ein Händler vielleicht oder der Vertreter einer Handelsgesellschaft. Ich habe mir erlaubt, ihn im *tablinum* Platz nehmen zu lassen.«

Beim unsterblichen Hermes, eine geschäftliche Besprechung hatte ihm gerade noch gefehlt, dachte Aurelius, doch er verspürte nicht die geringste Lust, den eifrigen Verwalter ein zweites Mal an diesem Morgen zu tadeln.

Jedoch hatte Paris diesmal einen richtigen Bock geschossen, was seine Wertschätzung des Besuchers betraf: Im *tablinum*, auf dem Ehrensessel, saß der Gladiator Gallicus und war gerade dabei, an einem Kelch des besten Weins zu nippen.

»Senator, bitte entschuldige die Störung, aber es ist ein Unglück geschehen, und ich habe es für das Beste gehalten, gleich vorbeizukommen und dich darüber zu informieren: Kein anderer aus der Kaserne hätte es geschafft, auch nur in die Vorhalle deines Hauses zu gelangen, an diesem Zerberus von einem Verwalter vorbei, den du dir hältst.«

»Was für ein Unglücksfall?«, fiel ihm Aurelius, genervt von der schwülstigen Redeweise des Kelten, ins Wort.

»Ein Athlet ist Opfer eines wahrhaft unglückseligen Unfalls geworden.«

»Kein Wunder, viele von euch lassen bei der Ausbildung ihres Könnens Federn.«

»In diesem Fall liegen die Umstände etwas anders. Wir haben Turius tot in einer Zelle aufgefunden, welche mit einem schweren Riegel von innen verschlossen war.«

»Turius! Bei Jupiter, dem Größten und Höchsten, das hat uns gerade noch gefehlt; wir brechen sofort auf, um ihn uns anzusehen!«, grollte der Patrizier, der seinen Zorn nur schwer zu unterdrücken vermochte.

Wenige Minuten später eilten die Träger bereits mit der Sänfte in Richtung Ludus Magnus.

»Senator, ich bin ruiniert!« Mit diesem verzweifelten Ausruf empfing sie Aufidius, der *lanista*. »Jemand hat meine besten Athleten mit einem Fluch belegt; sieh nur, was ich in Turius' Zelle gefunden habe!«, rief er und zeigte voller Grauen auf ein dunkles, fast ovales Stück Holz: Mit groben Schnitten war ein Auge in das bemalte Holz geschnitzt, in dessen Iris sich zwei identische schwarze Kreise befanden, die den Betrachter missgünstig anzustarren schienen.

»Siehst du die beiden Pupillen? Das ist Hexerei, ein Zauber, der böse Blick, alles zusammen! Meine Gladiatoren sterben ohne sichtbare Ursache ... da ist Magie im Spiel, das sage ich dir! Vorsicht, Senator, nicht anfassen!«, rief der *lanista*, während Aurelius, der ebenso wenig an die Zauberei glaubte wie an die Götter, das schreckliche Fluchtäfelchen mit größtmöglicher Gleichgültigkeit in den Falten seiner Tunika verschwinden ließ.

»Irgendjemand muss einen Zauberer bestellt haben! Irgendein Verrückter hat da seine Hand im Spiel, wahrscheinlich einer von diesen Stoikern, die wegen irgendwelcher hirnrissiger, humanitärer Theorien etwas gegen die Spiele haben, niederträchtige, von feindlichen Kräften bezahlte Pazifisten, die die Kampfbereitschaft der Urbs untergraben sollen!«, wetterte Aufidius.

Ohne ihm weiter zuzuhören, eilte der Patrizier zum *spoliarium*, wo Chrysippos, der Arzt, ihn bereits über den Leichnam gebeugt erwartete.

»Auch dieses Mal keine Wunde, abgesehen von diesem winzigen Kratzer im Nacken«, erklärte der Quacksalber.

»Aber denselben Kratzer hatte doch auch Chelidonis!«, rief Aurelius aus. »Von wegen böser Blick! Untersuche diese Wunde, Chrysippos, vielleicht können wir so herausfinden, wie sie ermordet wurden.«

Der Arzt nahm ein feines Skalpell zur Hand und machte sich an die Arbeit. Plötzlich hielt er vorsichtig inne.

»Etwas gefunden?«, fragte der Senator hoffnungsvoll.

»Ja, einen Fremdkörper, ein kleiner Splitter, der sehr tief eingedrungen ist. Ich muss hier ganz vorsichtig weitermachen, sonst könnte er zerbrechen«, antwortete Chrysippos und arbeitete mit einer Präzisionszange weiter an der

Wunde. »Hier haben wir es, sieh nur: eine sehr feine Metallspitze.«

»Vergiftet... Wir müssen den Leichnam des Chelidonis exhumieren, vielleicht finden wir etwas Ähnliches«, schlug Aurelius unvermittelt vor.

»Er ist bereits auf dem Scheiterhaufen gelandet, und seine Überreste sind verstreut worden«, musste ihn Chrysippos enttäuschen.

»Beim Bart des Zeus, konntest du nicht besser Acht geben?«, platzte der Patrizier ärgerlich heraus.

»Du warst auch hier, Senator, wenn ich mich nicht irre, und du hast mir in dieser Hinsicht keine Anweisungen gegeben«, versuchte sich der Arzt beleidigt zu entschuldigen.

»Lass mich einmal diese Spitze sehen: Sie ist zu kurz, um mit einem Bogen abgeschossen worden zu sein, und dennoch ist sie so tief eingedrungen, dass sie von außen nicht mehr sichtbar war... wie ist das möglich?«

»Frag nicht mich, edler Statius; Waffenexperten gibt es dort draußen, so viele du willst, ich bin Arzt«, beteuerte Chrysippos, während er sich sorgfältig die Hände in Essig wusch.

Doch niemand in der Kaserne konnte dem Senator weiterhelfen.

»Wir benutzen hier vor allem das Schwert und die *sica*, dazu noch die Lanze und den Dreizack, aber kein Gift! Meine Männer sind erfahrene Kämpfer, die töten ohne Tücke, von Angesicht zu Angesicht und niemals mit solch hinterlistigen Tricks«, empörte sich Aufidius.

»Lass den Pfeil mal sehen!«, verlangte Herkules und streckte eine riesige, haarige Hand danach aus.

»Kommt nicht in Frage«, verneinte Aurelius. Mit seiner plumpen Pfote hätte der sarmatische Gladiator sie nicht einmal in der Hand halten, geschweige denn mit der gebotenen Vorsicht behandeln können.

»Senator, ich habe da noch etwas vergessen…«, murmelte der *lanista* verschämt. »Turius – er hat gestern darum gebeten, dich sehen zu dürfen.«

»Bei Diana, und du hast mich nicht benachrichtigen lassen?«, rief Aurelius aus, am Rande des Nervenzusammenbruchs.

»Ich habe es nicht für notwendig gehalten, eine Person von deinem Rang mit der Bitte eines Retiarius zu belästigen: Ich habe ihm gesagt, er könne ja mit dir sprechen, wenn du wiederkommst, um die Untersuchungen weiter voranzutreiben«, stammelte Aufidius reumütig.

»Idiot!«, donnerte ihn der Patrizier an. »Du hast lieber gewartet, bis man ihn zum Schweigen gebracht hat!«

Der *lanista* senkte den Blick und unterdrückte mühsam einen Wutanfall. Dieser aufgeblasene Magistrat würde alles brühwarm Claudius berichten, und dann auf Wiedersehen Festanstellung…

»Zeige mir die Zelle, wo der Leichnam gefunden wurde!«, befahl Aurelius unwirsch und schubste ihn rüde voran.

Wenig später stand er in einem ärmlichen Kämmerlein, das mit einer einzigen Kleidertruhe und den Rüstungen mehr als spartanisch eingerichtet war. Hoch oben unter der Decke befand sich eine schmale Scharte, die einzige Öffnung in diesem Loch. Sie war mit einem massiven Eisengitter verschlossen.

»Ihr habt ihn auf dem Bett gefunden?«, fragte Aurelius.

»Nein, auf dem Boden ausgestreckt, da unter dem Fenster«, antwortete Aufidius.

Aurelius überschlug kurz den Abstand zu der Öffnung: zu weit, als dass ein Arm, selbst ein langer, Turius hätte von draußen erreichen können. Er trat näher heran und testete die Stabilität der einzelnen Sprossen des Gitters: Sie erwiesen sich als sehr stabil; außerdem schien, den überall herabhängenden Spinnweben nach zu urteilen, das Fenster seit einiger Zeit nicht geöffnet worden zu sein.

Plötzlich brach vor der Tür ein ungeheurer Lärm los.

»Lasst mich durch!«, hörte man eine scharfe hohe Stimme.

Aurelius stürzte zur Tür, um zu öffnen: Das fehlte gerade noch, dass die stumpfsinnigen Wachen einen Gladiator daran hinderten, mit ihm zu sprechen!

»Na endlich, Senator!«, rief Arduina mit Genugtuung, kaum dass der Patrizier sie hereingelassen hatte.

»Mach es dir bequem, bitte«, lud Aurelius sie höflich ein, während er ihr die leichte Lanze und den Helm abnahm. Gladiatorin oder nicht, sie war immer noch eine Dame und hatte das Recht, wie eine solche behandelt zu werden. Jedoch war ihm die ganze Sache, seinen guten Vorsätzen zum Trotz, alles andere als angenehm, und diese Frau mit ihrem rüden und maskulinen Auftreten trug herzlich wenig dazu bei, ihm seine Aufgabe zu erleichtern.

»Ich höre dir zu«, sagte der Senator gespannt, fest davon überzeugt, nun einige interessante Enthüllungen zu hören zu bekommen.

»Was ist mit deinem Sklaven los? Er ist vor ein paar Tagen hier gewesen, mit einem schönen Geschenk für mich, und hatte versprochen wiederzukommen.« Die kleinen runden Äuglein der Gladiatorin leuchteten lüstern auf.

O ihr Götter, er hatte zwei Leichen in der Leichenhalle, und dieses Mannweib kam, um nach Castor zu verlangen! Aurelius war kurz davor, ihr wenig freundlich Bescheid zu sagen, doch er riss sich zusammen: Es war wohl besser, die Britannierin nicht zu verärgern, schließlich hatte man ja in der Arena sehen können, wozu sie fähig war.

Er beruhigte sie mit vagen Versprechungen, während er sich auf den Weg zum Quartier des *lanista* machte.

»Aufidius!«, befahl er. »Sage alle Kämpfe und die Übungen für die Retiarier ab: Ich habe keine Lust, dass sie mir noch alle vor Abschluss der Untersuchungen aufgeschlitzt werden! Und dasselbe gilt auch für Quadratus!«

»Aber wie stellst du dir das vor, er sollte morgen Abend auftreten! Ich habe ihn für die Begegnung mit den wilden Tieren eingeplant – in der Hoffnung, dass ich ihn ein für alle Mal loswerde: Er ist nicht einmal seinen Unterhalt wert.«

»Absolute Ruhe auch für Arduina, ich möchte sie in guter Verfassung sehen«, ergänzte Aurelius und lächelte leicht bösartig, als er dabei an Castor dachte.

»Du treibst mich in den Ruin!«, jammerte der *lanista*.

»Wäre es dir lieber, der Caesar gelangte zu der Überzeugung, dass du seine Athleten nicht so überwachen kannst, wie es deine Aufgabe ist? Diese Männer gehören Claudius, vergiss das nicht, und du bist für sie verantwortlich«, erinnerte ihn Aurelius, während er auf den Säulengang hinaustrat.

Die Übungen waren noch in vollem Gange. Ein Sklave näherte sich einer Gruppe von Kämpfern, die an den Stangen der teuflischen *pertica* ihre Knochen riskierten, und gab das Zeichen zum Aufhören.

Mit einem Seufzer der Erleichterung ließ sich Quadratus auf eine Bank fallen, und ein erstauntes Grinsen breitete sich von einem Ohr zum anderen auf seinem Gesicht aus.

»Unglaublich!«, rief er aus. »Morgen keine Kämpfe! Und ich hätte gegen ein wildes Tier kämpfen sollen! Man könnte fast meinen, da oben auf dem Olymp gibt es jemanden, der mich beschützt!«

»Entweder auf dem Olymp oder hier auf Erden«, lachte

der Patrizier und klopfte ihm auf die breite, bäuerliche Schulter.

»Das ist schon das zweite Mal, dass Fortuna mich mitten auf die Stirn küsst. Ich will mir ja keine falschen Hoffnungen machen, aber manchmal kommt mir schon der Gedanke, dass ich es vielleicht schaffen könnte, meine Haut zu retten«, murmelte Quadratus, immer noch ungläubig.

»Alles ist möglich, sogar, dass du am Ende noch ein Held wirst«, machte ihm Aurelius Mut.

»Wenn das Glück anhält, Senator ...«, seufzte Quadratus und begleitete ihn noch bis zur Sänfte.

Die pechschwarzen Nubier sprangen sofort auf, als sie sahen, dass der Patrizier auf sie zukam.

»Ich warte auf deinen gut aussehenden Sekretär!«, rief ihm Arduina hinterher, als er schon einstieg. »Bestelle ihm Grüße von mir!«

IX

Vigilie der Iden des Juni

Endlich war der Abend des lang ersehnten Festmahls bei Sergius Mauricus gekommen.

»Platz für die Sänfte des edlen Aurelius!«, rief der Ausrufer, während die Träger den Vicus Tuscus in Richtung der Porta Flumentana entlangtrotteten.

Am Forum Boarium und dem Circus Maximus vorbei, begann sich die kleine Karawane, angeführt von einigen Fackelträgern und gefolgt von einem ganzen Rattenschwanz von Sklaven, den Aventin zum Haus der Sergier hinaufzuwinden.

»Bist du sicher, dass das elegant genug ist?«, fragte Titus Servilius zweifelnd.

Aurelius, der nichts mehr fürchtete, als dass sein Freund die Diva beeindrucken könnte, hatte ihm geraten, auf die von Castor empfohlene würdevolle *delmatica* zu verzichten und eine eher schlichte *synthesis* anzulegen, die allerdings seinen beträchtlichen Leibesumfang noch unterstrich. Er hatte es für Pomponia getan, das zumindest redete er sich ein, und nicht etwa, um die Wette gegen Castor zu gewinnen…

»Du bist perfekt, Servilius. Nissa wird ganz sicher alle Details bemerken«, spielte Aurelius auf die kostbaren Ringe an, die den Wohlstand des Ritters bezeugten.

Die Träger nahmen derweil mit all ihrer Kraft das letzte unwegsame Stück des Vicus Altus und kamen schließlich auf einem kleinen Plätzchen vor einem sehr schönen Neubau zum Stehen.

»Schau nur, wie schön; von dieser Terrasse aus kann man das ganze Viertel überblicken: Da ist der Brotmarkt, die Brücke über den Fluss und dort hinten trans tiberim.« Der Senator sah sich wohlgefällig um.

Servilius war viel zu nervös, um das Panorama würdigen zu können: Unaufhörlich fuhr er sich mit der dicklichen Hand durch die grauen Löckchen, die der syrisch-phönizische Barbier so kunstvoll arrangiert hatte. Endlich öffnete sich das Tor, und die Pförtner geleiteten die beiden Freunde in die *fauces,* während Castor in Richtung der Sklavenunterkünfte verschwand.

»Herzlich willkommen!«, empfing sie Mauricus an der Schwelle zum *triclinium*, doch in seinen eiskalten Augen lag nichts von der herzlichen Wärme, die er als geübter Schauspieler in seine Stimme zu legen verstand. »Darf ich euch meine Schwester Sergia vorstellen?«, machte er sie mit einer prunkvoll gekleideten Dame bekannt, die sie mit gnadenlosem Blick musterte.

Aber sicher, Aurelius kannte sie. Sie war als eine der schamlosesten Matronen der Stadt bekannt, und es ging das Gerücht, dass sie es nicht nur mit Sklaven und Gladiatoren trieb, sondern auch vor dem eigenen Bruder nicht Halt machte, bei dem sie nach zwei geschiedenen Ehen Unterschlupf gefunden hatte.

Längst nicht mehr jung, erschien Sergia immer noch durchaus attraktiv: ein fester Busen, glänzende Augen, die Haut vielleicht ein wenig gespannt, aber unglaublich glatt. Aurelius ertappte sich dabei, dass er nach den Spuren jener berühmten Operation suchte, bei der, wie von Celsus beschrieben, die Haut über den Muskeln wieder straff gezogen wurde, um den Frauen ihr jugendliches Aussehen zurückzugeben.

Diese Dame schien jedenfalls noch siegreich im Kampf gegen die zerstörerischen Auswirkungen der Zeit zu sein, was für Mittel auch immer sie anwenden mochte, und Aurelius fühlte sich nicht unwohl unter den viel sagenden Blicken, die sie ihm mit einem maliziösen Lächeln zuwarf.

»Senator,« flötete sie und warf ihm brennende Blicke aus den mit Ruß geschminkten Augen zu. Der Patrizier stand in dem Ruf, recht empfänglich für die Reize des weiblichen Geschlechtes zu sein, vielleicht fand sie es interessant, die groben Umarmungen der ungehobelten Athleten gegen feinere Genüsse zu tauschen.

»Wo ist denn Nissa?«, fragte Servilius etwas zu voreilig.

»Geduld, mein lieber Titus, Geduld!«, vertröstete ihn Mauricus. »Unsere Schönste wird uns während des Essens einen Tanz darbieten … und danach gibt es noch eine Überraschung, eine andere Berühmtheit, ihr werdet sehen!«

Der Gastgeber geleitete sie zu einem großen runden Tisch, um den herum breite Liegen in einem Halbkreis aufgestellt worden waren. Servilius beeilte sich, einen großen Teil des linken Diwans zu besetzen, und zog sogleich die *mappa* heraus.

»Das wäre wirklich nicht nötig gewesen, dass du deine eigene Serviette mitbringst, teurer Titus«, scherzte Mauricus mit einem halben Lächeln auf den Lippen, während er den Sklaven ein Zeichen gab, die mit Rosenblättern gefüllten Handwaschschälchen und die parfümierten Mundtücher herumzureichen.

Die *gustatio,* das musste Aurelius neidlos anerkennen, war wirklich exzellent: Der Anwalt verstand zu leben, auch wenn dieser Umstand angesichts der Höhe seiner Rechnungen sicher kein Grund zur Verwunderung war.

»Wunderbar, diese aromatische Kräutersoße«, beglückwünschte ihn der Patrizier, als er vom Salat kostete. »Servilius, möchtest du nicht etwas davon probieren?«, fragte er, überrascht von der Bescheidenheit, mit der sich sein normalerweise eher gefräßiger Freund bediente; sein Appetit bei Banketten war schon so manches Mal regelrecht peinlich gewesen.

»Ich möchte es nicht übertreiben«, entschuldigte Servilius sich zögernd.

Ah, die Diät!, erinnerte sich Aurelius und begann umgehend damit, sich reichlich aufzutun, um ihn in Versuchung zu führen: Je mehr der gute Titus sich voll stopfte, umso weniger Appetit würde er auf gewisse verbotene Früchte verspüren.

»Die Feigenblattröllchen sind wirklich ganz ausgezeichnet! Nun, nimm zumindest mal eins davon, du willst doch unseren Gastgeber nicht beleidigen!«

Um nicht unhöflich zu erscheinen, schlang Servilius gleich fünf davon herunter.

»Noch ein bisschen von dem Omelett in Milch oder vielleicht ein paar Oliven, um den Appetit anzuregen…«, fuhr Aurelius unbeirrt fort. »Und zum Abschluss noch einen schönen Kelch Labicaner Wein, um das Ganze herunterzuspülen!«

»Wirklich, ich sollte das nicht tun«, antwortete Servilius ausweichend, schlang aber zugleich einen Bissen nach dem anderen herunter, bevor seine Bedenken Oberhand gewinnen konnten.

»So wenig nur?«, wunderte sich der Hausherr. »Ich wette, unser guter Titus möchte in Form bleiben, bis Nissa kommt.«

»Ach, komm mir bloß nicht mit Wetten«, nahm Aurelius den Ball mit gespielter Verärgerung auf. »Ich habe eine schöne Stange Geld bei der Wette auf Chelidonis verloren.«

»Da bist du in guter Gesellschaft: Halb Rom hat ein Vermögen dabei eingebüßt«, tröstete ihn Servilius.

»Wenn das so ist, dann muss ja der andere Teil der Stadt sich die Taschen gefüllt haben«, gab Aurelius nachdenklich zurück. »Und du, Sergius, bist du unter den Glücklichen gewesen oder unter denen, die ausgenommen worden sind?«, fragte er honigsüß.

»Ich?«, lachte der Rechtsverdreher. »Dieses Mal, Senator, ist das Glück auf meiner Seite gewesen. Ich hatte so eine Vorahnung: Gerade an jenem Morgen, kurz vor dem Aufwachen, ist mir im Traum ein großes leuchtendes Quadrat erschienen. Als ich dann erfahren habe, dass einer der Gladiatoren Quadratus heißt, habe ich ein stattliches Sümmchen auf ihn gesetzt, und ich habe gewonnen.«

»Also diesen Traum haben dir wirklich die Götter geschickt! Vielleicht ein kleiner Cupido, der seine zarten Pfeilchen unbemerkt verschießt?«, fragte der Patrizier bohrend weiter, weil er an die Wunde von Turius denken musste, aber Sergius ließ sich nicht anmerken, ob er die Anspielung verstanden hatte.

In der Zwischenzeit räumten die Sklaven die Reste vom Tisch, um Platz für die nachfolgenden Gänge zu machen, während die Mundschenke bereits die Kelche mit schwerem, gut abgelagertem Wein füllten.

Dann wurden die Lichter gedämpft, und Nissa erschien in einem Kreis lodernder Fackeln, bekleidet nur mit einem durchsichtigen *peplos*.

»Eine vollkommen neue Nummer: die Schändung der Kassandra auf den brennenden Mauern von Troja«, verkündete Mauricus stolz. »Wir sind die Ersten, die sie zu Gesicht bekommen!«

Der Wein wurde gerade bei Servilius vorbeigereicht, und Aurelius nutzte die Gelegenheit, um ihm den Kelch noch einmal bis zum Rand füllen zu lassen.

Die Diva begann sich verführerisch zwischen den Flammen hin und her zu wiegen und ließ dabei eine Hülle nach der anderen fallen. Währenddessen trat hinter einem Vorhang ein gewaltiger griechischer Krieger hervor, warf sich auf die Schauspielerin und riss ihr noch den letzten Fetzen vom Leib, der ihre Flanken bedeckt hatte.

»Oh, Aurelius, das ist aber nicht mehr gespielt!«, würgte Servilius erstickt hervor.

»Das Publikum gibt sich heutzutage nicht mehr nur mit Schauspielerei zufrieden«, erwiderte Sergia. »Es will Realismus sehen.«

»Solange es sich nur um erotische Szenen handelt, lasse ich mir das ja noch gefallen«, meinte Aurelius, »aber in der Arena stellen sie mittlerweile auch die blutigsten Massaker nach, und da sind die Toten echt! War es nicht Caligula, der diese Mode eingeführt hat, die Rolle des gekreuzigten Verbrechers von einem Rebellen spielen zu lassen, der dann auf offener Bühne hingerichtet wurde?«

»Das Volk braucht starke Gefühle«, dozierte der Hausherr.

Aurelius warf einen Blick zu Servilius hinüber und beobachtete, wie die Venen an seinem Hals anschwollen, je weiter die Vorstellung voranschritt.

»Trink einen Schluck, komm, das wird dir gut tun!«, ermunterte er ihn, worauf dieser einen ganzen Kelch Falerner herunterspülte.

»Und hier jetzt Ajax Oileos, wie er in Athen über die geweihte Jungfrau herfällt…«, erläuterte der Anwalt mit einem Lächeln.

»O ihr Götter! Er vergewaltigt sie ja wirklich!«, stammelte der brave Ritter und stürzte noch einen weiteren Becher Wein hinunter.

»Nissa ist doch gerade für diese Art von Vorstellung berühmt«, erklärte Aurelius ungerührt, während er es genoss, wie Sergia heimlich ihr Bein immer näher an seines drückte.

Das lebende Schaubild endete in einem wilden Lustschrei, währenddessen Servilius sich schweißgebadet auf das *triclinium* zurückfallen ließ.

»Na, hoch mit dir, noch ein Schluck Wein, und es geht dir wieder gut«, munterte Aurelius ihn auf und machte sich etwas Sorgen, ob das empfindsame Herz des Dicken nicht doch allzu sehr in Mitleidenschaft gezogen worden war. Pomponia hatte Recht: Titus war für bestimmte Dinge einfach nicht geschaffen.

»Die Schauspieler werden sich gleich zu uns gesellen«, versprach Sergia. »Habt ihr den Ajax erkannt?«

»Keine Ahnung, ich hab ihn ja nur von der Taille abwärts gesehen«, murmelte Servilius mit naiver Ehrlichkeit.

»Da kommt er ja, unser Gallicus!«, lächelte die Matrone mit unverhüllter Erregung.

»Ave, Aurelius!«, grüßte der keltische Gladiator unbefangen und kam zusammen mit Nissa herein.

»Wie ich sehe, hast du dich entschieden, den Beruf zu wechseln«, stellte der Senator trocken fest.

»Diese Tätigkeit ist viel einträglicher und wesentlich angenehmer als die Arena, ganz abgesehen davon, dass sie lange nicht so gefährlich ist. Sobald mein Vertrag ausläuft, will ich mich ganz der Schauspielerei widmen.«

»Glückwunsch! Möchtest du nicht grüßen, Titus?«

Servilius hatte überhaupt nicht zugehört, sondern war vollkommen in der Betrachtung von Nissa versunken, die – den Busen mit einem winzigen Oberteil kaum verhüllt, in einem kurzen Lendenschurz, der ihre langen Beine sehen ließ – gerade Anstalten machte, sich neben ihm auf seiner Liege niederzulassen.

Der gute Titus stürzte einen weiteren Becher Wein herunter und machte sich ganz dünn, um den illustren Gast nur nicht zu belästigen.

Trotzdem war sein Leibesumfang immer noch so beträchtlich, dass er es nicht vermeiden konnte, in Kontakt mit einer großen Fläche weicher, halb nackter Haut zu geraten. Es bedurfte zweimaligen großzügigen Nachschenkens, bis der arme Ritter in der Lage war, dieser Berührung standzuhalten.

»Unser Gastgeber war doch gerade dabei, uns von seiner vom Glück gesegneten Wette zu erzählen«, nahm der Senator den Faden wieder auf. »Hattest du eigentlich auch auf Quadratus gesetzt, Gallicus?«

Der Kelte hatte sich lässig auf Sergias *triclinium* ausgestreckt, fast als stehe ihm dies gewohnheitsmäßig zu; im Gesicht der Matrone dagegen zeigte sich ein gewisses Unbehagen, als habe sie eigentlich andere Pläne für diesen Abend gehabt: Langsam begann der Druck nachzulassen, mit dem sich ihr Bein immer zudringlicher an Aurelius' Oberschenkel geschmiegt hatte.

»Ich wette nie, Senator. Wenn ich ab und an meinen Freunden mal ein paar Tipps zukommen lasse, dann ist das schon viel.«

»Hast du das auch bei den letzten Spielen gemacht?«

»Ja, und ich habe einige Kunden dabei verloren: Ich hatte empfohlen, alles auf Chelidonis zu setzen!«, lachte der Gladiator, während er sich reichlich am Rindfleisch in Salbeisoße bediente.

Aus dem Augenwinkel sah Aurelius, wie Nissa Servilius mit kokettem Zwinkern einige Bissen aus der Pfanne in den

Mund steckte. Der Ritter hielt die Augen geschlossen und war unfähig, sich dem zweifachen Genuss der sauer eingelegten Zwiebelchen und der schamlosen Diva zu entziehen: Nach und nach verschwanden Hyazinthen, Schalotten, Affodill und Lauchstückchen in dem zu einem breiten Lächeln geöffneten Mund.

Jetzt kam der Wildgang, danach wurden Pilze und der Fisch aufgetragen.

Obwohl Aurelius immer wieder geschickte Anspielungen fallen ließ, liefen all seine Versuche ins Leere. Jahrelange Erfahrung mit den gerissensten Winkelzügen bei Gericht hatten Mauricus außerordentlich vorsichtig gemacht.

Dafür übte wenigstens der Wein auf den braven Ritter die erhoffte Wirkung aus. Noch bevor der letzte Gang serviert wurde, war Servilius auf seinem *triclinium* eingeschlafen. Als Aurelius ankündigte, es werde nun Zeit, den Freund nach Hause zu bringen, machte Sergia ein gleichermaßen verärgertes wie enttäuschtes Gesicht. Sie hatte, wenn auch nicht gerade mit einer allgemeinen Orgie, so doch zumindest auf ein etwas intimeres Zusammensein in kleinerem Rahmen gehofft... Dieser Aurelius machte seinem Ruf als Freigeist wirklich keine Ehre!

»Ach, Sergius, das hätte ich fast vergessen!«, bemerkte der Senator zerstreut, als er schon fast zur Tür hinaus war. »Placida wartet auf die Papiere zum Nachlass ihres Bruders: Würde es dir etwas ausmachen, sie zu benachrichtigen?«

»Placida? Wer soll das sein?« Der Anwalt erbleichte und begann zu stammeln.

»Nun ja, die Halbschwester des Chelidonis, die aus Mutina: Ich nahm an, du seist auch ihr Prokurator«, bekräftigte Aurelius mit Unschuldsmiene.

»Ach ja, sicher doch! Sag ihr nur, dass ich mich so bald wie möglich bei ihr melde«, murmelte der Meisterredner des Forums und versuchte, ein möglichst gleichgültiges Gesicht aufzusetzen, während er sich besorgt fragte, wie viel dieser Schnüffler noch von seinen privaten Angelegenheiten wissen könnte.

Aurelius entging das leichte Zittern der wohlgepflegten Hand nicht, die ihm zum Abschied gereicht wurde.

»Halte mich auf dem Laufenden über alles, was mir vielleicht für die Untersuchung nützlich sein könnte, das wäre sehr zuvorkommend von dir«, setzte der Patrizier unbefangen nach, während Sergius ihn verabschiedete.

Als die Sänfte schon die Hänge des Aventin hinabeilte, wachte Servilius kurz auf und murmelte mit belegter Stimme Nissas Namen.

X

Iden des Juni

Von Paris' leisem, aber beharrlichem Klopfen geweckt, öffnete Aurelius langsam die Augen, als die Sonne schon hoch am Himmel stand. Der Verwalter, immer noch auf der Schwelle, trat einen Schritt zur Seite, um den beiden Sklaven Platz zu machen, die eine Schale mit parfümiertem Wasser und ein Handtuch hereinbrachten, um das Gesicht des Patrons zu erfrischen.

Aurelius war schon mehr als einmal von Kollegen und Freunden kritisiert worden, welche die morgendlichen Waschungen für unnötig und verweichlichend hielten, in einer Stadt, in der alle Welt, die Sklaven eingeschlossen, jeden Nachmittag ein Bad nahm. Der Patrizier dagegen war einfach nicht im Stande, den Tag zu beginnen, ohne sich zumindest das Gesicht gewaschen und die Zähne mit Hirschhornpulver geputzt zu haben.

»*Domine,* Pomponia ist hier«, verkündete Paris, »sie scheint völlig aufgelöst zu sein! Ich habe ihr einen stärkenden Trank geben lassen, aber er wirkt überhaupt nicht. Wenn du dich vielleicht um sie kümmern könntest…«

Das laute Wehklagen, das aus dem *peristylium* drang, sowie das nervöse Getrappel der Sklaven überzeugten Aurelius davon, dass die Matrone, entgegen allen Regeln des guten Benehmens, nicht im Mindesten vorhatte, darauf zu warten, bis sich der Hausherr rasiert hatte und bereit war, sie zu empfangen.

Prüfend und etwas peinlich berührt, strich Aurelius über seine gerade mal überschatteten Wangen und warf, um zumindest einen letzten Rest von Anstand zu wahren, rasch eine kurze Tunika über die dünne, die er zum Schlafen getragen hatte.

Pomponia war allerdings ganz und gar nicht in der Verfassung, sich über Kleiderfragen Gedanken zu machen: Sie stand, von Weinkrämpfen geschüttelt, am Fuß des *tablinums*, gestützt auf den Türsteher Fabellus und einige kräftige Sklaven, die jedoch ohne die Hilfe des starken Samson ihre Last allein nicht hätten tragen können.

»O Aurelius!« Die beleibte Dame fiel unter ihrem Unglück förmlich in sich zusammen und ließ sich von den Bediensteten in einen großen Sessel betten. »Mein Titus…«

Götter des Olymp, hoffentlich hat sie noch nichts von dem Techtelmechtel mitbekommen, dachte Aurelius mit Schaudern: Pomponias Wahrnehmung hätte einem Falken zur Ehre gereicht; hoffentlich hatte dieser Unglücksrabe von Servilius rückhaltlos alle blonden Haare aus seinen Kleidern entfernt!

»Seit zwei Wochen nimmt er kaum Notiz von mir!«, fuhr Pomponia verzweifelt fort. »Er legt sich neben mich, ist vollkommen weggetreten und schläft sofort ein. Ich habe schon alles versucht, um seine Aufmerksamkeit zu erregen: verführerische Kleider, Perücken, wie Messalina eine hat… Nichts! Er schläft wie ein Bär und träumt wer weiß was! Gestern Nacht kam er erst spät nach Hause… O mein Freund, was ist nur mit ihm los? So war er noch nie!«

Aurelius nickte beunruhigt. Servilius' Narretei fing schon an, Ärger in die Familie zu tragen.

»Stunden habe ich schon in Milch und Honig gebadet,

um das Hautbild zu verbessern, und meine Friseurinnen werden noch schier wahnsinnig, weil sie immer neue Frisuren ausprobieren müssen. Und was macht er? Er bemerkt es nicht einmal! Oh, Aurelius, sag mir, was soll ich nur tun?«

»Nichts«, empfahl er einfach ins Blaue hinein. »Hör auf, dich zu schminken, und leg diese ganzen Haarteile ab. Lass Servilius dich sehen, wie du wirklich bist.«

»Ja, aber dann seh ich aus wie Mitte vierzig!«, protestierte die Matrone, die in Wirklichkeit stramm auf die fünfzig zuging.

»Reif und voller Faszination. Titus liebt dich noch, da bin ich mir ganz sicher.«

Zumindest hoffe ich das, dachte er traurig bei sich.

»Ja, aber gestern Nacht…«

»Ich versuche herauszubekommen, wo er gewesen ist. Vertrau mir: Wenn irgendetwas dahinter steckt, dann finde ich es heraus«, sagte er und strich ihr beruhigend über den Rücken. »Nun hör mal: Ich könnte ganz gut deine Informationsquellen brauchen…«

Die Matrone tupfte sich die von der Schminke schwarzen Tränen aus dem Gesicht und hob fast gegen ihren Willen interessiert den Kopf. Trotz allem Bemühen, sich nichts anmerken zu lassen, siegte schließlich ihre unersättliche Neugier über die drohende Ehekrise. Aurelius hielt sich einen Moment zurück. Unter anderen Umständen hätte er nicht lange gezögert, die Freundin auf die flüchtige Spur der *mimula* anzusetzen und sie dazu zu bringen, die ganze Macht ihres mondänen Spionagenetzes einzusetzen; jetzt allerdings war er sich nicht sicher: Wenn Pomponia tiefer schürfen und die Sache mit Servilius herausfinden würde… Andererseits wäre es besser, sie käme von selbst darauf, als dass sie es demütigenderweise von irgendeiner hinterhältigen Bekannten erfuhr.

Er entschied, Pomponia auf Nissas Vergangenheit anzusetzen, in der Hoffnung, die Freundin könnte auf diese Weise vielleicht in den Besitz irgendeiner Geheimwaffe für die Auseinandersetzung mit der Rivalin gelangen – nur für den Fall, dass es zu einer offenen Konfrontation käme.

»Pomponia, diese Schauspielerin kann doch nicht einfach so aus dem Nichts erschienen sein. Versuch doch mal zu entdecken, wo sie herkommt.«

»Glaubst du, das ist so einfach?«, erklärte die Matrone. »Ich müsste ihre *cosmetica* oder zumindest irgendeine andere Sklavin kennen lernen: Die Welt des Theaters liegt ein bisschen weit ab von meinen üblichen Kreisen.«

»Ich bin mir sicher, dass du die ganz nach Belieben ausdehnen kannst«, erwiderte Aurelius zum Abschied und fragte sich erneut, ob er auf dem richtigen Weg war.

»Ach ja, die Liebe ...«, kommentierte Paris mit einem süßlichen Unterton in der Stimme, kaum dass die dicke Matrone hinausgegangen war.

Sein Patron hob verwundert die Augenbrauen. Die fast schon skandalöse Enthaltsamkeit des treuen Verwalters war ein beliebter Gegenstand der Witzeleien unter den Sklaven seines Hauses: Noch nie war Paris dabei gesehen worden, dass er ein Mädchen auch nur berührt hätte, außer um es zu tadeln, wenn es seine Pflichten vernachlässigt hatte.

Und dennoch, dachte Aurelius, die immer häufiger werdenden Vergesslichkeiten, dieser leicht abwesende Gesichtsausdruck und die Unkonzentriertheit, das waren doch verdächtige Anzeichen: Was, wenn Paris verliebt wäre? Aurelius mochte es nicht recht glauben, aber er fragte sich doch, wer es wohl geschafft hatte, das harte Herz des strengen Verwalters zu erweichen.

In diesem Augenblick kam Castor hereingestürmt, ohne vorher anzuklopfen, ließ sich in den bequemsten Sessel fallen und sah durch den treuen Freigelassenen einfach hindurch, als sei er Luft für ihn.

»Ich habe gestern Abend einige interessante Neuigkeiten erfahren. Denk nur, Sergius hatte schon eine Woche vor dem Kampf einen Sklaven beauftragt, Bargeld für die Wette flüssig zu machen«, erzählte der Grieche, während er sich zufrieden am Setiner aus dem Krug seines Herrn bediente.

»Ja, dieser Kampf des Chelidonis scheint wirklich sehr sorgfältig und von langer Hand geplant gewesen zu sein«, bemerkte Aurelius. »Es wäre ja nicht das erste Mal, dass ein Wettkampf sich als manipuliert erweist. Im Zirkus zum Beispiel versuchen sie ja öfters, die Wagenlenker zu kaufen.«

»Erzähl das nicht mir, der ich Grieche bin, Herr!«, lachte Castor. »Hast du eine Ahnung, wie oft die olympischen Athleten schon bezichtigt worden sind, nur durch Bestechung der Konkurrenz an die Siegespalme gekommen zu sein? Vor ungefähr vierhundert Jahren hat doch Eupolos ...«

»Aber die Arena ist nicht Olympia«, fiel ihm Aurelius ins Wort. »Bei den Spielen zu verlieren bedeutet zu sterben! Denkst du vielleicht, Chelidonis hätte sich auf ein solches Spiel eingelassen? Nein, die einzig überzeugende Erklärung ist, dass er keine Ahnung hatte ... Hör zu, du musst herausfinden, ob der Gladiator an diesem Morgen, noch vor dem Beginn der *munera*, jemanden getroffen hat. Ich weiß, theoretisch ist es verboten, kurz vor dem Kampf noch Kontakt zu den Kämpfern aufzunehmen, aber wer kann schon wissen, wie solche Dinge laufen ... Versuche auch, etwas über den Abend der *cena libera* herauszufinden: Es könnte doch sein, dass Chelidonis ein letztes Mal seine Geliebte Nissa besucht hat. Ach, und vergiss nicht die arme Arduina, sie hat nach dir gefragt!«

»Ach, die Gladiatorin ... du wirst es nicht glauben, aber sie ist von königlichem Geblüt«, enthüllte der Grieche. »Ihre

Mutter stammt aus einem alten Druidengeschlecht und war eine entfernte Kusine von König Cimbelinus. Arduina ist demnach mit diesem Caractacus verwandt, der in Britannien für so viel Ärger gesorgt hat. Bevor sie in Gefangenschaft geriet, hatte sie sich in Britannien schon einen Namen als Kriegerin gemacht. So sind die *lanistae* überhaupt erst darauf gekommen, aus ihr eine der Attraktionen bei den Spielen zu machen, nachdem sie von Claudius Truppen gefangen genommen und nach Rom gebracht worden war.«

»Umso besser für dich«, lachte Aurelius. »Man hat nicht alle Tage Gelegenheit, einer echten Prinzessin den Hof zu machen.«

»Königliches Blut oder nicht, *domine*, sie ist wirklich nicht besonders verführerisch. Seit ich sie unter vier Augen gesprochen habe, ist mein Ruf bei allen Mädchen der Stadt ruiniert! Deshalb werde ich sie ganz sicher nicht weiter hofieren, das ist doch absurd!«, erklärte Castor.

»Das werden wir ja sehen! Spuck's aus, was verlangst du als Gegenleistung?«, erwiderte Aurelius und ging völlig ungerührt über Castors abweisende Haltung hinweg.

»Die Erlaubnis, in deinem Namen Nachforschungen im Theater des Pompeius anzustellen«, schlug der Freigelassene vor, und Aurelius stimmte gleich zu, überrascht und erfreut, so billig davongekommen zu sein.

Pomponia wieder aufgerichtet, Castor zufrieden gestellt – jetzt verspürte der Senator doch ein starkes Bedürfnis danach, endlich allein zu sein.

Einsamkeit war ein kostbares Gut in Rom, selbst für alles Geld der Welt hätte man sie sich nicht kaufen können: Die Stadt war im Grunde nichts als ein gigantischer Marktplatz. Man lebte in der Öffentlichkeit, ständig umgeben von Sklaven, Klienten und Freunden. Und doch gab es Dinge, die man nicht einmal mit Freunden teilen mochte.

»*Vale*!«, rief er daher in entschiedenem Ton, um seinen Sekretär zum Gehen zu bewegen.

»Herr, ich habe da ein ganz reizendes Messer gesehen; es wäre sehr zuvorkommend von dir, wenn du es als Geschenk für Arduina erwerben könntest... Man kann schließlich nicht mit leeren Händen zur Kusine eines Königs gehen.«

»Einverstanden, aber nur, wenn es bei ein paar Sesterzen bleibt«, versprach Aurelius und wartete, dass der Sklave sich endlich verabschiedete, denn an nichts war ihm weniger gelegen, als Castor über seine nächsten Schritte zu informieren. Er wollte ihn erst weit weg wissen, ehe er sie in Angriff nahm.

Der Freigelassene jedoch blieb unbeweglich sitzen.

»Was gibt es denn noch?«, raunzte Aurelius ihn an, fast am Ende seiner Geduld.

»Die Britannierin ist ganz hingerissen von meinem Stil«, entdeckte ihm der Sekretär. »Ich kann sie gut verstehen, die Ärmste, gezwungen, unter lauter ungehobelten und brutalen Männern zu leben. Ich denke, ich würde noch mehr Erfolg bei ihr haben, wenn ich mich so gut wie möglich präsentierte, mit einer gewissen Klasse gekleidet... Was würdest du zu deiner feinen Leinentunika sagen?«

»Aber die habe ich ja selbst noch nicht ein Mal angehabt!«, protestierte Aurelius.

»Genau! Wenn du so niegelnagelneue Kleider spazieren trügest, würde man ja denken, du seist von gestern: Ein wahrer Edelmann lässt seine neuen Sachen immer erst ein paar Mal von einem anderen vortragen, ehe er sie selbst anlegt, sodass das gute Stück die elegante Ausstrahlung des Gebrauchten...«

»Ist ja schon gut, ich leihe sie dir«, gab Aurelius nach. »Aber jetzt geh!«

»Und dazu nehme ich deinen kurzen Mantel mit der Kukulle – danke, Herr, ich werde perfekt aussehen.«

Der Senator wandte sich um und wartete, bis sich die Tür endgültig hinter dem Rücken des unverschämten Sekretärs schloss. Nachdem einige Zeit kein Laut zu hören war, drehte er sich um und hob den Blick: Castor war immer noch da.

»*Domine*, diese Tunika ist wirklich wunderbar, aber es ist nichts daran, was sie auf den Schultern zusammenhalten würde. Es wäre doch wenig schicklich, halb nackt unter die Leute zu gehen…«

»Nimm zwei Fibeln aus meiner Truhe, Castor, und mach, dass du verschwindest!«

Als er endlich allein war, nahm er erst mal einen tiefen Schluck *cervisia*, machte es sich einen Moment auf einer Liege bequem und ließ seine Gedanken schweifen. Er dachte an eine Zeit in seinem Leben zurück, die er eigentlich glaubte, längst vergessen zu haben.

Der rot gekleidete Priester, das Opfer an die Götter… dann der kleine Publius, die Wut, die Lügen und am Ende die Resigniation… Was würde er empfinden, wenn er sie wieder sähe?

»Sie empfängt nicht!«, erklärte der Türsteher brüsk.

»Mich wird sie empfangen!«, gab der Patrizier in bestimmtem Ton zurück.

Der Sklave ließ ihn im *atrium* stehen und entfernte sich mit misstrauischer Miene.

Aurelius' Blick schweifte durch das große dunkle Haus.

Die etwas verblassten mythologischen Wandmalereien schienen ihn mit einer Vertrautheit freundlich willkommen zu heißen, die ihn fast beschämte. Da war das Auge des Zyklopen, dem er einmal im Zorn die Lampe ins Gesicht geschleudert hatte: Die Rußspuren waren trotz der gründlichen Reinigung immer noch zu sehen.

»Du hier«, sagte jemand in seinem Rücken; und es war keine Spur von Verwunderung herauszuhören, eine rein sachliche Feststellung.

Er wandte sich um. Ja, es war noch immer sie … und doch so verändert.

»Schau mich nicht an, als wäre ich ein Gespenst!«, fuhr ihn die Frau leicht irritiert an.

»Liebenswürdig wie eh und je«, kommentierte Aurelius, als er ihr ins *tablinum* folgte.

»Ich weiß, ich habe mich verändert. Ich habe bemerkt, mit was für einem Gesicht du mich angesehen hast. Und versuch nicht, es zu leugnen: Deine exzellente Erziehung ist mir schon immer auf die Nerven gegangen. A propos: Meine Rückkehr nach Rom ist noch nicht offiziell. Ich verlasse mich darauf, dass dies unter uns bleibt. Ich habe ganz sicher nicht vor, mich in der Öffentlichkeit zu zeigen«, murmelte sie und berührte dabei ihr vernarbtes Gesicht.

»Es war eine schwere Krankheit …«, sagte Aurelius leise.

»Ja, nur wenige überleben, aber du weißt ja, ich habe eine dicke Haut.«

Aurelius sah noch einmal in dieses Gesicht, das er so wunderschön in Erinnerung hatte, und in jene kalten Augen, die er damals zu hassen gelernt hatte.

»Sag mir, was du willst, und dann geh wieder!«, rief Flaminia aus und stürzte einen Schluck *mulsum* herunter. »Ich habe keine Lust auf Besuch.«

»Aber Chelidonis hast du empfangen, oder?«, fragte Aurelius.

»Was willst du über ihn wissen? Das ist rasch erklärt: So hässlich und vernarbt wie ich bin, bin ich doch reich genug, um mir den beliebtesten Mann Roms kaufen zu können, wenn ich darauf Lust habe.«

»Ist er oft hier gewesen?«, fragte Aurelius.

»Nur zweimal, und nur, weil er musste, das war unübersehbar. Er wusste nur allzu gut, dass er meine Einladung nicht ausschlagen konnte!«, stieß sie mit unterdrücktem Zorn hervor. »Wie auch immer, ich war ihn sowieso bald leid: In der Arena war er besser als im Bett, und das letzte Mal hat er sogar keinen hochgekriegt.«

»Du bist eine strenge Richterin!«, meint Aurelius und hob die Augenbrauen. »Sag mir, hast du ihn sterben sehen?«

»Ja, ich war auf der Empore der Vestalinnen. Die Dekanin tut mir den Gefallen, damit ich den Vorstellungen verschleiert zusehen kann. Ich habe nicht um ihn geweint, als er zu Boden ging, falls dich das interessiert.«

Aurelius schwieg.

»Gut, jetzt weißt du, was du wissen wolltest. Ich lasse dich hinausbringen.« Mit diesen harschen Worten verabschiedete ihn die Matrone.

»Nur keine Umstände, Flaminia. Ich kenne den Weg noch«, erwiderte Aurelius. Und er ging hinaus, ohne sich ein einziges Mal umzusehen.

XI

Sechzehnter Tag vor den Kalenden des Juli

»Patron, Patron, hör nur, ich habe großartige Neuigkeiten!« Mit diesen Worten stürmte Castor herein.

Aurelius hob den Blick von der *Chorographia* von Pomponius Mela, dem neuen Band, den ihm die Familie Sosius, Eigentümerin der am besten sortierten Bibliothek der Urbs, gerade erst geliefert hatte. Die Abhandlung war interessant, und Aurelius, der sich für alles, was mit Geografie zu tun hatte, brennend interessierte, wurde etwas ungehalten.

Hoffen wir mal, dass die Neuigkeiten eine Unterbrechung wert sind, dachte er bei sich und schenkte dem Freigelassenen seine Aufmerksamkeit. »Kommst du gerade aus der Kaserne?«

»Kaserne und Theater: Nach den ganzen Gladiatoren musste ich meinen Augen erst mal Erholung gönnen. Also, hör zu: Chelidonis ist nach der *cena libera* mit seiner Clique noch in Begleitung von Nissa ausgegangen. Aufidius hat geschäumt vor Wut. Sein bester Athlet, der sich ausgerechnet am Vorabend des Kampfes ins Nachtleben stürzt! Er hat noch versucht ihn aufzuhalten, jedoch ohne Erfolg: Der Retiarier war einfach zu berühmt, um sich wie irgendein beliebiger Untergebener herumkommandieren zu lassen.«

»Also hat der Held der Arena die Nacht auswärts verbracht.«

»Er ist erst zwei Stunden vor Morgengrauen wieder in die Kaserne zurückgekehrt. Der *lanista* war schon ganz verzweifelt und hatte sogar Angst, dass er seinen Auftritt vergessen haben könnte«, erzählte der Freigelassene, sehr zufrieden mit dem Stück Arbeit, das er hier ablieferte. »Und das ist noch nicht alles: Ich habe auch herausgefunden, welche Plätze die Sergier am Tag der Spiele im Amphitheater belegt hatten. Statt mit den anderen Würdenträgern auf den Emporen zu sitzen, saßen Mauricus und seine Schwester nämlich zwischen den Bühnenarbeitern, genau neben dem Eingang der Gladiatoren!«

»Sehr gut, Castor! Das erklärt einiges: Für einen von ihnen muss es ein Leichtes gewesen sein, vor dem Kampf auf dem Gang an Chelidonis heranzukommen und ihm irgendetwas zu trinken zu geben«, vermutete Aurelius.

»Du bist schon sehr scharfsinnig, Herr. Dennoch...« Castor machte eine gespielt enttäuschte Miene und zögerte.

»Dennoch?«, hakte Aurelius nach.

»Die zwei waren mit einer Gruppe von ungefähr zwanzig Leuten zusammen, die alle bereit sind zu schwören, dass sie sich die ganze Zeit über nicht von ihrem Platz gerührt haben.«

»Zeugen kann man kaufen«, vermutete Aurelius und hielt sich an diesem letzten Hoffnungsschimmer fest.

»Um sie herum waren noch einmal rund hundert Zuschauer, Patron: Es wäre schon schwierig genug, auch nur zu versuchen, sie alle zu identifizieren, ganz zu schweigen davon, sie einzeln zu bestechen«, musste Castor ihn enttäuschen.

»Du hast Recht, Castor, es war eine dumme Idee.«

»Ich bin noch nicht am Ende, *domine*: Es scheint so, als sei genau in der Nacht vor Turius' Tod in der Kaserne eine Frau gesehen worden; sie trug allerdings einen Schleier, sodass die Wachtposten sie nicht erkennen konnten. Um bei der Wahrheit zu bleiben, sie haben nicht einmal groß versucht, sie aufzuhalten … Zwar verstößt das eindeutig gegen die Regeln, aber natürlich ist es nicht das erste Mal, dass eine große Dame die Nacht in der Zelle eines Gladiators verbracht hat.«

Ein Schleier, vielleicht, um ein Gesicht zu verbergen, das niemals jemand sehen sollte … Aurelius schauderte.

»Vielleicht hat die mysteriöse Dame in einem Gespräch mit Turius entdeckt, dass er etwas über den Mord an Chelidonis wusste. Möglich, dass dieser Dummkopf es sogar gewagt hat, sie zu erpressen; und am nächsten Morgen, siehe da, lag er steif und starr in seiner Zelle!«, schloss triumphierend der Senator.

»Brillante Herleitung, Herr, aber es gibt da noch eine Kleinigkeit …«

»Was noch?«, seufzte der Patron enttäuscht.

»Die Unbekannte ist in die Zelle von Heliodorus gegangen, dem sizilianischen Gladiator, nicht in die von Turius«, nahm ihm Castor, nicht ohne eine gewisse Schadenfreude, endgültig den Wind aus den Segeln.

»Ach!«, war das Einzige, was Aurelius dazu noch einfiel. »Also, unterm Strich hast du eigentlich überhaupt nichts herausgefunden.«

»Wie, überhaupt nichts? Ich habe den ganzen Tag wie ein Maultier geschuftet, um dich von einem ganzen Sack falscher Spuren zu befreien! Und wo wir gerade dabei sind, hier ist die Liste mit den Spesen«, gab der Freigelassene beleidigt zurück und verschwand, nachdem er rasch seinen Lohn eingestrichen hatte, noch ehe sein Patron die Abrechnung kontrollieren konnte.

Aurelius setzte sich wieder auf die Marmorbank im *peristylium* und nahm erneut den Text des Pomponius zur Hand, um ihn mit der *Geographica* von Strabo zu vergleichen. Wie groß doch die Welt war und wie wenig man bisher von ihr kannte! Unbekannte Erdteile, wilde Völker, mythische Tiere, tödliche Gifte, welche die Skythen aus Schlangengift herstellten und die Kelten aus den Früchten des Waldes ... und hier, das schreckliche Gift der Barbaren aus dem Kaukasus, von dem es hieß, dass es schon beim Einatmen tödlich sei!

Der Patrizier hob nachdenklich den Blick von der Schriftrolle und starrte in die Blumenbeete, wo die unterschiedlichsten exotischen Pflanzen wuchsen, mit denen ihn seine Agenten aus den verschiedenen Provinzen des Imperiums versorgten: In der marmornen Wanne grünte ein ägyptischer Papyrus, zusammen mit einer zarten Blume von den Lotophagen, die Vergessen schenken konnte, während das kleine Wäldchen aus orientalischem Rohr, fast schon genauso hoch wie die Säulen des *porticus*, sich zwischen der Statuette der Göttin Fortuna und einem hübschen Cupido aus Bronze leicht im Wind hin und her wiegte.

Der Senator erhob sich und ging auf den kleinen Bambushain zu.

Von einer plötzlichen Eingebung gepackt, brach er eine Stange ab, hielt sie längs vor sich hin und betrachtete ihr Inneres: ein langes hohles Rohr ... Er setzte das Rohr an die Lippen und versuchte hineinzublasen. Ja, das ging. Aufgeregt pflückte er eine kleine runde Beere von einem Strauch, schob sie in den Bambus und holte tief Luft.

Das Projektil schoss pfeilschnell den ganzen Bogengang entlang und flog sogar noch durch die Tür zum *tablinum*.

»Aua!«, schrie da Servilius, der gerade hereinkam, und hielt sich mit einer Hand die Schläfe. »Was ist denn in dich gefahren?«

»Es tut mir Leid, ich habe ein Experiment gemacht«, entschuldigte sich Aurelius, doch der Freund schien es ihm sowieso nicht übel zu nehmen. Nicht einmal die Schramme im Gesicht konnte seinen triumphierenden Ausdruck beeinträchtigen.

Der Patrizier befürchtete das Schlimmste.

»Ich komme gerade aus dem Theater«, setzte der Ritter tatsächlich mit stolzgeschwellter Brust an. »Victoria!«

Oh, ihr Götter des Olymp, sie ist geliefert, die arme Pomponia! Aurelius wurde das Herz schwer.

»Gestern Abend. Ich hatte schon Angst, Nissa würde mich nicht empfangen, stattdessen … Ob du es glaubst oder nicht, sie hat mich nicht nur empfangen, sondern …« Knallrot im Gesicht zog Servilius ein besticktes Leinentüchlein aus dem Ärmel seiner Tunika. »Erkennst du es wieder?«, fragte er augenzwinkernd.

Aurelius ließ sich verzweifelt auf die Bank fallen. Und ob er es wieder erkannte: Das letzte Mal hatte er es gesehen, wie es kaum mehr als notdürftig den Busen der Schauspielerin verhüllte!

Die Augen des Ritters glänzten vor Genugtuung.

»Ach, was für eine Frau!«, schwärmte er träumerisch. »Wieso gratulierst du mir nicht?«

»Ja, sicher, Titus …«, zögerte der Patrizier.

»Für dich ist das ja völlig normal, Gunstbeweise von einer Dame zu erhalten!«, bemerkte Servilius, ohne sein Befremden zu verbergen. »Kunststück: Du bist jung, reich, gut aussehend … Ich habe dich immer um deine Eroberungen beneidet, und jetzt, wo ich endlich mal an der Reihe bin, sieht es fast so aus, als wärest du neidisch!«

»Nein, nein, Servilius, was redest du da? Ganz im Gegenteil, ich freue mich für dich …«

»Ehrlich? Es sieht aber gar nicht so aus! Es wurmt dich, dass sie mich vorgezogen hat, nicht wahr? Ich hätte dich für großzügiger gehalten.«

»Nein, das ist es nicht, Titus, glaube mir … Ich denke nur an Pomponia.«

»Na und? In der ganzen Urbs gibt es mehr Bordelle als Tempel, und ohne die professionellen Freudenmädchen überhaupt mitzuzählen, brodelt die Stadt nur so von frei verfügbaren Frauen: Hetären, Kurtisanen, Konkubinen, hemmungslose Freigelassene … Sogar die feinen Damen scheren sich kaum um Keuschheit und außereheliche Enthaltsamkeit; und ich soll mir nicht einmal eine einzige, winzige Affäre leisten dürfen, nach dreißig Jahren Ehe?«

»Mach es zumindest so, dass deine Frau nichts davon erfahrt!«, riet ihm Aurelius.

»Wie soll sie denn davon erfahren? Ich habe keine Spuren hinterlassen … O ihr Götter, Nissas Schminke auf dem Saum meiner Tunika!« Mit diesen Worten eilte der Ritter fort, während Aurelius noch missbilligend den Kopf schüttelte.

»Ähem …« Castor hüstelte hinter Aurelius' Rücken, er schien wie aus dem Nichts aufgetaucht. »Wenn ich die Genugtuung des Ritters richtig verstanden habe, dann schuldest du mir jetzt den einen oder anderen Sesterz«, erinnerte er ihn.

»Ich könnte schwören, dass du deine Finger da drin hast, du unseliger Grieche!«, donnerte Aurelius ihn an, bevor er ihm das Geld gab. Unwilliger konnte man eine Wettschuld nicht begleichen.

XII

Fünfzehnter Tag vor den Kalenden des Juli

Am folgenden Tag nahm Aurelius mit wenig Begeisterung seine Arbeit wieder auf. Frisch gewaschen und rasiert, mit der schweren Toga und dem *laticlavius* angetan, das ihn als Senator auswies, setzte er sich zu Servilius in die Sänfte und gab dem Tross Befehl zum Antreten.

Während die *nomenclatores* seinen Namen und seinen Titel nach allen Seiten ausriefen, fragte der Patrizier sich zweifelnd, ob so viel Pomp den Untersuchungen wirklich nützte oder ob es stattdessen nicht sinnvoller wäre, eher unscheinbare Kleidung anzulegen und sich derart verkleidet ein wenig in der *caupona* umzuhören, der Schenke gegenüber der Kaserne. Aber die ihm von Claudius übertragene Aufgabe war offiziell, und man konnte sich leider nicht einfach über die Etikette hinwegsetzen.

Das große Tor öffnete sich, wie schon so oft, und Castor, der der Sänfte zu Fuß gefolgt war, verschwand sofort im Refektorium.

Auch Servilius beeilte sich, rasch aus der Sänfte zu steigen, ohne, wie eigentlich üblich, die Hilfe eines Sklaven in Anspruch zu nehmen. Er schien größer und fast schon weniger korpulent, bemerkte Aurelius, als er ihn hoch erhobenen Hauptes über den Hof gehen sah: So viel konnte eine galante Eroberung bei einem Mann bewirken!

Nicht dass er eifersüchtig auf den Ritter gewesen wäre, das nicht, aber er wunderte sich doch ein bisschen, dass der sonst eher zurückhaltende Titus Servilius sich so schnell einen Platz im Herzen der *mimula* hatte erobern können ... sofern das nicht allein auf der Tatsache beruhte, dass der Umfang seines Geldbeutels in etwa dem seines Leibes entsprach.

Als er die triumphierende und selbstzufriedene Miene seines Freundes beobachtete, stieg leichter Ärger in ihm auf, und er fragte sich, ob er nicht versuchen sollte, die Schauspielerin ein wenig von ihrem Interesse an Titus abzulenken. Es würde ihm nicht schwer fallen; im Grunde war er sogar noch reicher als Servilius und weitaus vorzeigbarer ... Selbstverständlich würde er so etwas nur aus reiner Gutwilligkeit tun, um die arme Pomponia zu retten, und nicht etwa aus persönlichem Interesse ... Gereizt ließ er den Gedanken sofort wieder fallen und ärgerte sich über sich selbst: dass er über einen so hinterhältigen und unwürdigen Plan überhaupt nachgedacht hatte, der verdächtig danach aussah, aus purem Neid geboren zu sein.

»Senator!«, empfing ihn Aufidius mit der üblichen, öligen Unterwürfigkeit, unter der jedoch unverkennbar eine gewisse Verärgerung schwelte: Wie sollte ein armer, anständiger *lanista* irgendetwas auf die Beine stellen können, wenn ihm ständig diese Nervensäge auf den Füßen stand? Darüber hinaus begann seine Autorität als unbestrittener Herr der Gladiatoren erste Risse aufzuweisen, seit dieser intrigante Patrizier sich in den Höfen der Kaserne herumtrieb und kraft seines Amtes als Bevollmächtigter des Kaisers nach rechts und links Befehle austeilte!

»Ich möchte mit Heliodorus sprechen«, befahl der Patrizier barsch.

»Wie du befiehlst, erlauchter Senator Statius. Ich möchte dich nur in aller Bescheidenheit daran erinnern, dass der

Kaiser für Ende des Monats neue Spiele angesetzt hat und ich es bald nicht mehr vertreten kann, die Übungen noch länger auszusetzen ...«

»Ist schon in Ordnung, fangt ruhig wieder mit eurem Gemetzel an, Aufidius!«, gab Aurelius resigniert nach.

Mit lautem Jubel wurde die Ankündigung, dass das Training wieder aufgenommen werden durfte, begrüßt. War es denn möglich, dass diese Verrückten es gar nicht abwarten konnten, sich umbringen zu lassen?, fragte sich der Senator verwundert, während er auf den Sizilianer zuschritt, der in einer Hofecke auf ihn wartete.

»Man hat mir zugetragen, dass du vor nicht allzu langer Zeit Damenbesuch empfangen hast«, begann Aurelius vage.

»Eine Dame?«, erwiderte Heliodorus wie aus der Pistole geschossen. »Sie mag zwar reich und adelig sein, die gute Sergia, aber sie ist und bleibt eine Hure!«

»Und was wollte sie von dir, ausgerechnet in der Nacht vor Turius' Tod?«

»Mich zu einer privaten Vorstellung in ihrem Haus überreden!«, gab der Retiarier empört zurück. »Aber ich habe ihr gehörig den Marsch geblasen und ihr gesagt, was ich von ihr und ihren Obszönitäten halte. Ich bin schließlich nicht Gallicus, habe ich ihr gesagt; ich habe eine Verlobte in Sizilien, ein anständiges Mädchen, das auf mich wartet; und sobald ich genügend Geld zusammen habe, heirate ich sie. Ich riskiere meine Haut, zugegeben, aber das heißt noch lange nicht, dass ich mich für gewisse Schweinereien hergeben muss; das sind Sachen für Griechen und Römer und die ganzen anderen Schmutzfinken ... Ich stamme aus den Bergen, und seit meinem zwölften Lebensjahr hat mich niemand mehr nackt gesehen, nicht einmal meine Mutter. Und weißt du, was diese Metze gemacht hat? Sie hat angefangen, mich auszulachen!«, rief Heliodorus beleidigt aus.

Aurelius nickte, ohne zu antworten.

Wer wusste, ob der Gladiator die Wahrheit sagte? So viel Schamhaftigkeit war ungewöhnlich für einen Mann in seinem Beruf, dennoch wäre er nicht der Erste, der hinter einer bärenstarken Fassade unheilbare Schüchternheit verbarg. Vielleicht hatte Sergia ihn auch nur als Vorwand benutzt, um in die Kaserne hineinzukommen und Turius unbehelligt den Garaus zu machen...

»Und am Tag darauf habe ich dies hier unter meiner Matratze gefunden! Das hat ganz sicher sie dort hinterlassen, um mich zu verfluchen!« Heliodorus kam sichtlich in Rage, während er einen kleinen Anhänger hochhielt, der die Form eines Auges mit zwei Pupillen hatte. »Sie ist eine Hexe, das sieht man gleich, und will uns alle verhexen: wie Turius, ermordet in seiner Zelle, in die niemand hineinkommen konnte...«

Aurelius betrachtete das Amulett eingehend. Es glich demjenigen, das neben der Leiche des Retiariers gefunden worden war, wie ein Ei dem anderen.

Schon möglich, dass es jemandem ganz gut passte, für diese Todesfälle übernatürliche Kräfte verantwortlich zu machen, aber es war nun wirklich nicht nötig, Magie zu bemühen, um einen Mord zu rechtfertigen... Götter und Hexen jedenfalls hatten herzlich wenig mit diesen Verbrechen zu tun, sagte er sich und machte sich auf, um noch einmal die Zelle des Ermordeten in Augenschein zu nehmen, diesmal jedoch von außen.

Vor der Luke, durch die das Licht in Turius' Zelle fiel, bückte er sich und untersuchte erneut das Gitter in der Hoffnung auf einen Hinweis, der seine Idee bestätigen könnte. Ja, ein Bambusrohr hätte ohne weiteres durch den Zwischenraum gepasst.

Er versuchte, sich hinzuknien. Während er die herabhängenden Falten seiner ohnehin schon staubigen Toga aufrollte und in den Gürtel steckte, bereute er bereits, dass er keine praktische griechische *chlamys* trug: Weiß der Himmel, warum die Gründerväter Roms unter allen möglichen Trachten ausgerechnet die unpraktischste als offizielles Gewand ausgewählt hatten.

Endlich gelang es ihm doch, sich neben das Fenster auf den Boden zu kauern, sodass er ungefähr den Winkel abschätzen konnte, in dem die vergiftete Nadel in die Zelle hatte eindringen können. Die Position, in der Turius' Leiche gefunden worden war, passte haargenau: So erklärte sich also das Rätsel des verschlossenen Zimmers!

Bei Chelidonis' Tod hingegen sah die Sache vollkommen anders aus: Zwischen dem Mörder und seinem Opfer hatte sich die halbe Arena befunden! Sobald wie möglich musste er dem Amphitheater noch einmal einen Besuch abstatten, entschied er.

»*Salve*, edler Aurelius! Was machst du denn da am Boden, wie ein Kind mit Stubenarrest?«, riss ihn Gallicus aus seinen Gedanken, der lautlos von hinten herangekommen war. »Dein griechischer Sklave gönnt sich dagegen keinen Moment Ruhe; wenn er so weitermacht, wird Arduina den Tod ihres schönen Chelidonis nicht mehr lange beklagen!«

»Wieso, war da etwas zwischen den beiden?«, fragte Aurelius ungläubig.

»Oh, eine vollkommen einseitige Liebe«, lachte Gallicus. »Na ja, nicht dass sie es je zugegeben hätte … Aber gewisse Anzeichen entgehen mir nicht; ich bin ja nicht in der Kaserne geboren, weißt du! Und außerdem, was sollte sich schon einer wie Chelidonis aus so einer unglückseligen Bohnenstange machen? Arduina hätte sich damit zufrieden geben sollen, ihn von weitem zu bewundern. Allerdings würde es sich lohnen, darauf zu wetten, dass sie denjenigen in tausend Stücke reißen würde, der ihn ermordet hat, wenn sie wüsste, wer es gewesen ist. Zum Glück ist sie viel zu dumm, um das herauszufinden!«

»Du dagegen bist schlau wie ein Fuchs, nicht wahr?«, zog Aurelius ihn auf. Langsam ging ihm die hochnäsige Art, die der Kelte gegenüber seinen Kollegen an den Tag legte, auf die Nerven.

»Ich versuche, das Beste draus zu machen, edler Statius. Ich habe noch zwei Wochen, bis mein Vertrag ausläuft, und solange die Spiele ausgesetzt bleiben …«

»Da habe ich schlechte Nachrichten für dich, Gallicus«, unterbrach ihn Aurelius schadenfroh. »Für Ende des Monats ist ein Kampf angesetzt worden!«

»Beim großen und höchsten Jupiter, dann muss ich mich sputen und mit den Übungen beginnen!« Der Athlet sprang auf und eilte in Richtung Waffenkammer.

»Warte noch: Wusstest du, dass Chelidonis aus Mutina stammte und früher mal als Seiler gearbeitet hat?«, rief ihm der Patrizier nach.

»Mutina? Ja, aber wenn er doch Thraker war … Oh, dieser verdammte Hurensohn, was hat er sich da für eine Geschichte zurechtgelegt! Nicht schlecht, da hätte ich mal draufkommen müssen, was für ein Effekt beim Publikum! Aber mir gegenüber hat er nie ein Wort darüber verloren, misstrauischer Kerl, dabei war ich sein bester Freund. Was für ein Schwindler!«

»Tja, offenbar konnte er einige aufs Glatteis führen … aber – wo wir gerade davon sprechen – fragen sie nicht nach Referenzen, wenn jemand in die Gladiatur eintreten möchte?«

»Oh, die sehen da nicht so genau hin. Solange du den Speer in der Hand halten kannst, interessiert es niemanden, wo du herkommst. Dennoch kommen viele mit einer Empfehlung, weil es nicht so einfach ist, an der kaiserlichen Schule aufgenommen zu werden«, räumte Gallicus ein. »Der *lanista* müsste mehr darüber wissen.«

Aurelius machte sich gleich auf die Suche nach Aufidius. Als er gerade den Hauptplatz überquerte, traf er jedoch auf Herkules, der offenkundig in sehr angriffslustiger Stimmung auf ihn zusteuerte.

»Warum du Übungen angehalten?«, fuhr ihn der sarmatische Rohling an und versuchte, ihn an der Tunika festzuhalten. »Ich stark, ich kämpfen!«

»Du wirst schon bald die Gelegenheit dazu haben, Herkules«, versicherte ihm Aurelius und fragte sich, wie lange es dem riesenhaften und ungeschlachten Retiarier wohl noch gelingen würde, am Leben zu bleiben.

Dergestalt aufgemuntert, machte sich Herkules mit einem rauen Kriegsschrei seiner barbarischen Sprache auf den Lippen in Richtung *pertica* auf den Weg. Wenig später empfing der *lanista* Aurelius in seinem Büro.

»Ja, Chelidonis muss ein Empfehlungsschreiben aus Mutina gehabt haben«, gab Aufidius zu und gab sich kooperativ.

»Sieh zu, dass du es findest. Du wirst doch hoffentlich ein Archiv haben!«

»Dokumente über Dokumente, es wird nicht mehr lang dauern, und ich werde im Papyrus versinken!«, brummelte der Betreiber der Schule. »Als ich mich entschieden habe, die Gladiatoren des Caesar auszubilden, da habe ich wirklich nicht erwartet, den Bürokraten spielen zu müssen.«

»Also, dieser Brief?«

»Das ist Jahre her, edler Senator; ich müsste hier das Unterste zuoberst kehren«, klagte Aufidius und zeigte auf einige Schachteln, die dicht an dicht auf dem Regal zusammengedrängt lagen.

»Soll Claudius vielleicht persönlich vorbeikommen und dir beim Suchen helfen?«, drohte der Patrizier mit der ganzen Macht seines Amtes als Prokurator des Kaisers.

»Nein, warte, ich weiß vielleicht, wo ich nachsehen könnte…«, entschied sich Aufidius schließlich, trotz des unwilligen Ausdrucks, der ihm noch deutlich ins Gesicht geschrieben stand. »Hier haben wir es ja schon!« Mit diesen Worten legte er dem Senator triumphierend eine staubige Schriftrolle in die Hand.

»Es ist von Papius Fatius unterschrieben, dem Kommandanten einer der Legionen im Osten… Er schreibt, er habe Chelidonis nach hartem Kampf in Thrakien gefangen genommen«, las Aurelius ungläubig.

»So steht es da geschrieben.« Aufidius war deutlich bestrebt, jegliche Verantwortung von sich abzuwälzen.

»Sag mal, hast du ihn eigentlich jemals Griechisch sprechen hören, diesen so genannten Thraker?«, fragte Aurelius sarkastisch. Wenn der Gladiator wirklich aus Mutina in Gallia Cisalpina stammte – hätte sein *lanista* es in den Jahren der gemeinsamen Arbeit nicht vor allen anderen bemerken müssen?

»Wir halten hier keine Rhetorikvorlesungen ab, Senator Statius. Chelidonis hat gut gekämpft, und ich habe ihn nie nach seinem Stammbaum gefragt!«, gab der Aufidius zurück.

»Kennst du Sergius Mauricus, den Anwalt?« Aurelius ließ nicht locker.

»Ich habe nie auch nur ein Wort mit ihm gewechselt«, verneinte Aufidius entschieden. »Ich weiß nur, dass er ein fanatischer Besucher der Spiele ist und Chelidonis ein-, zweimal eingeladen hat. Übrigens hat er genau in dessen Haus dieses Weibsbild kennen gelernt, das ihn ruiniert hat. Was habe ich nicht alles versucht, um ihn in der Kaserne zu halten an jenem letzten Abend! Aber nein, er hatte nichts

Besseres zu tun, als zu dieser Nissa zu rennen wie ein liebestoller Kater!«

»Es heißt, dass auch die Schwester von Sergius hier in der Kaserne ein- und ausgeht, wie es ihr beliebt.«

»Ach, die … Die ist nicht die Einzige, die hier Zutritt zu den Zellen der Athleten hat: Viele gelangweilte Matronen haben eine Schwäche für meine Gladiatoren. Auf der anderen Seite würden sie, wenn ich zu streng wäre, die Damen heimlich hereinlassen, und das wäre noch viel schlimmer.«

»Stattdessen zweigst du dir deinen Anteil ab«, stellte der Senator sarkastisch fest.

»Ab und zu bringt mir jemand eine kleine Aufmerksamkeit mit«, versuchte der *lanista* die Sache herunterzuspielen.

Aurelius verließ ihn, ohne ihn eines weiteren Blickes zu würdigen.

Es war also dieser Papius gewesen, überlegte er wenig später, der die Geschichte vom dem heldenhaften Thraker in die Welt gesetzt hatte. Er musste unverzüglich etwas über den Mann erfahren; schon seit einiger Zeit hörte man in Rom nur noch wenig von ihm, zu wenig vielleicht für einen General, der eine der stärksten Legionen des Imperiums unter seinem Befehl hatte!

In diesem Moment bemerkte er, dass ihn jemand von hinten an seiner Toga zupfte. »Ach, du bist es Quadratus …«, stellte er fest, als er den betrogenen Bauern, wie immer allein, an der noch nicht eingeschalteten *pertica* stehen sah. »Ich werde versuchen, deinen Fall wieder aufzurollen. Vielleicht gibt es noch Hoffnung, wenn wir beweisen können, dass dieser Kerl und deine Frau Komplizen waren …«

»Du bist wirklich sehr freundlich, Senator, aber die Mühe lohnt sich nicht: Schon nach den nächsten Spielen werde ich verreckt sein!«, dankte ihm Quadratus, durch und durch pessimistisch wie immer.

»Du kannst doch nicht einfach so aufgeben, ohne zumindest zu versuchen, etwas zu unternehmen«, wunderte sich der Patrizier. »Wir werden vor Gericht kämpfen!«

»Wenn ich wieder so einen Verbrecher erwische, wie den, der meine Frau vertreten hat…«

Aurelius spitzte die Ohren. War denn das überhaupt möglich? »Kannst du dich zufällig noch an seinen Namen erinnern?«, fragte er hoffnungsvoll.

»Und ob ich mich erinnern kann. Sergius… er hieß Sergius, der Schuft! Ich habe ihn sogar ein paar Mal hier bei den Proben gesehen. Er hat mich natürlich nicht erkannt, ich bin ja nichts anderes als einer von vielen Unglücklichen, deren Leben er ruiniert hat. Aber ich werde sein Gesicht nie vergessen!«

Quadratus machte einen aufrichtigen Eindruck – gut möglich, dass der Anwalt nur so getan hatte, als erkenne er ihn nicht wieder. Ein Bauer, unschuldig zur Arena verurteilt, der gegen den Besten antreten sollte: Konnte es überhaupt eine bessere Gelegenheit für eine manipulierte Wette geben? Man musste nur dafür sorgen, dass der Retiarier den Kampf nicht gewinnen konnte, und darum hätte sich Nissa kümmern können oder sogar die eigene Schwester oder vielleicht jene unbekannte Dame, die Chelidonis dann und wann zu besuchen pflegte.

Seine Gedankengänge wurden jäh durch ein albernes Gegacker unterbrochen: Zwei Gestalten näherten sich schwankend und lallend, ganz offensichtlich mit Wein gut abgefüllt, und bedeuteten ihm mit ausladenden Gesten, dass sie ihn sprechen wollten, obwohl sie sich kaum noch auf den Beinen halten konnten.

»Wie sympathisch er doch ist, dein Sekretär, o edler Senator!«, lallte Arduina und versetzte ihm einen kräftigen Schlag auf den Rücken. »Hast du gesehen, was für ein schönes

Messer er mir geschenkt hat?«, grölte sie. Ihre runden, grausamen Äuglein leuchteten vor Freude, als sie ihren blonden, struppigen Haarschopf unter der empfindlichen Nase des Patriziers hin und her schwenkte.

Ein Niesen unterdrückend, wandte sich Aurelius brüsk ab, um eine ihrer Haarsträhnen aus seinem rechten Auge zu entfernen, gerade noch rechtzeitig, um einen Sklaven aus Aufidius' Büro schlüpfen und in Richtung Ausgang eilen zu sehen.

»Hefte dich an seine Fersen, Castor, schnell!«, befahl er, und diesmal befolgte der Grieche seine Anordnung prompt, sichtlich erleichtert, seinen Verpflichtungen bei Arduina auf diese Weise entrinnen zu können.

Die Britannierin folgte ihm noch lange mit ihrem Blick, enttäuscht und traurig ob seiner plötzlichen Flucht. In der Zwischenzeit zeigte Servilius, der bereits bei den nubischen Trägern wartete, deutliche Anzeichen von Unruhe: Er konnte es wohl kaum abwarten, diese ganzen lästigen Aufträge hinter sich zu bringen, um endlich zu seiner Schönheit zu eilen...

Während er die am Boden zerstörte Gladiatorin ansah, kam Aurelius eine verrückte, vielleicht etwas hinterhältige Idee.

»Ich hätte auch eine Aufgabe für dich!«, sagte er mit einem plötzlichen Lächeln auf den Lippen. »Servilius, sei so gut und hol die Blumen aus der Sänfte, die wir heute Morgen haben binden lassen.«

»Aber die sind doch für Nissa!«, protestierte der Ritter leise. »Was soll denn diese Schlächterin mit einem Gewinde Rosen anfangen?«

»Willst du wohl sofort tun, was ich dir gesagt habe, anstatt herumzudiskutieren!«, herrschte ihn der Patrizier an. Eine Frau ist eine Frau, dachte er, Gladiatorin hin oder her, und es gibt keine Frau, die ein Rosengewinde nicht zu würdigen weiß.

»Für mich?«, rief Arduina verblüfft aus und betastete die zarten Blätter ungläubig mit ihren schwieligen Pranken. Dann legte sie sich die Girlande mit einer Geste, die wohl anmutig gemeint war, um den Hals und verzog den großen Mund zu einem Lächeln. »Was für ein schönes Geschenk, Senator!«, hauchte sie, und Aurelius hatte fast den Verdacht, dass sie tatsächlich gerührt war.

»Nissas Blumen für dieses grässliche Weibsbild. Wirklich, manchmal verstehe ich dich einfach nicht, Aurelius …«, murmelte Servilius gekränkt, während sie zum Ausgang gingen. »Sieht ja schon fast so aus, als wolltest du mir Steine in den Weg legen!«

»Manchmal verbirgt sich in einem maskulinen Körper die zarte Seele eines Mädchens«, versuchte Aurelius zu erklären.

»Ein Mädchen, das dir mit einem freundschaftlichen Klaps auf den Rücken das Kreuz brechen kann!«, platzte der Ritter heraus. »Sieh nur hier, ich bekomme einen Bluterguss, wo diese Elefantin mich angefasst hat!«

»Frag doch Pomponia, ob sie dir eine ihrer Salben darauf streicht«, schlug Aurelius hoffnungsvoll vor, der seinerseits die Durchschlagskraft der Britannierin hatte zu spüren bekommen.

»Es wird wohl besser sein, wenn ich Nissa darum bitte. Sie hat so zarte Hände!«, korrigierte ihn der Ritter und unterdrückte ein anzügliches Lächeln.

Heilige Artemis! Wenn wir schon so weit sind, gibt es für die arme Pomponia wahrlich keine Hoffnung mehr, dachte Aurelius mit einem niedergeschlagenen Seufzer.

XIII

Vierzehnter Tag vor den Kalenden des Juli

Wie Aurelius schon befürchtet hatte, dauerte es nicht lange, bis Servilius' bessere Hälfte sich wieder bei ihm meldete.

»Er hat eine andere, da bin ich mir jetzt ganz sicher! Ich habe Spuren von Schminke auf seiner Tunika gefunden!«, weinte sich Pomponia verzweifelt an der Schulter ihres Freundes aus.

»Aber was redest du denn da? Das wird Kerzenruß sein…«

»Hast du schon mal roten Ruß gesehen? Es war Scharlachrot, sage ich dir: das typische Rot, das aus Weinhefe gemacht wird! Und gestern hat er Rosen gekauft, aber nicht für mich!«, schluchzte sie erneut auf.

»Ach, der Kranz! Aber der war doch für Arduina gedacht!« Um sie zu trösten, erzählte Aurelius ihr von Servilius' in Wirklichkeit so wenig freiwilliger Huldigung der Gladiatorin.

»Dann habe ich mich vielleicht doch geirrt«, fasste die Matrone neuen Mut und tupfte sich eine Träne ab.

»Ganz sicher, Pomponia. Aber jetzt hör auf, dich zu quälen; dein Freund Aurelius braucht dich. Und sag mir nicht, du hättest nichts über die Sünden dieser Schauspielerin herausfinden können!«

»Wenig, ganz wenig, in der Tat; ich bin ein bisschen aus

der Übung«, zierte sich die dicke Dame und stellte die Tasse Kräutertee beiseite, die ihr der besorgte Paris hatte bereiten lassen, um sich stattdessen mit einem Kelch eisgekühlten Falerners zu trösten, den ihr Aurelius anbot.

»Wie auch immer, zumindest auf ein interessantes Detail bin ich gestoßen«, erklärte die Matrone. »Die derzeitige Zofe von Nissa hat die Stelle erst kürzlich von einer Tante übernommen, die letztes Jahr gestorben ist. Die Tante hatte ihr damals aus der Anfangszeit dieser Diva von einem Mann erzählt, der oft ins Theater kam und beharrlich darum bat, empfangen zu werden. Eines Tages ging Nissa darauf ein, gewährte ihm eine Audienz und schloss sich mit ihm ein. Wenig später hörte man Schreie, und die Dienstmägde kamen gerade noch rechtzeitig, um zu sehen, wie dieser Grobian sie wieder und wieder ohrfeigte. Die Maskenbildnerinnen brauchten hinterher einiges an Bleiweiß, um einen saftigen Bluterguss an der Schläfe zu überschminken, bevor sie auf die Bühne gehen konnte, und auch der Hausmeister hatte alle Hände voll zu tun, um den Eindringling wieder hinauszuwerfen: Der Mann war wahnsinnig stark, ganz abgesehen davon, dass er einfach schrecklich gefährlich aussah, über und über bedeckt mit Narben…«

»Könnte das Chelidonis gewesen sein?«, dachte Aurelius laut nach. »Dann hätte die Schauspielerin gelogen, als sie darauf bestand, ihn erst bei Mauricus kennen gelernt zu haben. Es wäre doch gut zu wissen, wie Nissa ihre Karriere begonnen hat, wer sie in die erotische Pantomime eingeführt hat. Bis vor einigen Jahren war sie noch vollkommen unbekannt, und dennoch ist es ihr gelungen, in diese doch eher geschlossene Gesellschaft aufgenommen zu werden…«

»Der Einzige, der dir das sagen könnte, wäre der Theaterdirektor, der sie eingestellt hat, aber der ist überfahren worden, schon vor zwei Jahren oder so… Lecker, diese

Nusstörtchen«, sagte Pomponia mit vollem Mund: Von den Angelegenheiten anderer zu sprechen regte auch in den härtesten Zeiten ihren Appetit an, und Aurelius hatte sie in Versuchung geführt, indem er ihr mit Pfeffer bestäubte Plätzchen unter die Nase gehalten hatte, eine Spezialität seines *archimagirus* Hortensius.

»Da ist noch etwas anderes, was mich doch sehr gewundert hat«, nahm die Matrone den Faden wieder auf. »Den Zofen zufolge, benahmen sich Chelidonis und Nissa nicht gerade wie ein Liebespaar. Du weißt schon, all die kleinen Dinge, die Frauen so bemerken: keine Blicke, keine freundschaftlichen Berührungen oder Neckereien; sie schienen fast eher wie Geschäftspartner.«

»Oder wie ein Liebespaar, das schon seit langer Zeit zusammen und einander leid geworden ist«, überlegte Aurelius. »Kompliment, Pomponia, du warst mir eine große Hilfe!«

»Bedanke dich lieber bei meinem Zimmermädchen Chrisidis. Sie hat so getan, als suche sie Arbeit als Friseurin am Theater, und so den Zofen die ganzen Informationen entlockt.«

Aurelius machte sich in Gedanken eine Notiz: Er musste dem Mädchen ein Halsband oder ein hübsches Stück Stoff zukommen lassen.

»Was Servilius angeht, so…«

Geistesgegenwärtig unterbrach Aurelius die Freundin, bevor sie von neuem von der schmerzlichen Untreue des Gatten anfangen konnte: »Ist schon eine ganze Weile her, dass du mir den neuesten Klatsch über die Kaiserin berichtet hast!« Er tat über die Maßen interessiert. Es gab einfach nichts Besseres, um die füllige Matrone von ihrem ehelichen Unglück abzulenken, als sie auf die vorgeblichen oder tatsächlichen Liebschaften von Messalina zu bringen.

Tatsächlich hellte sich ihre Miene auf, sie schien wieder Mut zu fassen: Ein hübsches pikantes Gerücht war das beste Mittel, um ihre Laune zu heben.

»Zusätzlich zu Mnester, dem Schauspieler, empfängt sie jetzt auch noch einen gewissen Silius... Sie lässt sich überall mit ihm zusammen blicken und ist sogar dabei gesehen worden, wie sie ihn in aller Öffentlichkeit geküsst hat. Wie ist es nur möglich, dass Claudius von all dem gar nichts mitbekommt? Es stimmt schon, der Ehemann ist immer der Letzte, der etwas erfährt!«

Manchmal allerdings auch die Ehefrau, seufzte Aurelius bei sich und schämte sich ein wenig, als er die Freundin zur Tür begleitete.

»Ach, fast hätte ich es noch vergessen!«, fügte Pomponia, schon auf der Schwelle, hinzu. »Ich habe mich einmal unter meinen Näherinnen umgehört, ob vielleicht eine von ihnen einen Kostümschneider aus dem Theater des Pompeius kennt. Ich würde mir gern eine etwas originellere, ausgefallenere Stola maßschneidern lassen, um ein bisschen Eindruck auf Servilius zu machen, auch wenn du mir geraten hast, mich eher schlicht zu kleiden.«

Allerdings schien die Matrone, ganz in eine reich bestickte indigoblaue *palla* gehüllt, in keinster Weise gewillt, dem klugen Rat ihres Freundes zu folgen.

»Und?«, unterbrach dieser sie drängend. Wenn Pomponia sich in einer ihrer unendlichen Auslassungen über die Mode zu verlieren drohte, war es ratsam, sie unverzüglich zu bremsen, das wusste auch der brave Servilius nur allzu gut, dem es allerdings nie gelungen war.

»Nichts, leider!«, seufzte Pomponia enttäuscht. »Aber der Schuhmacher, der meine *crepidae* herstellt, diese Sandalen, die ich zu Hause trage, wenn ich keinen Besuch erwarte. Weißt du, die sind so bequem, auch wenn mir der niedrige Absatz eigentlich nicht steht, das steht ganz außer Zweifel, aber …«

»Was hat dir denn der Schuster erzählt?«, griff der Patrizier beherzt ein, um zu verhindern, dass sie sich in einem Labyrinth aus Schuhen, Pantoffeln, Stiefelchen und griechischen Sandalen verlor.

»Denk nur, was für ein Zufall! Er hat gerade für die Truppe von Nissa gearbeitet, als sie eingestellt wurde, und er sollte ihr ein paar neue Sandalen nach Hause bringen, sehr schöne Sandalen, wenn man ihm glauben darf, ganz aus Nappaleder mit eingearbeiteten Goldfäden und einem hauchdünnen Bändchen um die Fesseln …«

»Die Adresse, Pomponia! Hat er gesagt, wo sie gewohnt hat?«, versuchte der Senator, sie wieder auf den richtigen Weg zu bringen.

»Sicher: in einer großen *insula* am Clivius Publicus, ganz oben im letzten Stock. Denk nur, als der arme Schuhmacher endlich schweißgebadet oben angekommen war, ist ihm ein Schuh heruntergefallen, und ein Riemchen ist gerissen, sodass der Ärmste alles wieder …«

»Die Götter mögen dich segnen, liebe Freundin!«, brachte sie Aurelius mit einem freundschaftlichen Kuss zum Schweigen und schloss endgültig die Tür hinter ihr, um möglichst schnell Nutzen aus den Informationen zu ziehen, die er gerade erhalten hatte.

Als er durch das *atrium* eilte, stieß er fast mit einem äußerst übel riechenden Castor zusammen, der sich gerade die verdreckten Kleider vom Leib schälte.

»Er ist in den Clivius Publicus eingebogen und hat dann den Vicus Armilustri genommen«, berichtete der Grieche und schilderte ihm den Weg, den der Sklave aus der Kaserne genommen hatte.

»Und dann?«, fragte Aurelius erregt: Die Straßen führten

beide auf den Aventin, nicht weit entfernt vom Vicus Altus, wo die *domus* des Sergius Mauricus lag. Außerdem hatte – vorausgesetzt, Pomponias Informant hatte die Wahrheit gesagt – Nissa ebenfalls in dieser Gegend gewohnt.

»Ich habe ihn verloren!« Der Grieche breitete ratlos die Arme aus. »Wie ein Verrückter bin ich hinter ihm hergerannt, als ich auf zwei unglückselige *fullones* stieß, die gerade dabei waren, die Flüssigkeit zum Färben der Stoffe zu entsorgen. Zwei ganze Bottiche haben sie über mir ausgeleert!«

Aurelius verkniff sich das Lachen, denn allmählich wurde ihm klar, woher dieser durchdringende Uringestank kam, den der Freigelassene ausdünstete. Mehr als eine Färberei verwendete Abfallprodukte aus den Latrinen …

Der Patrizier entschied sich dafür, dieses Mal Mitgefühl zu zeigen: Im Grunde war der Freigelassene ja bei Ausführung seiner eigenen Befehle zu Schaden gekommen.

»Geh dich nur waschen, Castor, und mach dir keine Gedanken um die ruinierte Jacke. Ich werde dir persönlich eine neue kaufen«, versprach er großzügig.

»Danke, *domine*, aber das hat mir wirklich keine Sorgen bereitet: Die Jacke war sowieso deine!«, versicherte ihm der Grieche und verschwand nackt im *caldarium*, während sein Patron mit Wehmut die traurigen Überreste seiner brandneuen Leinentunika betrachtete, derer sich der Sklave so eilig entledigt hatte.

XIV

Dreizehnter Tag vor den Kalenden des Juli

Aurelius, in einen schlichten kurzen Mantel gekleidet, blieb unter dem *porticus* der alten Mietskaserne stehen und hob den Blick zu den von Kletterpflanzen überrankten Lauben und den mit blühenden Duftkräutern bepflanzten Balkonen, die weiter oben aus dem Gebäude herausragten und sich in einem anmutigen, doch stets gefährdeten Gleichgewicht auf leichten Holzbalken in den Himmel reckten.

Er stieg die hohe Steinstufe vor dem weit offen stehenden Tor hinauf und trat in ein dunkles *atrium*, wobei er sich die Nase zuhalten musste, um nicht von dem unerträglichen Kohlgestank überwältigt zu werden, der in der Luft lag.

Gerade als er den Fuß auf die erste Stufe der Treppe im Inneren setzen wollte, segelte ein flohverseuchter Mantel, unmittelbar gefolgt von einer mottenzerfressenen alten Decke, auf ihn herab. Mit einem raschen Sprung konnte er seinen Kopf gerade noch vor dem Kochtopf und den beiden zerbrochenen Tiegeln retten, die nacheinander aus der fünften Etage herabgesaust kamen.

»Raus hier!«, schrie der Vermieter zwei gebeugten Alten hinterher, während diese in Begleitung eines jungen Mannes versuchten, ihre armseligen Habseligkeiten wieder einzusammeln. »Nein, es hat nicht gereicht, euch den Zutritt zur Treppe zu verwehren, ich musste sogar noch Verstärkung anheuern, um euch dazu zu bringen, die Wohnung zu räumen!«

Der Vermieter winkte ein Paar kräftiger Sklaven herein, die draußen gewartet hatten. »Unrechtmäßige Hausbesetzung!«, rechtfertigte er sich und befahl den beiden Kraftprotzen, den jungen Mann mit Gewalt hinauszutragen, der sich mit all seiner Kraft gegen die Zwangsräumung zur Wehr setzte.

Aurelius wunderte sich nicht besonders: Es reichte schon, einige Tage mit der Miete in Verzug zu sein, damit ein Mieter mit seinen ärmlichen Siebensachen auf die Straße geworfen wurde. Wer sich nicht gleich fügte, wurde von brutalen Sklaven, die extra dafür ausgebildet wurden, auf noch viel üblere Weise hinausbefördert, während seine Möbel die Treppen herunterpolterten oder aus den Fenstern ahnungslosen Passanten auf den Kopf geworfen wurden.

»Die Götter mögen dich verfluchen, Nigro!«, rief der Junge wutentbrannt und versuchte, die greisen Eltern zu stützen, die gramgebeugt und mit Tränen in den Augen davonhumpelten.

»Und du? Was willst du?«, fuhr der Mann Aurelius an, während er mit ein paar Axthieben die Arbeit des Räumkommandos vollendete. »Wenn du ein Zimmer suchst – es ist gerade eines frei geworden. Du musst dich aber schnell entscheiden, in Rom ist es nicht leicht, ein Dach über dem Kopf zu finden!«

Aurelius trat ins Licht, und dem Vermieter wurde sofort klar, dass aus diesem Geschäft nichts werden würde. Auch wenn er bescheiden gekleidet war, so hatte der Patrizier doch keine Löcher im Mantel, und das Leder seiner *soleae* war zu neu für jemanden, der sich mit einem der Kämmerchen unterm Dach der *insula* hätte zufrieden geben können.

Nigro war dennoch nicht allzu betrübt: Es würde ihm nicht schwer fallen, rasch neue Mieter zu finden, auch wenn man für das Geld, was das ärmlichste Zimmer im Zentrum von Rom kostete, ohne Schwierigkeiten ein bequemes und standesgemäßes kleines Häuschen in der Provinz hätte mieten können, vielleicht sogar mit einem Stückchen Land dazu.

Die Urbs war der Nabel der Welt, das pulsierende Zentrum, um das das unendliche Imperium kreiste, der magische Ort, an dem alles möglich war und wo mit ein wenig Glück auch noch die absurdesten Träume Wirklichkeit werden konnten. So zog es die Armen in Massen an. Enterbte und Abenteurer aus aller Herren Länder pochten an seine Tore, in der Hoffnung auf das schnelle Geld, eine glänzende Karriere oder auch nur auf eine sichere Arbeit, um den Hunger der Familie zu stillen.

»Ich möchte etwas über ein Mädchen erfahren, das hier vor ein paar Jahren gewohnt hat«, sagte Aurelius.

»Wer soll sich daran noch erinnern! Hier kommen und gehen die Leute ständig«, wies ihn Nigro ab und drehte ihm den Rücken zu.

Tja, dachte der Patrizier mit einem Blick auf die vom Holzwurm durchbohrten Stützbalken, auf denen sich das wackelige Gebäude in schwindelnde Höhen erhob: Wem es nur irgendwie gelang, aus dem Gröbsten herauszukommen, suchte sich lieber heute als morgen eine neue Bleibe. Hier würde man früher oder später Federn lassen: Der Baumeister hatte sicher am Material gespart und mit einem großzügigen Bestechungsgeld an die Bauaufsicht dafür gesorgt, dass sie ein Auge oder auch beide zudrückte.

Etwas enttäuscht trat Aurelius wieder auf die Straße hinaus; allerdings hatte er auch nicht erwartet, bei diesem Besuch viel herauszufinden. Durch Zwangsräumungen und Umzüge wechselte die Nachbarschaft in den *insulae* ständig, und niemand in dieser verrückten Stadt fand die Zeit, mit den Leuten von Gegenüber unvergängliche Freundschaften zu schließen.

Die Hinausgeworfenen waren immer noch da, im Laubengang: Sie hatten ihren Plunder in die Decke eingeschlagen und konnten sich offensichtlich noch nicht dazu durchringen, von dort wegzugehen, wo bis vor kurzem noch ihr Zuhause gewesen war.

»Dieser grässliche Nigro hat kein Herz! Ich kann unter einer Tiberbrücke schlafen, aber meine armen alten Eltern …«, rief der junge Mann, immer noch wütend, aus.

»Gavilla hat er aber nicht hinausgeworfen, und auch Celia nicht …«, beschwerte sich seine Mutter.

»Das glaube ich: Sie schicken ihre jungen Töchter vor, um die Miete stunden zu lassen!«

Aurelius spitzte die Ohren. Wenn der Verwalter so empfänglich für die Reize junger Mädchen war, wie war es dann möglich, dass er sich nicht mehr an Nissa erinnerte?

»Wartet einen Augenblick«, sagte er an die kleine Familie gewandt, die dabei war, ihr Bündel zu schnüren. »Ich habe ein wenig Erfahrung in Rechtsangelegenheiten, vielleicht ist hier das letzte Wort noch nicht gesprochen.«

Wenig später trat der Patrizier am Kopf der kleinen Schar erneut ins *atrium* des Mietshauses.

»Ihr schon wieder! Wollt ihr wirklich, dass ich die Wachen rufe?«, empfing sie der Vermieter drohend.

»Genau das ist es, was wir wollen, Nigro; es muss ja schon ein Weilchen her sein, dass diese Baracke hier mal überprüft worden ist«, bekräftigte Aurelius mit olympischer Ruhe und begann dabei, mit ein paar wohlgesetzten Fußtritten die Stabilität der Mauern auf die Probe zu stellen.

»Wollen wir doch mal sehen: Also hier ist sowieso alles nur Sand, wer weiß, wo die Ziegelsteine geblieben sind. Das

Holz ist auch am Zerbröseln … Ach, und was seh ich denn da? Nebenan ist ein Geschäft! Ja, weißt du denn nicht, dass ein kaiserliches Dekret es verbietet, dass zwei Gebäude eine gemeinsame Mauer haben? Also hier muss wirklich mal die Bauaufsicht benachrichtigt werden. Ich möchte ja nicht in deiner Haut stecken, wenn der Eigentümer sieht, in was für einen Zustand du seine Immobilie hast geraten lassen!«

Wie von der Tarantel gestochen sprang Nigro auf, schluckte schwer und starrte den Senator bleich vor Angst an.

Aurelius sah zufrieden in die Runde, dann suchte er sich ohne Eile den am wenigsten wackeligen Stuhl aus – den von Nigro natürlich –, machte es sich in aller Ruhe bequem, legte die Füße auf den Tisch und pfiff leise durch die Zähne. »Diese braven Leute«, setzte er erneut an, »haben mir erzählt, dass du für ihr Zimmer bereits von einem gewissen Cossus, der im Moment nicht in der Stadt ist, regelmäßig Miete kassierst. O weh, ich fürchte, dir sind die gesetzlichen Regelungen zur Untervermietung nicht ganz klar: Ich werde dafür sorgen, dass die Wachen sie dir wieder ins Gedächtnis rufen, sobald sie hier sind!«

»Nein, Herr, so eilig ist es nun wirklich nicht. Wir können doch über alles reden.« Der Vermieter machte einen Rückzug, als er Ärger roch. »Die Zwangsräumung dieser Familie könnte auch nur ein bedauerlicher Irrtum gewesen sein …«

»Oh, mach dir nur keine Sorgen, das hätte ja jedem passieren können«, ging Aurelius lächelnd darauf ein. »Dummerweise haben diese Leute durch die brutale Vorgehensweise deiner Helfer gewisse Schäden erlitten. Das Mindeste, was du tun kannst, ist ihnen für ein halbes Jahr die Miete zu erlassen. Vielleicht verzichten sie dann darauf, dich vor Gericht zu bringen. Andernfalls sei gewiss, dass ich mich des Falles annehmen werde oder vielleicht mein Freund Sergius Mauricus!«

Der Vermieter schluckte die Kröte, ohne mit der Wimper zu zucken: lieber jetzt auf dieses Geld verzichten und es sich dann von einem anderen Unglücklichen ohne Protektion zurückholen. Eilfertig bedeutete er den dreien, dass sie wieder hinaufgehen könnten.

»Ja, aber warum bleibst du denn stehen? Nur keine Umstände, komm, wir sind doch unter uns!«, forderte ihn der Senator unbeschwert auf, während er sich noch ein wenig gemütlicher in dem Sessel zurechtsetzte. Nigro nahm vorsichtig auf der Kante eines altersschwachen Schemels Platz. »Was hattest du mir doch gleich wegen des Mädchens aus dem obersten Stock erzählt? Einem Mann mit deinem Geschmack muss sie sofort aufgefallen sein, da bin ich mir sicher«, meinte Aurelius mit einem viel sagenden Augenzwinkern.

»Also, wenn ich ehrlich sein soll, ich ...«, begann der Vermieter misstrauisch. Doch dann löste sich seine Zunge, auch weil Aurelius seinen Mantel hatte so weit zur Seite fallen lassen, dass die wohl gefüllte Geldbörse am Gürtel gut sichtbar wurde.

Natürlich erinnerte sich Nigro an die Frau, besonders, da er darauf eingegangen war, die Mietzahlungen auch in Naturalien entgegenzunehmen.

Über kurz oder lang – teils, weil er sich bei dieser einflussreichen Person beliebt machen wollte, teils, weil man doch immer wieder gern an gewisse Dinge zurückdenkt – geriet der Vermieter ins Plaudern und teilte Aurelius freimütig alles mit, was er wusste. »Hübsch war sie, weißt du, aber nichts Besonderes«, erklärte er mit Genugtuung. »Eine *asinella* wie so viele in Rom: Sie tat mir Leid, und dann ...«

Der Patrizier unterdrückte ein Lächeln: Was Nigro wohl dächte, wenn er in der bestbezahltesten Diva der Stadt das

Mädchen von damals wieder erkannte, das auf sein Lager niederzuwerfen er sich, natürlich nur aus Mitleid, herabgelassen hatte!

»Vibonis hatte sie hier untergebracht, der Schmied, ein riesenhafter Kerl, ziemlich kräftig und voller Narben. Er besorgte ihr die Kunden, und ich habe ein Auge zugedrückt. Nicht, dass ich Prozente genommen hätte, glaub das nur nicht. Ich bin ein ehrenwerter Mann, aber sie hat sich nicht allzu sehr geziert, und gewisse Gelegenheiten ergeben sich für einen Mann wie mich, in etwas reiferem Alter, nur noch sehr selten. Nein, ich weiß wirklich nicht, was aus ihr geworden ist, seit sie hier weggegangen ist. Das muss so zwei, drei Jahre her sein.«

»Mit ihrem Zuhälter?«, fragte der Patrizier neugierig.

»Ach was, mit einer anderen Frau! Der Schmied war fuchsteufelswild. Er brüllte, dass er sie früher oder später finden würde, um ihr eine ordentliche Tracht Prügel zu verpassen! Versetz dich in seine Lage: Sie hatte ihn gut zehn Sesterzen gekostet, die er der alten Kupplerin, ihrer Mutter, bar bezahlt hatte, und er hatte sie auch noch vergewaltigen müssen, um sie das Handwerk zu lehren. Sollte er da tatenlos mit ansehen, wie sie sich aus dem Staub macht, kaum dass sie anfängt, ihm etwas einzubringen?«

»Wo ist denn dieser Vibonis jetzt?«

»Auf dem Friedhof liegt er. Er ist sturzbetrunken in den Tiber gefallen.«

Der Schmied ertrunken und Nissa frei… Wenn bei diesem Unfall mal nicht Mauricus seine Hand im Spiel gehabt hatte!

Aurelius seufzte. Er hatte im Stillen darauf gehofft, Beweise für irgendeine frühere Verbindung zwischen Nissa und Chelidonis zu finden: Stattdessen war der ganze Morgen sinnlos vergeudet.

Er wandte sich zum Gehen, aber Nigro hüstelte, als erwarte er noch etwas: In der Urbs hatte alles seinen Preis, auch die schönen Erinnerungen.

Der Senator war fast bereit, etwas Kleingeld locker zu machen, da kam ihm plötzlich eine bessere Idee, und er zog aus dem Gürtel seiner Tunika das Bleitäfelchen, das den freien Eintritt ins Theater des Pompeius garantierte.

»Die Vorstellung von Nissa, bei Jupiter! Seit Monaten versuche ich, da hineinzukommen, aber es herrscht so ein Andrang!« Mit Begeisterung nahm der Vermieter das Angebot an, während Aurelius vor Lachen fast platzte. »Ich kann es kaum erwarten hinzugehen, man sagt, diese Frau soll einfach phantastisch sein!«

»Es ist ein Platz in der ersten Reihe, du müsstest alles gut sehen können, ich glaube, du wirst beeindruckt sein«, schloss Aurelius und überreichte ihm mit einem breiten Lächeln das begehrte Kärtchen.

Aus dem muffigen Schatten des *atrium* hinaus, schlug er ein zügiges Tempo an und verließ die überfüllte Gasse, nicht ohne sich umzuwenden und den dreien, die ihm aus dem Fenster im fünften Stock nachsahen, noch einmal freundschaftlich zuzuwinken.

Er hatte sowieso schon zu viel Zeit verloren, also konnte er genauso gut noch von seiner anonymen Verkleidung profitieren und sich jene einfachen Freuden gönnen, an welche sich die in ihren luxuriösen Anwesen eingesperrten Reichen oft kaum mehr erinnern konnten: ein Paar Würstchen, eingerollt in ein frisches duftendes Fladenbrot, ein Becher heißer Wein, das Augenzwinkern einer frechen Magd in einer Taverne.

Und in Rom herrschte wahrlich kein Mangel an Wirtschaften. Auf dem Clivius Publicus führte jeder dritte oder vierte Eingang zu einer *popina* oder einem *thermopolium*:

Vom Morgengrauen an, manchmal auch schon früher, ergossen sich die Einwohner der ständig wachsenden Urbs – eine Million oder noch mehr Menschen zusammengedrängt auf wenigen tausend Quadratmetern, eingepfercht wie Ölsardinen in den riesigen, einsturzgefährdeten *insulis* – auf die Straßen, ihr wahres Zuhause, und kehrten unvermeidlich in eine der zahlreichen Tavernen ein, auf der Suche nach der wohligen Wärme der Kohlebecken und dem süßen Geschmack des mit *sapa* gewürzten Traubensaftes.

Natürlich wusste der gebildete Patrizier sehr wohl, dass *sapa* und *defrutum* die Gesundheit ernsthaft gefährdeten, genauso wie das Harz aus den Weinfässern, die Kreide, die Pottasche und die anderen Zutaten, mit denen minderwertige Weine versetzt wurden. Dennoch konnte er der Versuchung nicht widerstehen: Nachdem er eine Schale jenes Gesöffs am Tresen des *thermopolium* bestellt hatte, genoss er dessen herben Duft nach Armut und Leben in vollen Zügen.

Etwas später suchte ein Fremder in hebräischer Kleidung, mit einem etwas verlorenen Ausdruck auf dem Gesicht und einem Bündel in der Hand, in der Taverne Zuflucht vor einem Rudel lärmender Lausbuben, die ihn verfolgten und sich über seine fremdartige Kleidung lustig machten.

»Gerade angekommen, was?«, lachte Aurelius ihn an und reichte dem stämmigen Arbeiter mittleren Alters, der noch ganz außer Atem vom Laufen war, die Schale. »Du wirst dich daran gewöhnen.«

»Kein schlechter Willkommensgruß, danke. Ich suche das Haus eines Freundes, eines gewissen Aquila … Es muss in dieser Gegend sein.«

Zwei Klienten wollten dem Neuankömmling den Weg weisen und gerieten darüber in Streit.

»Es ist da unten rechts!«

»Nein, links hinter der Kreuzung!«, riefen sie durcheinander, während der Ärmste sich abwandte, peinlich berührt, einen solchen Tumult ausgelöst zu haben.

»Es ist wohl besser, wenn ich mich wieder auf den Weg mache. Danke für den Trunk, mein Freund«, meinte der Fremde, nachdem er seinen Durst gestillt hatte. »Ich werde mich revanchieren, sobald ich Arbeit gefunden habe.«

»Was kannst du denn?«, fragte der Senator neugierig. Bei so vielen ertragreichen Unternehmungen wie den seinen, war es gut möglich, dass sich für diesen anständigen und willigen Mann ein Plätzchen finden ließ.

»Ich bin Fischer: Wenn du gelegentlich vorbeikommst, frag nach Simon, auch Kefa genannt…«, sagte der Mann und eilte hinaus. Aurelius schüttelte insgeheim den Kopf: Dieser Jude würde es nicht einfach haben, wenn er glaubte, am Tiber vom Fischfang leben zu können.

Jedenfalls war der Fremdling ganz sicher nicht an den Verkehr einer Großstadt gewöhnt: Schon nach wenigen Schritten stieß er in dem vergeblichen Versuch, einem Gemüsekarren auszuweichen, mit einem anderen Fußgänger zusammen, der ihn in schnellem Lauf auf der anderen Straßenseite überholte, stolperte und purzelte in den Straßendreck.

Kurz darauf hallte die Gasse von den Flüchen des Gemüsehändlers wider, unter die sich rasch das Weinen der Kinder mischte, die er mit Ohrfeigen davon abzuhalten versuchte, sich über seine übers Pflaster verteilten Waren herzumachen. Die Stammgäste der Schenke stürzten sich begierig in das Getümmel auf der Straße, während die Mütter der Geohrfeigten aus den Geschäften eilten, um ihren wehrlosen Sprösslingen zur Seite zu stehen.

Der Einzige, der ruhig blieb, bemerkte Aurelius verwundert, war gerade der Mann, der Kefa angerempelt hatte und der von allen am meisten Grund zum Ärger gehabt hätte.

Stattdessen stand er etwas abseits, die Kapuze tief in die Stirn gezogen; wenig später näherte er sich der Kreuzung und machte sich in aller Stille davon.

Doch als er in eine Gasse einbog, rutschte die Kukulle ein wenig nach hinten und gab ein wohl bekanntes Gesicht frei.

Ohne Zeit zu verlieren, sprang der Senator aus der Taverne, setzte mit einem großen Satz über den armen Fischer hinweg, der immer noch im Dreck lag, und machte sich an die Verfolgung von Aufidius.

Eine Stunde später kehrte er verschwitzt und verdreckt, aber dennoch hochzufrieden mit sich, nach Hause zurück: Es war ihm gelungen, den *lanista* auf seinem langen Weg den Hügel hinauf unbemerkt zu verfolgen. Er war sehr vorsichtig gewesen, um nicht entdeckt zu werden, und hatte sich jedes Mal, wenn Aufidius sich misstrauisch umsah, rechtzeitig hinter einer Säule oder einer Hausecke verbergen können.

Einmal hatte er schon befürchtet, entdeckt worden zu sein, aber er musste sich wohl getäuscht haben: Nie und nimmer wäre der Betreiber der Gladiatorenschule verstohlen in das Haus der Sergier geschlüpft, wenn er gewusst hätte, dass er verfolgt wurde.

»Aufgewacht!«, rief er, als er ins *vestibulum* trat.

Fabellus, der wie üblich tief und fest in seiner Loge im *ostiario* schlief, schrak hoch und bedachte seinen Herrn mit einem missmutigen Blick: Konnte denn ein armer Türsteher nicht einmal in Ruhe ein kleines Schläfchen machen, murmelte er zwischen den Zähnen, ohne sofort wieder hochgejagt zu werden!

Komisch, dass Paris mich nicht erwartet, wunderte sich Aurelius, doch kaum hatte er das *peristylium* erreicht, blieb er verblüfft stehen.

Zwischen den Marmorsäulen stand der treue Verwalter und beobachtete mit einem etwas dümmlich glückseligen Gesichtsausdruck, als sei ihm gerade Aphrodite persönlich erschienen, Xenia, die pfiffige Dienstmagd, die eigentlich fest mit Castor zusammen war. Auf frischer Tat ertappt, errötete der Freigelassene in jungfräulicher Scham, doch sein Herr enthielt sich jeder weiteren Bemerkung, wohl wissend, dass alles, was er jetzt sagen könnte, die Scham seines Verwalters nur noch vertieft hätte.

»*Domine*«, stammelte er. »Da ist Besuch für dich …«

»Ich habe keine Zeit, ich muss mich nur rasch waschen und dann gleich noch einmal los.«

»Ganz wie du wünschst. Ich werde Spurius, diesem Seiler aus Bononia, sagen, dass …«

»Aus Bononia? Doch, den will ich sofort sehen!«, rief Aurelius aus und wandte sich zum *tablinum*.

»Nicht dort entlang, Herr, er ist in der Küche: Ich hielt es für besser, ihn in den Sklavenquartieren unterzubringen«, erklärte Paris, der es in punkto Standesdünkel mit jedem Patrizier aus den ältesten Geschlechtern aufnehmen konnte.

Aurelius eilte zur Küche. Er hatte sie geräumig und komfortabel einrichten lassen, außerdem schön sauber. Allzu viele Hausbesitzer verschwendeten seiner Meinung nach unerhörten Luxus auf ein großes, mit Fresken ausgestaltetes *triclinium* und in Einlegearbeiten in Marmor und Elfenbein, um dann die Feuerstelle und den Ofen für das Brot in ein verrauchtes und unhygienisches Kämmerlein zu verbannen. Die Zeiten, in denen die Mahlzeiten eines römischen Hauses im *atrium* bereitet wurden, waren zum Glück schon seit geraumer Zeit vergangen, und der Patrizier hatte nach reiflicher Überlegung zwei geräumige und gut belüftete Zimmer für die Zubereitung der Speisen eingeplant, die mit großen Wasserbecken ausgestattet waren, welche es erlaubten, alles peinlich sauber und blitzblank zu halten.

»Die Mispeln werden in kochende Lauge geworfen …«, hörte der Senator jemanden mit lauter Stimme dozieren, als er eintrat.

Ein groß gewachsener, dicker Mann saß auf dem Ehrenplatz an dem großen Holztisch, umgeben von Köchen, Brotbäckern, Zuckerbäckern und Konditoren, welche ihm aufmerksam lauschten.

»Und die Quitten?«, fragte in diesem Moment Hortensius, Aurelius' *archimagirus*. »Macius schreibt in seinem Handbuch über das Einmachen …«

»Ach was, Bücher! Um gute Marmeladen zu machen, die von der Sorte, die dir förmlich zurufen ›Iss mich!‹, braucht man vor allem Erfahrung!«, unterbrach ihn rüde der Mann aus der Provinz. »Man trocknet die Früchte auf Stroh, meinetwegen auch auf Platanenblättern, dann legt man sie dicht an dicht in mit Fasspech ausgestrichene Krüge: Wir können uns schließlich keinen Honig leisten, bei den Preisen, die man dafür zahlen muss!«

»Sag mal, bist du Seiler oder Koch, Spurius?«, mischte sich Aurelius ein und unterbrach damit die begeisterte Vorlesung über die Kunst des Kochens.

»Stets zu Diensten, edler Senator!« Der Koloss stand von seinem Stuhl auf und hob unbeholfen den Arm zum Gruß. »Entschuldige die Störung, aber mein Vetter Rusticus, ein guter Mensch, der nur leider die schlechte Angewohnheit hat, sich ständig in die Angelegenheiten anderer einzumischen, hatte es sich erlaubt, dich mit diesem Brief über Placidus zu belästigen. Also sage ich zu ihm: Du kannst doch nicht den Senator belästigen und ihm dann die ganze Geschichte nur zur Hälfte erzählen, so kann er das doch nicht verstehen! Und wo gerade ein Freund von mir nach Rom reisen wollte, hab ich mir gedacht, da komme auch ich gleich mit, um dem Herrn Senator das Ganze von Angesicht zu Angesicht zu erklären und mir auch die Belohnung selber abzuholen, denn wenn ich das nicht selbst mache, wer weiß schon, wann das mit der Post – wo man ja nie wissen kann, ob das klappt –, also, wann das mit der Post ankommen würde und ob sie mir die Belohnung nicht schon vorher herausklauen würden. Weil, du musst nämlich wissen, meine Decia und ich, wir haben vier Kinder, alles Jungens, und heutzutage geht das Geschäft mit den Seilen schlecht.«

»Kein Grund zur Sorge, Spurius, berichte mir, was du weißt, und du wirst die Belohnung erhalten.«

»Das ist rasch erzählt, hoher Senator: Als ich in Mutina lebte, so knapp zehn Jahre ist das her, da brauchte ich Hilfe im Geschäft, und die Decia, also meine Ehefrau, meinte zu mir: Warum nimmst du nicht den Sohn von der Witwe Sosima, die arme Frau weiß kaum mehr, wie sie sich über Wasser halten soll. Erst wollte ich ganz und gar nicht, denn dieser Placidus war von klein auf wirklich alles andere als ein angenehmer Zeitgenosse, immer nur am Streiche aushecken und sich prügeln, aber meine Decia kann manchmal wirklich hartnäckig sein, und dann kriegt sie mich immer wieder da hin, wo sie mich hinhaben will; und so hab ich ihn eingestellt, und, ach, hätte ich das nur nie gemacht! Der hat mir einen ganzen Sack voll Ärger ins Haus geholt, dieser Verbrecher; einen Haufen Geld habe ich wegen ihm verloren, und als ob das nicht ausreichte, hat er mir auch noch die Sklavin geschwängert. Also habe ich ihn hochkant rausgeschmissen, aber danach wurde es mit dem Kerl noch schlimmer! Hat er sich doch eine Messerstecherei mit einem Legionär im Dienst geliefert, na ja, und später ist er vom Messer zum Speer übergegangen; wie auch immer, dieser Soldat war ziemlich übel zugerichtet, und alle waren der

Meinung, dass der Placidus diesmal nicht mit vier Peitschenhieben davonkommen würde, sondern an den Galgen käme. Und dann kommt ein richtig hohes Tier, ein Anwalt, der ihn, ich weiß nicht, wie, da rauspaukt und ihn mit nach Rom nimmt, und später kriegen wir dann zu hören, dass er ein Arenaheld geworden ist und sich Chelidonis nennt, ›Die Schwalbe‹, also das ist doch nun wirklich kein Name für einen Mann, sag ich!«

»Und die schwangere Sklavin?«, fragte der Patrizier, und war sich schon sicher, dass es Nissa sein musste.

»Sie war eine Bauerstochter und ist aufs Land zurückgegangen. Placidus ist ja sowieso weggegangen, zusammen mit einem ganzen Haufen anderer zweifelhafter Gestalten. Der hatte eine Schwäche für üble Halunken, dieser Anwalt: Er hat sogar für einen Spottpreis den Luridus, den Schmutzfinken, gekauft, den nun wirklich keiner mehr haben wollte. Und sogar Popinus, den Idioten, und dann noch den Einäugigen …«

»Sehr gut, Spurius, was du mir berichtet hast, ist von allergrößter Wichtigkeit! Aber du hättest wirklich nicht extra von Bononia hierher kommen müssen: Ein Brief hätte mir schon gereicht!«

»Ich bitte dich! Wo man sich doch von Rom so viel erzählt, da wollte ich es auch mal mit eigenen Augen sehen!«

Aurelius lächelte mit einer gewissen Befriedigung: Es stimmte schon, zumindest einmal im Leben kam jeder Provinzler nach Rom, das Weltwunder, und nahm dann die Erinnerungen mit sich heim, in den Norden, in die Nebel von Gallia Cisalpina …

»Aber jetzt, wo ich es gesehen habe, reicht es mir auch, Senator. Unter uns gesagt, so etwas Besonderes ist dieses berühmte Rom nun auch wieder nicht! Ein Forum haben wir bei uns auch in Bononia, und ihr hier habt nicht einmal das

Decumanus Maximus. Es stimmt schon, eure Tempel hier sind größer, aber du müsstest mal das Heiligtum der Isis in unserem Bononia sehen, ein wahres Schmuckstückchen.«

»Verstehe.« Aurelius musste halb beleidigt, halb amüsiert schlucken. »Geh nur zu meinem Verwalter und hole dir die Belohnung ab. Und lass dir auch einen Krug mit Honig mitgeben, wo der doch bei euch so teuer ist. Aber sprich mir nicht allzu schlecht von der Urbs, wenn du wieder zu Hause bist.«

»Sicher, Patron: Im Grunde ist Rom ja auch eine sehr schöne Stadt!«, versicherte ihm Spurius unterwürfig und machte sich in Richtung des Ausgangs auf, gefolgt von Hortensius, dem Koch, mit seinem Notiztäfelchen in der Hand.

Aurelius blieb etwas perplex zurück und musste sich erst einmal setzen. Als er seinen gerechten Stolz als Bürger Roms heruntergeschluckt hatte, begann er sich kopfschüttelnd zu fragen, ob er nicht doch, früher oder später, einmal hinfahren sollte, um dieses berühmte Bononia zu sehen.

»Popinus, der Idiot, Luridus, der Schmutzfink, und das Einauge… In Mauricus' Kreis ist niemand, der auch nur im Entferntesten mit diesen wenig vertrauenswürdigen Namen in Verbindung zu bringen ist«, erklärte Castor, von seiner Mission zurückgekehrt, und bediente sich reichlich aus Aurelius' Amphore.

Mit dem Kelch in der Hand nahm er auf einem Sessel aus Ebenholz Platz und ordnete die Falten seiner neuen *delmatica*, die in einem frischen Grün erstrahlte.

»Sehr schön, dieser Stoff, sieht fast gar nicht aus wie Leinen«, bemerkte Aurelius mit ehrlicher Bewunderung.

»Tja, das ist indische Seide. Sie ist mit deinem Schiff eingetroffen«, erklärte der Freigelassene seelenruhig.

»Aber dann ist das der Ballen, den ich Cynthia versprochen hatte!«, protestierte der Patrizier.

»Hattest du nicht gesagt, dass du dieser Kurtisane ein wenig überdrüssig geworden bist? Ich dachte, wo der Fetzen nun nicht mehr gebraucht wird, kann ich Xenia fragen, ob sie mir eine Tunika daraus näht.«

»Falls du auch noch mit dem Gedanken spielst, dir meine Toga mit dem *laticlavulus* anzueignen, vergiss nicht, dich vorher in die Kurie aufnehmen zu lassen!«, fuhr Aurelius ihn gereizt an.

»Das habe ich nicht vor, *domine*. Purpur steht mir nicht«, versicherte ihm der Freigelassene ernsthaft.

»Und dies hier, wie erklärst du dir das?«, rief der irritierte Patrizier aus und wedelte ihm mit einem eng beschriebenen Blatt Papyrus unter der Nase herum. »Im Lager fehlen mindestens sechs Weinschläuche, darüber hinaus ist mein Ring mit dem Lapislazuli schon wieder verschwunden, der mit dem sich aufbäumenden Löwen; und als wäre das noch nicht genug, ist das mit spanischem Leder bezogenen Kästchen, in dem ich meine Korrespondenz aufzubewahren pflegte, in deiner Kammer gefunden worden, übervoll mit ziemlich schamlosen Briefchen von einer Sklavin aus dem Theater!«

»Für diesen kleinen Kasten habe ich dir eine Sitztruhe gegeben, *domine*, damit du Platz genug für die umfangreiche Korrespondenz mit Bononia hättest, die ich erwartet habe. Und außerdem waren es nur fünf Weinschläuche«, stellte der Alexandriner in ruhigem Ton klar.

»Du isst wie eine Kohorte Prätorianer, du trinkst wie eine ganze Legion, und du bist noch nicht einmal in der Lage, mir einen Idioten und einen Einäugigen zu finden!«

Castor musterte seinen Herrn und Patron mit ernsthaft verärgerten Blicken.

»Das kannst du aber wirklich nicht sagen, *domine*! Einen

Blinden gibt es!«, erklärte er mit einem trumphierenden Lächeln auf den Lippen.

»Ja …«, Aurelius spitzte die Ohren.

»Einem der Schergen, die Mauricus in die Arena begleitet hatten, fehlte wirklich ein Auge. Und als ich mich in den Sklavenunterkünften umgesehen habe, während des Banketts mit Nissa, habe ich einen großen, ungeschlachten Kerl gesehen, der in der Tat etwas zurückgeblieben aussah.«

»Bravo, Castor, fehlt nur noch Luridus, der Schmutzfink!«

»Dieser riesenhafte Kerl, den du mich hast beschatten lassen, sah ziemlich verwahrlost aus, und er spricht mit einem Akzent, der gut aus Gallia Cisalpina stammen könnte.«

»Das ist ja ausgezeichnet! Jetzt musst du nur noch herausfinden, was Aufidius mit den Sergiern verbindet. Hole Informationen über die finanziellen Verhältnisse des *lanista* ein. Wenn er wirklich, wie ich glaube, an dem Wettbetrug beteiligt war, müsste er eigentlich ein hübsches Sümmchen Sesterzen auf der hohen Kante haben.«

»Das ist doch eine kleine Belohnung wert, oder?« Der Sklave senkte artig den Blick.

»Fürs Erste hast du ja schon den Ring aus Lapislazuli, den du mir gestohlen hast«, gestand ihm Aurelius zu. »Und wenn du mit Neuigkeiten über Aufidius zurückkehrst, dann sollst du noch etwas bekommen.«

»Aber ich habe ihn nicht genommen, den Ring! Wer weiß, vielleicht ist es Xenia gewesen! O ihr Götter, sie wird doch wohl nicht …«, rief der Grieche aus, während ihm ein schrecklicher Verdacht kam. »Aber nein, das ist unmöglich, das wäre einfach lächerlich: Welche Frau würde Paris auch nur ansehen, wenn sie MICH haben kann?«, schloss er hohnlachend.

Aurelius versuchte seinerseits zu lächeln, aber der klägliche Versuch erstarb in einer Grimasse.

XV

Zwölfter Tag vor den Kalenden des Juli

Am folgenden Tag waren Sekretär und Patron erneut am Werk.

»Ich weiß wirklich nicht, was wir schon wieder im Amphitheater wollen!«, beschwerte sich Castor, während er hinter der Sänfte her schnaufte, um mit den energisch ausschreitenden nubischen Trägern Schritt zu halten.

Das Viertel, in dem sich das Amphitheater des Statilius Taurus erhob, war eines der modernsten von Rom: Praktisch alle Gebäude stammten frühestens aus dem vergangenen Jahrhundert, als im Zuge der fortschreitenden Verstädterung stabilere Bauwerke aus Stein die archaische Holzbauweise abgelöst hatten. So wurden schon zu Zeiten der Republik auf Kosten des Pompeius das Theater und die Kolonnaden errichtet, während Caesar mit dem Projekt liebäugelte, den Tiber umzuleiten, um das Marsfeld mit dem Campus Vaticanus zu einem riesigen Platz zusammenzulegen. Ein Unterfangen, das nie verwirklicht wurde.

Augustus hatte schließlich zwei Jahrzehnte der Aufgabe gewidmet, eine wirklich neue Stadt zu erschaffen, indem er einen imposanten Gebäudekomplex erbauen oder restaurieren ließ: die Kolonnaden der Octavia, den Tempel des Apollo von Sosia, die Thermen des Agrippa, die Theater von Balbus und Marcellus, das Pantheon und die gewaltige Sonnenuhr, der einer der Obelisken als Zeiger diente, die nach dem Sieg über Cleopatra aus Ägypten nach Rom transportiert worden waren.

Wegen dieser unermüdlichen Bautätigkeit sagte man von Augustus nach seinem Tod, er habe der Nachwelt ein Rom, welches er in Lehm vorgefunden, in Marmor hinterlassen. Das weitläufige Gebäude von Statilius Taurus war Teil dieses ungeheuren Erneuerungsprojektes gewesen und gegen den heftigen Widerstand der konservativen Opposition gebaut worden, die es, einen Verfall der Sitten befürchtend, vorgezogen hätte, die Spiele wie in den alten Zeiten weiterhin auf dem Forum abzuhalten.

Aurelius teilte die Befürchtungen der Ewiggestrigen nicht. Für ihn als erbitterten Gegner der Gladiatorenkämpfe machte es keinen Unterschied, ob diese Blutbäder, die er so sehr verabscheute, auf der Straße abgehalten wurden oder in einem eigens dafür errichteten Gebäude.

Daher hörte er den Ausführungen der Ingenieure des Amphitheaters über die ehrgeizigen Pläne für ein ausgeklügeltes System von Aufzügen für die wilden Tiere und andere trickreiche Lösungen, um die Spiele noch lebensechter zu gestalten, nur mit mäßigem Interesse zu und unterbrach die Erklärungen der Techniker bei der ersten Gelegenheit mit einer brüsken Handbewegung, die sie zum Schweigen brachte. Ganz allein schritt er durch den Sand der Arena.

»*Domine*, was stehst du da wie angewurzelt in der Mitte?«, fragte ihn Castor.

»Ich versuche, die letzten Bewegungen des Chelidonis nachzuvollziehen, bevor er zu Boden ging«, erklärte Aurelius, während er sich angestrengt ins Gedächtnis rief, was er am Tag der Spiele gesehen hatte: Von seinem Tribünenplatz aus hatte er den Nacken der schönen Messalina in der kaiserlichen Loge bewundern können und gleichzeitig beobachtet, wie der Held der Arena zur Rechten erschien. Also musste sich der Gladiator, als er getroffen wurde, genau hier befunden haben, wo er jetzt stand.

»Stell dich einmal hierher, Castor, und hebe den Arm, als hättest du einen Dreizack in der Hand!«, befahl er.

Der Grieche stellte sich in Position wie eine Statue und kam sich reichlich lächerlich dabei vor.

»Als wäre ich eine Schneiderpuppe…«, murmelte er mit zusammengebissenen Zähnen, wurde aber sofort von seinem Patron zum Schweigen gebracht, der anfing, ihn an der Stelle im Nacken zu betasten, an der er bei Turius Leiche die Verletzung entdeckt hatte.

»He, das kitzelt!«, protestierte der Freigelassene leicht irritiert.

»Rühr dich nicht, bleib genau so stehen!«, befahl der Senator, während er die Entfernung bis zu den Stufen abschätzte.

Von wo hätte der tödliche Pfeil kommen können? Von der Tribüne herabgeschossen, hätte er von weiter oben eindringen müssen. Nein, so konnte es nicht abgelaufen sein, dafür war der Kratzer viel zu klein und auch zu deutlich abgegrenzt. Wenn seine Vermutungen stimmten, dann musste die vergiftete Nadel fast waagerecht geflogen sein.

Der Patrizier ließ seinen scharfen Blick über das verlassene Rund schweifen, bis er am Eingang zu den Untergeschossen hängen blieb.

»Herr, meine Arme werden allmählich lahm!«, lamentierte der Grieche, der immer noch unbeweglich mit erhobenem Arm in der Arena stand.

Aber Aurelius lief bereits zum Rand der Arena.

»Hier, lass uns das ausprobieren, schnell!«, rief er dem armen Castor zu, der gerade seine schmerzenden Muskeln dehnen wollte. »Stell dich genauso hin, wie du eben standest, und halt still!«

»Schon wieder!«, stöhnte der Freigelassene und begann darüber nachzudenken, was er von seinem Patron als Lohn für diese Mühen verlangen könnte.

Aurelius zog einen ausgehöhlten Pflanzenstiel aus seinem Ärmel und steckte ein kleines zusammengerolltes Stück Papyrus hinein; dann holte er so tief Luft, wie es seine Lungen zuließen, und versuchte, so heftig er konnte auszuatmen. Das Geschoss taumelte träge in der Luft und segelte schließlich in weiten Schleifen ein gutes Stück von dem Sklaven entfernt zu Boden, der unbeweglich wartete.

»Dauert es noch lange, Patron? In Kürze wird man mich für eine Vogelscheuche halten!«, schrie ihm Castor ungeduldig zu.

»Vielleicht muss man es ein bisschen schwerer machen …«, grübelte Aurelius derweil gedankenverloren.

Nachdem er das Geschoss wieder aufgehoben hatte, verstärkte er es mit einem kleinen Steinchen, das er sorgfältig in die Spitze verpackte. Dieses Mal drehte der Pfeil keine Schleifen in der Luft, sondern flog geradewegs vor Castors Füße.

»Die Gladiatoren haben bei den Ertüchtigungen, denen sie sich täglich unterziehen, wahrscheinlich noch viel kräftigere Lungen. Mit einer Waffe wie dieser hätte wohl jeder von ihnen mühelos den kleinen Pfeil im Nacken von Chelidonis versenken können«, schloss Aurelius vollauf befriedigt.

»Aber warum hätte jemand Chelidonis mit einem vergifteten Pfeil treffen müssen?«, überlegte Castor. »Du konzentrierst dich zu sehr auf dieses Detail, genauso wie bei der Sklavin in Mutina, die nichts als ein Schlag ins Wasser war! Und außerdem hast du doch schon einiges in der Hand: Du weißt ganz sicher, dass unser Meisterkämpfer unter Drogen stand und dass die Wetten auf die Spiele manipuliert worden sind; dazu haben wir noch aufgedeckt, dass Aufidius Bescheid wusste, zumindest nach dem zu urteilen, was er auf die Seite geschafft hat, denn das ist bei weitem zu viel für einen einfachen *lanista*, auch wenn er der kaiserlichen Gladiatorenschule vorsteht. Ich verstehe einfach nicht, warum du ihn nicht sofort verhaften lässt!«

»Das reicht noch nicht: Es gibt einiges, was nicht ins Bild passt. Lass uns noch einmal die Untergeschosse durchsuchen.«

»*Domine*, ich habe dir doch schon mehrmals erklärt, dass niemand außer den Bediensteten dort Zutritt hatte! Es ist strengstens verboten, die Athleten direkt vor den Kämpfen zu besuchen, und während der Spiele darf überhaupt keiner hinein.«

»Da ist noch etwas, das ich nicht verstehe...« Der Patrizier schüttelte den Kopf.

»Ganz im Gegenteil, alles ist sonnenklar, Herr. Sergius hat aus dem Nichts einen Meistergladiator erschaffen, indem er die Legende vom thrakischen Helden in Umlauf gebracht hat. Chelidonis war seinerseits hochbegabt und hat sich in kurzer Zeit einen ganz außerordentlichen Ruf erworben. Nicht nur in der Urbs wurden Wetten auf ihn abgeschlossen, sondern über Brieftauben sogar in der Provinz. Und dann, als der Held der Arena auf dem Gipfel seines Ruhmes steht, hebt unser Anwalt ein mehr als stattliches Sümmchen von seinem Bankkonto ab und setzt es auf einen armen Unglücklichen, den er schon seit einiger Zeit kennt, weil er dazu beigetragen hat, ihn mit einer gekauften Zeugenaussage zu verurteilen. Ganz abgesehen davon, dass Mauricus, welch ein Zufall, ausgerechnet mit der kleinen Freundin des unbesiegbaren Gladiators unter einer Decke steckt und Nissa Chelidonis am Abend vor dem Kampf noch einen vergifteten Trank gegeben hat, der schon allein gereicht hätte, um ihn eine ganze Weile außer Gefecht zu setzen.«

»Chelidonis hingegen«, bemerkte Aurelius, »ist in die Arena getänzelt, als hätte das Gift ihm überhaupt nichts anhaben können, und das war so nicht vorgesehen. Um zu verhindern, dass er doch noch gewinnt, hat jemand anderes sich bemüßigt gefühlt, Nissas kleines Meisterwerk zu vollenden.«

»Und hat mit der Dosis übertrieben«, schloss Castor. »Und so ist der Retiarier über die Klinge gesprungen.«

»Das war ganz sicher nicht das, was sie erreichen wollten: Chelidonis, selbst im Unklaren, sollte das Huhn werden, das goldene Eier legt. Mit verlangsamten Reflexen hätte das Ass der Spiele den Kampf verloren, aber die Menge hat ihn zu sehr geliebt und hätte ihn niemals mit gesenktem Daumen zum Tode verurteilt.«

»Stimmt, es waren ja keine *munera sine missione*, bei denen keiner der Verlierer das Schlachtfeld lebend verlassen durfte. In der Arena wird vor allem die Feigheit mit dem Tod bestraft, und Mut hatte Chelidonis nun wahrlich im Überfluss. Wäre er besiegt worden, hätten die Zuschauer sicher ›*Missum!*‹ gerufen – Lass ihn laufen! – statt ›*Iugula!*‹ – Stich ihn ab. Und ganz sicher hätte ihn der Caesar trotz seiner Abneigung gegen die Retiarier begnadigt.«

»Auf diese Weise wäre Chelidonis, sobald ihn das Publikum, enttäuscht von seinem Idol, vergessen hätte, wieder aus der Versenkung aufgetaucht, stärker als je zuvor, und hätte Sergius, seinem Förderer, dazu verholfen, ein weiteres Mal ein hübsches kleines Sümmchen zu gewinnen. Wie auch immer, auch so konnten Mauricus und Aufidius einen schönen Batzen einstecken«, meinte der Senator.

»Nenn es einen schönen Batzen, es war ein wahres Vermögen!«, gab Castor zurück. »Ich darf gar nicht darüber nachdenken, dass ich nur eine Hand voll Kleingeld gesetzt habe!«

»Du hast doch nicht etwa auf Quadratus gesetzt!«, staunte Aurelius.

»Na ja, um ehrlich zu sein…«, gab der Grieche zu.

»Von wem hast du den Tipp bekommen, Castor? Es muss doch noch wer Bescheid gewusst haben…«

»Es war kein Buchmacher, falls du das denkst. Am Morgen der Spiele machte einer dieser Herumtreiber, die zum Vergnügen die Gladiatoren auf ihren Streifzügen begleiten, ein paar pikante Anspielungen auf die wilde Nacht, die der Favorit wohl gehabt hatte, und deutete an, dass ihm Nissa noch nicht ausgereicht hatte. Ich habe dem nicht allzu viel Bedeutung beigemessen, aber mir kam doch der Gedanke, dass es nicht verkehrt sein könnte, den einen oder anderen Sesterz auf seinen Gegner zu setzen. Ich war mir sicher, dass ich das Geld bei dieser Wette zum Fenster rausgeworfen hatte, stattdessen jedoch…«

»Stattdessen hat ein vorsätzlicher Mord alles in Butter gebracht!«, fuhr ihn sein Herr an.

»Ich möchte wirklich nicht in der Haut des unglückseligen Mörders stecken, der einen so ungeheuerlichen Fehler begangen hat. Sergius Mauricus wird es ihm ganz sicher nicht verzeihen; früher oder später wird dieser Unglückliche die Zeche für sein Missgeschick bezahlen.«

»Könnte sein, dass er bereits bezahlt hat!«, rief Aurelius und sprang auf. »Denk nur an Turius, der vorgab, der einzige, teuerste Freund des Meisterkämpfers zu sein: Vielleicht war er es, der ihn ermordet hat! Kehre sofort in die Kaserne zurück, vielleicht haben wir die Lösung schon in der Hand!«

Castor zeigte sich wenig begeistert, dem Befehl seines Herrn zu folgen.

»Ich weigere mich, noch einmal einen Fuß ins Ludus Magnus zu setzen, Patron. Arduina hat zu viel Gefallen an mir gefunden, und wie man ja an Chelidonis sehen konnte, bringt ihre Gunst kein Glück!«

»A propos Arduina, glaubst du wirklich, dass sie mit der ganzen Sache überhaupt nichts zu tun hat? Vielleicht sollten wir auch sie als Komplizin in Betracht ziehen.«

»Ehrlich gesagt, kommt sie mir nicht gerissen genug vor, um ein solches Doppelspiel zu spielen, Herr, und außerdem fürchte ich, dass Geld sie nur wenig interessiert. Was sie interessiert, ist der Kampf, der Schlachtrausch, das Blut und vor allem anderen der Applaus der Menge. Sie ist viel zu emotional und gewalttätig, um gewisse Feinheiten wahrzunehmen.«

»Und wenn sie stattdessen ein Spitzel ist? Es wäre ja nicht das erste Mal, dass ein Sklave adeliger Herkunft versucht, sein versklavtes Volk zu rächen …«

»Indem sie thrakische Gladiatoren niedermetzelt?« Der Grieche warf seinem Herrn einen zweifelnden Blick zu.

»Du hast Recht, das ist ziemlich unwahrscheinlich«, musste Aurelius widerwillig zugeben.

Die beiden verließen das Amphitheater, und anstatt zu Fuß der Sänfte nachzufolgen, machte Castor es sich in den Kissen an der Seite seines Herrn bequem, nachdem er vorgegeben hatte, durch die erzwungene Reglosigkeit eine Muskelzerrung erlitten zu haben.

»Hier werde ich aussteigen, *domine*«, verkündete er wenig später und zeigte auf den kleinen Platanenhain, umfasst von den Kolonnaden des Pompeius, hinter dem sich das Theater der Pantomime erhob. »Während meiner Nachforschungen habe ich eine ganz bezaubernde Schauspielerin kennen gelernt, und die Informationen, die sie mir liefert, könnten sich als sehr wertvoll für deine Untersuchungen erweisen«, versicherte ihm der Grieche und verschwand hinter den kleinen Springbrunnen des Gartens.

Aurelius legte keinen Widerspruch ein. Castors Drückebergerei kam ihm ganz gelegen. Er würde sie für einen sehr, sehr privaten Besuch nutzen.

Es war schon dunkel, als Aurelius an der Porta Praenestina eintraf und den Duft der Vorstadtgärten hinter sich ließ.

Der Geruch der wilden Tiere für die Arena, die ganz in der Nähe im *vivarium* eingepfercht waren, war bis hierher zu riechen, herb vor Wildheit und Verzweiflung. Gebrüll, Geheule und Wiehern erfüllten die Nacht mit der Klage des lebenden Reichtums dreier versklavter Kontinente, der hier auf dem blutigen Altar der alles beherrschenden Stadt geopfert wurde, die im makabren Ritus des Massakers die Bestätigung ihrer absoluten Macht fand.

In Ketten gelegt, in Laderäume gepfercht, durch Steppen und Wüsten verschleppt, kamen nur wenige Tiere lebend in Rom an, um kurz darauf hier den sicheren Tod in der Arena zu finden. Währenddessen verschwanden die Flusspferde aus dem Nil, die Löwen aus Ägypten, in Mauretanien wurden die großen Strauße ausgerottet, während die *quirites* Gefallen an diesem Blutbad fanden und sich rühmten, Straßen, Aquädukte und die Zivilisation überall dorthin gebracht zu haben, wo vorher nichts als Barbarei geherrscht hatte…

Der herausgeschrieene Schmerz der gefangenen Tiere ließ ihn erschaudern, als ob er aus ihren Schreien denselben Freiheitsdrang heraushörte, der ihn selbst erfüllte, ihn, der er sich selbst lieber den Tod geben würde, als in Sklaverei zu leben. Den Zirkustieren jedoch wurde nicht einmal die Wahl gelassen. Der Senator überraschte sich dabei, wie er mit einer gewissen Bosheit Gefallen daran fand, dass die

Bestien ihr Leben zumindest teuer verkauften, bevor sie unter den Streichen der anderen Bestien fielen, die sich entschieden hatten zu vergessen, dass sie als Menschen geboren worden waren.

Aufgewühlt von solchen Gedanken, trieb er die Träger an, um diesem Ort des Leidens möglichst rasch zu entfliehen.

Die Nubier beschleunigten ihre Schritte und erreichten schließlich das Mausoleum des Statilius Taurus, wo die Asche des Bauherren des Amphitheaters ruhte, in dem Chelidonis den Tod gefunden hatte. Hier ließ der Senator die Sänfte anhalten und begann, nachdem er den Sklaven einen Obolus für die Taverne mitgegeben hatte, ganz allein die lange Straße hinaufzusteigen, die sich an den Hängen des Esquilin entlangzog. Bevor er den Türklopfer betätigte, betrachtete er lange die Umrisse des Hauses, die im Mondlicht deutlich hervortraten, und versuchte, gegen das dringende Bedürfnis anzukämpfen, auf der Stelle kehrtzumachen und die Flucht zu ergreifen. Stattdessen klopfte er.

»Schon wieder hier, Aurelius? Ich hatte dich gebeten, nicht wiederzukommen«, sagte die Frau, die ihn offenbar selbst im Dunkeln sofort erkannt hatte.

»Nur einen Augenblick, Flaminia«, bat der Patrizier mit einem unterwürfigen Ton in der Stimme, der schlecht zu ihm passen wollte.

»Gut, komm herein«, gab die Matrone nach und ließ ihn eintreten.

Drinnen schenkte sie sich Wein ein und hob ein wenig den dunklen Schleier, der ihr verunstaltetes Gesicht verbarg, damit sie einen Schluck trinken konnte.

»Ich muss noch etwas wissen«, begann Aurelius. »Als Chelidonis das zweite Mal herkam, das war am Abend vor dem Kampf, nicht wahr?«

Die Frau sah ihm ohne Scham direkt in die Augen.

»Ich hatte es mir aufregend vorgestellt, mit einem Mann ins Bett zu gehen, der am nächsten Tag um sein Leben kämpfen würde. Aber es hat nicht funktioniert, das hatte ich dir schon gesagt.«

»War er vielleicht etwas langsam in seinen Bewegungen und hatte einen verschleierten Blick, als er hier ankam?«

»Ja, richtig. Der Kerl kam direkt aus dem Haus dieser Schauspielerin, war aber schon halb eingeschlafen. Ich musste ihn zweimal kalt baden und ihm zu guter Letzt noch einen stärkenden Trank einflößen lassen, um ihn auch nur so weit auf die Beine zu bringen, dass er heimgehen konnte.«

Deswegen also hatte Nissas Trank nicht die erhoffte Wirkung gehabt. Dem Patrizier wurde allmählich einiges klar.

»Anfangs habe ich geglaubt, dass er es niemals schaffen würde am nächsten Tag, aber als ich erfuhr, dass sein Gegner ganz besonders unfähig sein sollte, dachte ich, er könnte ihn sogar unter diesen Umständen besiegen. Er war völlig benommen, als hätte er zu viel Wein getrunken.«

»Oder die Tropfen des Schlafmohns geschluckt. Die werden in Rom heutzutage im Übermaß genommen. Bei dem Wettzirkus, der um ihn herum veranstaltet wurde, könnte doch irgendjemand auf die Idee gekommen sein, ein ganz großes Ding zu drehen, indem er ihm eine Droge verabreichte, die stark genug war, um seine Reaktionen in der Arena zu verlangsamen, jedoch nicht stark genug, um ihn am Kampf zu hindern, denn wäre er zurückgezogen worden, wären ja auch die ganzen Wetten geplatzt.«

»Wer also, wenn nicht diese Nissa? Aber glaubst du wirklich, dass diese dumme Gans einen solchen Plan aushecken konnte?«

»Sie nicht, aber ihr Komplize, Sergius Mauricus. Und

wenn die Sache aufgeflogen wäre, hätte der berühmte Advokat jegliche Verantwortung von sich gewiesen und die ganze Schuld der *mimula* zugeschoben.«

»Das versteht sich von selbst«, meinte Flaminia. »Sergius Mauricus hat es noch immer verstanden, die Schuld für seine Untaten auf diejenigen abzuwälzen, die ihm als Werkzeuge dienten und die Verbrechen ausführten. Bis zu ihm durchzudringen dürfte daher wirklich schwierig sein: Er unterhält Beziehungen zu Übeltätern gleichen Kalibers und sorgt dafür, dass sie vor Gericht ungeschoren davonkommen, und das nicht immer mit legalen Mitteln. Mit dieser Rückendeckung ist es ihm ein Leichtes, Leute verschwinden zu lassen, die versuchen, ihm Steine in den Weg zu legen. Genauso hat doch auch seine Karriere begonnen, mit der Verteidigung dieses Auftragsmörders aus Seianum: Die Anklage lautete auf Mord, bezeugt von drei Augenzeugen. Tja, von zweien von ihnen fehlte schließlich jede Spur, und der Dritte wurde mit einer ansehnlichen Summe zum Schweigen gebracht; er ist sowieso wenig später bei einem unglücklichen Unfall ums Leben gekommen und hat alles, was er wusste, mit ins Grab genommen. Aurelius, lass die Finger von Mauricus, ich kenne ihn nur allzu gut: Er ist gefährlich. Hinter seiner gutbürgerlichen, über jeden Zweifel erhabenen Fassade versteckt er so manches Geheimnis.«

»Ach, sag bloß!«, versuchte Aurelius ihr noch mehr zu entlocken. »Wenn da irgendetwas am Brodeln ist…«

»Oh, ich weiß von nichts«, gab sie zurück. »Und selbst wenn ich etwas wüsste, würde ich es für mich behalten… Es ist Jahre her, dass ich mich im Guten wie im Schlechten in die Politik eingemischt habe, gewisse Karrieren gefördert und andere behindert habe. Auch dir bin ich nützlich gewesen, gib's zu, Aurelius. Aber die Zeiten sind vorbei, in denen ich noch Intrigen gesponnen habe, heute bin ich eine einsame, kranke Frau, die gerade noch in der Lage ist, sich dann und wann ein wenig Zerstreuung zu verschaffen.«

»Vielleicht, wenn Publius noch am Leben wäre …«, machte Aurelius einen vorsichtigen Versuch.

»Aber er ist tot, und es würde auch nicht viel ändern. Jetzt geh und komm nicht mehr zurück. Ich werde Rom schon bald wieder verlassen. Diesmal für immer. Die Urbs ist nicht mehr der richtige Platz für mich«, murmelte die Matrone. »Also, *vale*.«

»*Vale*, Flaminia.« Aurelius zögerte noch zu gehen.

Die verschleierte Gestalt blieb reglos stehen. Langsam streckte Aurelius seine Hand aus und hob den dunklen Schleier. Überwältigt von seinen Gefühlen liebkoste er mit eiskalten Fingerspitzen vorsichtig die von den Narben verwüsteten Wangen.

Flaminia schrak zurück und sah ihn fassungslos an. Aurelius nahm ihre Hand und berührte sie zart an der Stelle, an der er ihr vor langer Zeit einmal den Ring übergestreift hatte. Dann liebkoste er mit einer zarten Geste den Bauch, der seinen Sohn ausgetragen hatte.

»Es ist nicht dasselbe wie mit Chelidonis«, flüsterte er leise.

Flaminias Augen füllten sich mit Tränen. Es war das erste Mal, dass er sie weinen sah, dachte Aurelius, als er sie an sich zog.

XVI

Elfter Tag vor den Kalenden des Juli

Als Aurelius nach Hause zurückkehrte, dämmerte bereits der Morgen, doch das große Anwesen summte schon vor Aktivität: Eine Schar von Sklaven hatte, mit Eimern und Scheuerlappen bewaffnet, Sägespäne auf dem Mosaikboden verteilt und machte sich nun daran, auch noch die letzten Schmutzreste zu entfernen; die Wäscherinnen kamen und gingen mit Körben voller nasser Wäsche, während eine ganze Heerschar von Küchenjungen sich, Palmwedel schwenkend und mit auf langen Stangen befestigten Schwämmen bewaffnet, über den Staub auf den Rosetten der Säulen im *peristylium* hermachte.

»Da kommt er ja, der Patron! Habe ich es euch nicht gesagt, dass er nicht mehr schläft, er steht immer sehr früh auf, um sich seinen wichtigen Aufgaben zu widmen!«, rief Paris aus, während eine kleine Menschenmenge sich um den übermüdeten Senator scharte.

»Ich habe eine Bittschrift an Kaiser Claudius mitgebracht«, sagte eine runzelige Alte und zog ihn dabei an der Jacke.

»Wegen zwei Ziegen hat er mich verklagt, wegen zwei klapperdürren Ziegen, die keine Milch mehr geben! Du bist mein Patron, du musst mich vor Gericht verteidigen!«, bestürmte ihn ein Freigelassener.

»Hast du herausgefunden, was aus meiner Pension geworden ist?«, bedrängte ihn ein kleiner alter Mann, dem ein Bein fehlte und der schon seit undenklichen Zeiten auf seine kaiserliche Rente wartete.

Oh, ihr Götter des Olymp, heute war der Tag der *salutatio* der Klienten, seufzte der Patrizier, der das vollkommen vergessen hatte.

»Treue Freunde, ich werde mich um alles kümmern!«, versuchte er Zeit zu gewinnen, während er über den Haufen verknitterter Togen stieg, die der Türsteher im *vestibulum* bereithielt, um sie den weniger Begüterten zur Verfügung zu stellen, damit sie sich würdig vor ihrem Patron präsentieren konnten.

»Er will mir den Feigenbaum im Garten abholzen lassen!«, fuhr ein Klient in fortgeschrittenem Alter ungerührt fort, der offensichtlich schon vollkommen taub war. »Er behauptet, ich hätte seine Grenze verletzt, aber ich habe ihm gesagt: ›Wenn das der Senator erfährt, der wird es dir schon zeigen!‹«

»Ja, ja, sicher. Aber nun bin ich wirklich sehr müde: Ich habe die ganze Nacht in Beratung mit dem Kaiser verbracht und Staatsangelegenheiten von höchster Wichtigkeit mit ihm besprochen. Wenn ihr für einen Moment meinem Verwalter folgen wollt, dann soll euch die *sportula* ausgegeben werden…«

»Warte, edler Statius!«

»Nur einen Augenblick…«

»Ich warte hier schon seit Sonnenaufgang!«, schrien seine Schützlinge durcheinander, ganz und gar nicht damit einverstanden, den hohen Herrn, von dem ihr Glück abhing, so einfach entwischen zu lassen.

Aurelius nahm Reißaus und suchte Zuflucht in Castors Kammer.

»Götter des Olymp, bitte befreie mich von diesem Haufen!«, flehte er den Freigelassenen an, während dieser ihn spöttisch grinsend musterte.

»So so, mit dem Caesar, was? Was für eine dreiste Ausrede!«, meinte der Grieche und schnupperte die Luft. »Seit wann benutzt der Kaiser ein so süßes Parfüm?«

»Leih mir dein Bett, nur für ein paar Stunden. Ich bin todmüde, und diese Bande von Hitzköpfen droht schon, mein Zimmer zu stürmen«, gähnte der Patrizier und warf sich auf die einfache Liege.

»Überlass dich nur ganz in Ruhe Morpheus' Armen, Herr; um diese Quälgeister kümmere ich mich schon!«, tröstete ihn der unbezahlbare Castor.

Aurelius streckte sich auf dem Bett aus, ohne sich auch nur die Tunika auszuziehen. Vor seinem geistigen Auge zogen in rascher Folge Bilder und Gedanken vorüber, die er lieber vergessen hätte. Dann riss ihn der Schlaf gnädig aus seinen Erinnerungen.

Die Sonne stand schon hoch am Himmel, als er wieder erwachte.

Als er aus dem *peristylium* herauskam, fand er Paris traurig auf der Marmorbank sitzend. Aus dem Badezimmer seines Herrn drangen lautes Krakeelen und fröhliches Quietschen.

»Hörst du es, Herr? Als wäre das alles seins! Er hat den Klienten die *sportula* verdoppelt und jeden mit einem Schlauch Wein pro Nase und einem Haufen Versprechen in deinem Namen heimgeschickt... Und das ist noch nicht alles! Er lässt sich nicht dazu herab, in die öffentlichen Bäder zu gehen, wie alle Sklaven hier im Haus, er nicht; er benutzt stattdessen dein *caldarium* und lässt sich von Xenia mit deinen feinsten Leinenhandtüchern abtrocknen. Ich fürchte fast, er zwingt das arme Mädchen auch dazu, bei ihm zu liegen!«

»Na ja, zwingen ist vielleicht nicht ganz das richtige Wort«, beschwichtigte der Patrizier, der sich noch sehr gut an die ausgeklügelten Winkelzüge erinnerte, mit denen die pfiffige Sklavin es geschafft hatte, Castor in Kampanien zu verführen.

Paris wartete noch einen Moment, in der vergeblichen Hoffnung, dass der Patron Maßnahmen gegen seinen anmaßenden Sekretär ergreifen würde, als aber deutlich wurde, dass Aurelius keine Anstalten machte einzugreifen, entschloss er sich, sichtlich niedergeschlagen, zu gehen.

Der Senator zog sich in sein Studierzimmer neben der Bibliothek zurück und nahm sich einen Kelch warmen Wein mit. An dem kleinen Ebenholztischchen vor der Büste des Epikur versuchte er, Bilanz zu ziehen.

Wenig später jedoch schüttelte er verzweifelt den Kopf: Er war noch keinen Schritt vorangekommen, seit Caesar ihm diese schwierige Aufgabe übertragen hatte.

Dass diesmal zudem die Gunst des Kaisers auf dem Spiel stand, war es nicht, was dem Patrizier Sorgen machte. Aus aristokratischem Stolz heraus hatte er sich nie um die Protektion des Kaisers bemüht und hätte auch sehr gut ohne sie weiterleben können; auch stand nicht zu befürchten, dass der Kaiser seinen Kopf fordern würde, sollte er an seiner Aufgabe scheitern. Nein, es war die Achtung des alten, einsamen Freundes, den das Volk jetzt einen Gott nannte, dies war das wertvollste Gut, das zu verlieren er riskierte: Sein alter Lehrer des Etruskischen, nun allmächtig geworden, hatte ihn demütig um Hilfe gebeten, und um nichts in der Welt wollte er ihn enttäuschen.

»Wir werden ja sehen«, sagte er und riss sich zusammen. »Wo sind wir denn stehen geblieben? Ich habe zwei tote Retiarier und eine ungefähre Vorstellung davon, wie sie ermordet worden sein könnten. In der Frage, wer dafür verantwortlich ist, tappe ich allerdings noch vollkommen im Dunkeln. Wenn meine Vermutungen stimmen, dann müsste der Schuldige ein anderer Gladiator sein. Aber wie konnte der Mörder, einmal vorausgesetzt, dass er im Stande war, sich ein so starkes Gift zu besorgen, die Mordwaffe nach der Tat verschwinden lassen? Die Untergeschosse der Arena sind gewissenhaft durchsucht worden, also konnten die Athleten ...«

Und was war nun von Nissa zu halten? Sie war es gewesen, die Chelidonis vor dem Kampf unter Drogen gesetzt hatte, ehe Flaminia gerade noch rechtzeitig eingegriffen und ihn in die Lage zurückversetzt hatte, zum Kampf anzutreten. Allerdings war es eher unwahrscheinlich, dass sie aus eigenem Antrieb gehandelt hatte. Sehr wahrscheinlich hatte sie nur einen Befehl von Mauricus ausgeführt, dem sie verschiedene Gefallen schuldete, nicht zuletzt dafür, dass er sie von ihrem ersten Zuhälter befreit hatte. Der Anwalt hatte sie fest in der Hand und war bereit, sie von einem Moment zum anderen zu zerstören, genauso wie er sie aufgebaut hatte ...

Ja, hinter all dem ragte Sergius' Schatten auf, der hinter einem gigantischen Wettbetrug stand, in den auch einige der Gladiatoren und sogar der *lanista* selbst eingeweiht waren. Wer weiß, wie oft Aufidius früher schon die Begegnungen manipuliert hatte, ohne dass die Kämpfenden selbst etwas davon ahnten?

Jedenfalls wäre es, wenn Chelidonis etwas bemerkt und sich geweigert hätte mitzuspielen, Nissas und später Turius' Aufgabe gewesen, ihn umzubringen, anstatt ihn nur mit einer Droge außer Gefecht zu setzen!

Aurelius sprang auf, er war auf einmal vollkommen verunsichert. Lächerlich, sagte er sich: Ein Anwalt vom Kaliber des Mauricus, mit Geld wie Heu, hätte doch niemals für armselige fünftausend Sesterzen die Todestrafe riskiert, vor allem, wo er doch wusste, dass das Opfer ein römischer Bürger war und kein Sklave, wie alle dachten.

Im Übrigen war dieser Betrug natürlich nicht die einzige Einkommensquelle des mit allen Wassern gewaschenen Redners, der eine ganze Heerschar beschlagener Rechtsberater für sich arbeiten ließ, welche seine Einkünfte aus eher undurchsichtigen Geschäften mit geschickter Hand wieder in legale Unternehmungen investierten. Sergius verfügte über Landbesitz, Beteiligungen an Banken und Immobilien in ganz Rom; wenn er sein Auge auf ein interessantes Gebäude warf, musste es ihm der Eigentümer wohl oder übel überlassen, andernfalls riskierte er, dass es ganz zufällig wenig später durch einen Brand zerstört wurde.

Das System war bekannt: Hatte nicht sogar Crassus auf diese Weise ein immenses Vermögen angehäuft, mit dem er dann Caesar unterstützte, damit dieser während des Triumvirates Gallien erobern konnte? Selbstverständlich hatte niemand es gewagt, Persönlichkeiten, die so im Licht der Öffentlichkeit standen, vor Gericht zu zitieren. Im Fall von Mauricus allerdings ging das Gerücht, dass es der Gesundheit nicht sehr zuträglich sei, sich ihm entgegenzustellen. Doch wenn es dieses Mal gelänge, seine Beteiligung an dem Mord an Chelidonis zu beweisen, würde Sergius nicht nur für dieses Verbrechen bezahlen müssen, sondern auch für all seine vorangegangenen Untaten.

Aber wer würde es wagen, sich ihm in den Weg zu stellen? Wer konnte versuchen, mit diesem so mächtigen Mann fertig zu werden, wenn nicht er selbst, Publius Aurelius Statius, vom Caesar persönlich ermächtigt, in seinem Namen zu agieren? Er musste einen Weg finden, diesen Ring des

Schweigens zu brechen, oder Claudius würde entdecken müssen, dass er sein Vertrauen dem Falschen geschenkt hatte, dachte Aurelius verzweifelt… Man musste mit dem schwächsten Glied in der Kette anfangen, mit Nissa, welche am verwundbarsten war. Irgendetwas sagte ihm, dass sich das Mädchen hinter der Fassade der großen Diva nicht allzu sehr verändert hatte, seit sie die Vergewaltigungen von Vibonis, dem Schmied, über sich hatte ergehen lassen: Reich und berühmt war sie, das ja, aber immer noch irgendjemandes Werkzeug.

Die Schauspielerin war tatsächlich von jenem Schlag Frau, der ohne das Joch eines Beschützers nicht auf eigenen Füßen stehen konnte und sich von einem Peiniger nur befreite, um sich in die Arme des nächsten fallen zu lassen: Frauen wie sie blieben ewig die kleinen Mädchen, die sich unter all der Schminke und dem Flitter nach der Autorität eines Vaters sehnten, und sei er noch so gewalttätig und brutal… So war auf Vibonis Mauricus gefolgt: Warum nicht jetzt einen dritten, Gewinn bringenden Wechsel vollziehen?

Aurelius erhob sich vom Tisch und begann sich, nicht ohne ein gewisses Wohlgefallen, aufmerksam in dem alten Spiegel zu betrachten, der an der Wand hing. Er war Mitglied des Senats und darüber hinaus Prokurator des Kaisers; er stammte aus einem der vornehmsten Geschlechter, und obwohl er gerade die vierzig überschritten hatte, war er noch ganz gut in Form. Ganz zu schweigen von seinem Ruf als Lebemann, dem er, um bei der Wahrheit zu bleiben, nicht wirklich gerecht wurde. Wieso sollte es ihm also nicht gelingen, der neue, anspruchsvolle Beschützer der kleinen Nissa zu werden?

Entschieden verließ er festen Schrittes das *peristylium*. Er würde unverzüglich in seiner ganzer Pracht zu ihr eilen und seine Rechte bei ihr einfordern. Dafür war er sogar bereit, unter der schweren, mit dem *laticlavius* geschmückten Toga aus Wolle zu schwitzen, um sich noch ehrwürdiger zu präsentieren. Selbstverständlich würde er auch die Sandalen mit der *lunula* aus Elfenbein anlegen, die ihn als Mitglied der Kurie auswiesen, und die kostbarsten Ringe aus seiner *dactyliotheca*. Aber zuerst einmal brauchte er ein anständiges Bad.

»Castor, komm sofort da heraus!«, befahl er und trommelte gegen die Tür des *tepidarii*, verärgert darüber, dass der Freigelassene seine Schönheitspflege immer noch nicht beendet hatte. »Es ist ja mitnichten so, als hättest du gerade den Augiasstall ausgemistet.«

»Da bin ich schon, Patron!« Die Tür offnete sich, und der Grieche erschien rosig, sauber und zart wie ein Babypopo, bis auf das linke Auge, das unübersehbar schwarz angelaufen war, und zwar nicht vor Schmutz.

In diesem Moment öffnete sich die Tür von neuem, und aus dem kleinen Zimmer erschien aus dichten Dunstschwaden ein vollkommen erneuerter Paris, der eine hoch zufriedene und entschiedene Miene zur Schau trug. Aurelius betrachtete ihn neugierig; der treue Verwalter war ebenso übel zugerichtet wie Castor, mit dem einzigen Unterschied, dass bei ihm das rechte Auge schwärzlich verfärbt war. Von Xenia war weit und breit nichts zu sehen.

Das Haus der Schauspielerin war gut gesichert: Die Sklaven, die Aurelius' Kommen ankündigten, mussten sich mühen, damit ihnen geöffnet wurde, obwohl sie aus vollem Hals den Namen und die prestigeträchtige Mission des Aurelius herausschrien.

»Es lassen sich hier Senatoren noch und nöcher sehen, aber eine Nissa gibt es nur einmal!«, verkündete der Türsteher ungerührt, und Aurelius ertappte sich bei dem Gedanken, was wohl Cato, der Zensor, von einer solchen Behauptung gehalten hätte.

Dennoch geruhte die Diva, kaum dass sie seinen Namen gehört hatte, ihn zu empfangen, und Aurelius wurde von ihren Sklavinnen in ein geräumiges, mit blumigen Fresken ausgeschmücktes *tablinum* geführt.

Verblüfft sah er sich um: Nicht attische Vasen oder kostbare Statuen zierten den weitläufigen Raum, der ganz in rosafarbenem Marmor gehalten war, sondern eine Sammlung unzähliger Puppen jeder Art, mit beweglichen Gliedern und echten Haaren, gekleidet in die seltsamsten Trachten.

Sie waren überall, auf Stühlen, Hockern, auf kleinen, mit Perlmutt reich geschmückten Sesselchen; und in ihrer Mitte thronte, an die Lehne eines gepolsterten, hochmodernen Diwans geschmiegt, die lebende Puppe Nissa, die den Patrizier mit einem langen, verführerischen Blick bedachte und ihre aschblonden Locken aufschüttelte, die ihr offen bis über die Schultern fielen. Mit *sapo* aus Magontiacum gebleicht, und das viel zu oft, dachte Aurelius, während er zart mit den Fingern über eine ihrer Haarsträhnen strich. Sie fangen schon an, sich zu spalten.

Er lächelte und gab sich entzückt, während er ein Armband aus Malachiten und Goldfiligran neben den Mungo legte. Das Tierchen, welches ein Halsband aus Rubinen trug, schien es jedoch nicht eines Blickes zu würdigen.

»Warum bist du nicht längst einmal gekommen?«, fragte ihn die *mimula* nun und strich ihm dabei mit den feingliedrigen Fingern über das frisch rasierte Kinn.

»Ich dachte, du seist mit meinem Freund Servilius ausgelastet«, gab Aurelius zurück und versuchte, sich ihrem Charme zu entziehen.

»Mit wem? Ach, mit diesem lächerlichen, freundlichen Männlein, das mir immer Rosengirlanden schickt! Den habe ich schon länger nicht mehr gesehen… Und wie könnte er mich noch interessieren, nachdem ich dich kennen gelernt habe?«, murmelte sie ihm verschwörerisch zu.

Aurelius war schon fast so weit, sich langsam, aber sicher verführen zu lassen, angesichts dieses schmeichlerischen Satzes verlor er jedoch sofort die Geduld und sprang irritiert auf: »O ihr Götter, verschont mich, das ist wirklich zu viel! Du kleiner Dummkopf, kannst du dich nicht darauf beschränken, nett zu lächeln und den Mund zu halten? Du würdest selbst dem Priapus noch den letzten Rest von Begehren austreiben!«

Nissa sah ihn befremdet an, ohne auch nur im Mindesten zu verstehen. Wieso nur blieb ihre viel gerühmte Art hier so wirkungslos?

Fast unwillkürlich rollte sie ihren unter der leichten Tunika großzügig zur Schau gestellten Körper ein wenig auf dem Diwan zusammen und zog den geschmückten Mungo beschützend an sich. Ihr Mund verzog sich zu einem kindischen Schmollen, und ihre Lippen, welche die Massen zum Träumen brachten, schlossen sich um den Zeigefinger, in einer Weise, die nichts Wollüstiges mehr an sich hatte, sondern die verzweifelte Unsicherheit eines Kindes widerspiegelte.

»Gefalle ich dir etwa nicht? Alle Männer sind verrückt nach mir…«, sagte sie ungläubig.

»Hör zu, es geht nicht darum, ob du mir gefällst; glaub nur nicht, du könntest mich so einwickeln, wie du es mit Titus gemacht hast, ich bin aus völlig anderen Gründen hier!«

»Ich dachte, du…«, fuhr das Mädchen fort, zu überrascht, um sich beleidigt zu fühlen. »Stattdessen willst du mich gar nicht und weißt nichts mit mir anzufangen!«

Aurelius warf einen kurzen, sehr kurzen Blick auf sie: Nissa konnte ihm nicht gefallen, sagte er sich, alles war falsch an ihr, künstlich, vulgär. Dann dachte er an seine Verpflichtungen Pomponia gegenüber und an Servilius, den eine herbe Enttäuschung vielleicht endlich wieder ins heimische Nest zurücktreiben würde ... Er suchte viele gute Gründe, um sich erneut dem Diwan zu nähern und sich neben Nissa auszustrecken. Alles gute Gründe, außer dem einen wahren.

Sie war jung, die *mimula*, aus der Nähe betrachtet sogar jünger, als sie auf der Bühne erschien ... Dennoch würde sie es nicht mehr lange bleiben: Um den Mund herum zeigte sich die Andeutung einer ersten bitteren Falte, unter der Schminke hatte die weiße Kreide bereits begonnen, ihre Haut zu ruinieren. Was für ein Leben hatte sie bisher auch schon gehabt, bevor sie am Theater reüssierte? Ein barfüßiges Mädchen, das sich vergeblich nach einer Puppe sehnte; eine zerlumpte Dienstmagd, die, kaum herangewachsen, von einem skrupellosen Rüpel vergewaltigt wurde. Wie konnte sie danach noch einen Mann wahrhaft begehren? Das Publikum zu betrachten, wie es zu ihren Füßen geiferte, und ungerührt darauf hinabzusehen, das war ihre Rache, ihre Verteidigung.

Vielleicht hatten schon die Abfallhalden der Urbs, auf denen nicht selten das klägliche Wimmern ungewollter Säuglinge zu hören war, die Früchte ihres Leibes aufgenommen, vielleicht hatte sie sich aber auch durch Salben und Pessare die Mühsal erspart, an ihrer eigenen Brust die Kinder der Gewalt und der Hurerei zu nähren ... Und nun, um sich zu trösten, umgab sie sich mit dem Mungo, den Marionetten, den einst heiß ersehnten Spielsachen, die sie anhäufte, um doch noch so etwas wie Glück zu finden. Doch es war zu spät dafür.

»Erinnerst du dich noch an Vibonis?«, fragte Aurelius sie in harschem Ton. Ihm war klar, dass er nichts erreichte, würde er durchblicken lassen, wie Leid sie ihm im Grunde tat.

»Er hat mich geschlagen, aber nun ist er tot!«, rief die Schauspielerin triumphierend aus, den Kopf in einem Anflug von Stolz hoch erhoben.

»Und Chelidonis und Mauricus?«, versetzte der Senator.

»Jetzt bin ich diejenige, die bestimmt: Wer mich haben möchte, muss bezahlen und sich mir unterwerfen!«

»Du bist wirklich dumm! Es ist Sergius, der dich besitzt, dich beherrscht, mit dir macht, was er will!«

Reflexartig weiteten sich für den Bruchteil eines Augenblicks ihre Pupillen vor Angst. Doch sofort gewann sie ihre Fassung zurück: »Er wird mir nichts zu Leide tun, man wird ihn daran hindern …«

»Mach dir nichts vor: Sein Spiel wird bald aufgedeckt werden, und dann wird er versuchen, dich an seiner Stelle auf den Richtblock zu schicken, dafür, dass ihr Chelidonis vergiftet habt. Wir wissen schon, dass du ihm eine Droge eingeflößt hast.«

Nissa starrte ihn verblüfft an. »Ich war es nicht, die ihn umgebracht hat!«

»Egal, ob du nun mehr oder weniger daran beteiligt warst, ganz sicher wirst du dafür angeklagt werden: Dein teurer Freund Mauricus hat alles so eingerichtet, dass du am tiefsten drinsteckst. Du bist nur eine *mimula*, eine kleine Schauspielerin mit wenig Geld in der Tasche; und auch wenn das Publikum dir zu Füßen liegt, vor dem Gesetz bist du nichts als eine *persona abiecta*. Wem, glaubst du, werden sie eher Glauben schenken, wenn Sergius erklärt, dass er von diesem viel gerühmten Gift überhaupt nichts wusste, dass du aus Eifersucht gehandelt hast, weil du erfahren hattest, dass Chelidonis dabei war, sich eine andere Frau ins Bett zu holen?«

Schweigend kaute sie an ihren Fingernägeln.

»Dein Komplize wird dich verraten, Nissa, und du hast ihm gegenüber keine Chance. Möglicherweise beschränkt er sich auch nicht darauf, dich anzuzeigen, vielleicht schickt er dir auch den Luridus vorbei, um dir für immer den Mund zu verschließen. Du weißt sehr wohl, dass er dazu fähig wäre!«

Bei diesen Worten begann das Mädchen zu zittern.

»Das ist nicht wahr, das würde er nie…«

»Und wer sollte ihn daran hindern?«, fragte der Senator. Die Schauspielerin biss sich nervös auf die Lippen und schwieg.

»Möchtest du lieber abwarten, bis es so weit kommt, oder willst du dich in Sicherheit bringen?«, fragte der Patrizier in gelassenem Ton. »Der Caesar persönlich hat mich mit dieser Untersuchung beauftragt; wer mich unterstützt, dem gegenüber wird er Gnade walten lassen. Ich werde jetzt gehen. Wenn du möchtest, kannst du mit mir kommen; in meinem Haus kann ich für deinen Schutz garantieren. Bleibst du allerdings hier, bist du in Mauricus' Händen, dann bleibt dir nichts anderes übrig, als dich in dein Schicksal zu ergeben.«

Nissa zögerte. »Ich kann nicht!«

»Du hast es geschafft, von Vibonis loszukommen…«

In den Augen unter dem goldenen Lidschatten erkannte Aurelius Zweifel, gepaart mit Panik. Im Grunde fürchtete sie sich davor, einem Unbekannten ihr Vertrauen zu schenken und den goldenen Käfig zu verlassen, den sie sich mit so viel Mühe errichtet hatte. Dann jedoch schien sich vor ihrem geistigen Auge das Bild des Luridus vor das des Aurelius zu schieben, und Nissa entschied sich: lieber dieser fremde Mann, der ihr einerseits Furcht einflößte, sie andererseits aber auch magisch anzog, als der brutale Mörder mit den haarigen Pranken, die wussten, wie man foltert und stranguliert.

»Ich komme mit dir. Warte nur noch einen Augenblick, ich nehme Piumina mit, ich kann sie nicht hier lassen, sie ist meine Freundin, die Wächterin all meiner Geheimnisse …«, sagte sie und beeilte sich, hinter ihm her zu laufen, nachdem sie den Mungo eingefangen hatte.

Wenig später zog die Schauspielerin in das große Haus des Aurelius ein, wobei es ihr tatsächlich gelang, sogar die Augen des schläfrigen Fabellus zu öffnen. Ein begeisterter Castor und ein eher konsternierter Paris wurden mit ihrer Bewachung betraut: Die Anwesenheit der Dame würde sich wohl nicht lange geheim halten lassen, und die Spitzel des Sergius konnten überall sein; also durfte bis auf weiteres niemand Verdächtiges Zutritt zu dem neuen Gast erhalten.

Nissa wurde in einem kleinen Zimmer untergebracht, dessen Fenster nicht nur mit großen, lichtdurchlässigen Fensterscheiben, sondern auch noch durch stabile Fensterläden gesichert waren. Aurelius verfügte, dass sie von innen hermetisch geschlossen zu halten seien, und befahl, Lampen herbeizubringen, um das Zimmer zu erleuchten.

Castor, der sich normalerweise weigerte, solche Unannehmlichkeiten auf sich zu nehmen, erklärte sich bereit, ihr höchstpersönlich eine bequeme Liege, ausgestattet mit einer dicken Matratze aus gallischer Wolle, zur Verfügung zu stellen und darüber hinaus sogar noch ein schönes Kissen, gefüllt mit Schwanendaunen, dessen sich sofort der Mungo bemächtigte, der sich darauf zum Schlafen zusammenrollte.

Beruhigt wollte der Patrizier seinen Gast verlassen.

»Du gehst, Senator?«, fragte die Schauspielerin in demütigem, ja fast schon unterwürfigem Ton. »Willst du wirklich nicht mit mir zusammen sein?«

Sehr ernst liebkoste sie das Fell ihres kleinen Haustieres,

als könne das Tierchen zwischen ihr und diesem seltsamen Mann vermitteln, der sich so unempfänglich für ihre Reize gab und über den, das ahnte sie, sie wohl nie Macht erlangen würde.

Aurelius spürte die leichte Berührung ihrer kalten, zitternden Finger auf seiner Schulter. Er sah die Frau an und sah sie als das, was sie war: ein junges, zerbrechliches, wehrloses Mädchen, Spielball in einem Spiel, das wesentlich größer war als sie selbst. Nun lehnte sich Nissa an ihn, versuchte, ihn zu umarmen.

Ich muss hier weg, dachte Aurelius. Irgendetwas an ihrer Zärtlichkeit ist falsch, sie versteckt zu viel vor mir. Ganz sicher ist sie eine Lügnerin und vielleicht sogar eine Mörderin. Jetzt versucht sie, sich vorzumachen, dass sie mich betört hätte, um sich sicher zu fühlen: In Wirklichkeit will sie nicht mich, sondern sie will mich nur auf ihre Weise bezahlen, ganz wie sie den Vermieter in dem alten Mietshaus bezahlt hat. Und ganz abgesehen davon, was würde Servilius dazu sagen?

Er wollte aufstehen. Dann musterte er eindringlich Nissas Antlitz und betrachtete noch einmal die Anmut ihrer Gesichtszüge. Plötzlich war ihm, als sähe er unter der goldenen Schminke ein anderes Gesicht, ein Gesicht, das kein Mann jemals begehrenswert finden würde, und verspürte das dringende Bedürfnis, die Spuren dieses Gesichtes für immer auszulöschen.

Also streckte er sich neben der Frau aus, schloss die Augen und ergab sich der Lüge.

XVII

Zehnter Tag vor den Kalenden des Juli

Unglaublich gut gelaunt und entspannt erhob sich Aurelius einige Stunden nach dem Morgengrauen und empfing Castor, der ihn schon feixend erwartete, mit ausgesprochener Liebenswürdigkeit.

»Schon wieder ein anderes Parfum! Ah, die kleine Schauspielerin … Ritter Titus Servilius tut wirklich nicht gut daran, dir sein Vertrauen zu schenken!«, frotzelte der Sekretär.

»Bist du vielleicht mein Trauzeuge, Castor, oder die Priorin der Vestalischen Jungfrauen, dass du dich so sehr darum sorgst, wie ich meine Nächte verbringe?«, gab Aurelius leicht verärgert zurück: Dieser Grieche war nun wirklich nicht der Richtige, ihm Vorträge über Moral zu halten.

Ein absichtlich diskreter Hustenanfall unterbrach sie.

»Herr, Pomponia erwartet dich.«

Der missmutige Gesichtsausdruck des Verwalters ließ keinen Zweifel an dem Urteil, das der treue Paris über jene fällte, die in absolut indiskutabler Weise höchst wichtige Aufgaben ruhen ließen, um stattdessen die Zeit, welche den ernstesten Staatsangelegenheiten vorbehalten sein sollte, mit kleinen Theaterschauspielerinnen zu vertändeln.

Wie üblich tat Aurelius so, als bemerkte er nichts davon. Sicher, die hohen Herrschaften hatten alle Möglichkeiten, ihre persönlichen Angelegenheiten selbst vor ihren angetrauten Ehepartnern zu verbergen und vielleicht sogar vor dem Kaiser, ganz sicher jedoch nicht vor den eigenen Bediensteten. Dutzende von Sklaven wurden in jedem römischen Haus täglich Zeugen von Ehebruch, heimlichen Liebesaffären, Inzest und Intrigen. Da sie als Objekte angesehen wurden, ging man fest davon aus, dass sie schon nichts ausplaudern und gleichgültig gegenüber alledem, was um sie herum geschah, bleiben würden. Doch diese stummen Zeugen sahen alles und bildeten sich in der Tiefe ihres Herzens ein Urteil.

»Ich komme sofort. Lass sie in das *tablinum* im Ostflügel geleiten«, befahl der Patrizier, erleichtert darüber, ein so weitläufiges Haus zu besitzen, dass ein peinliches Aufeinandertreffen der beiden Rivalinnen ohne Probleme verhindert werden konnte.

»Wie elegant du aussiehst, Paris, dieses Grün steht dir wirklich gut!«, lobte die Matrone Paris' Gewand, welches dem von Castor glich wie ein Ei dem anderen. Der Verwalter zupfte es sich mit einer Hand, die ein dicker Ring aus Lapislazuli schmückte, ein wenig zurecht.

Als Aurelius seine Freundin erblickte, blieb ihm vor Verwunderung fast der Mund offen stehen: »Pomponia, du siehst blendend aus!«, rief er unwillkürlich.

Die Dame, die vor ihm stand, hatte nichts mehr gemein mit jener eitlen und ziemlich exzentrischen Matrone, die er bisher gekannt hatte: ohne die gewohnte, monumentale Perücke und die hohen Absätze war sie fast zwei Handbreit kleiner. Das Gesicht, nicht mehr mit Schminke zugekleistert, leuchtete in einem hellen Elfenbeinton, durchzogen von einem kaum sichtbaren Netz feiner Mimikfältchen; sogar der üppige Körper, normalerweise in schreiend bunte, vielfarbige Kleider gehüllt, erschien in der schlichten schwarzen

Stola schlanker. Als einzigen Schmuck hatte diese bescheidene Pomponia zwei sehr lang herabhängende goldgefasste Ohrringe mit Perlen angelegt, welche fast schon ihre Schultern berührten.

Aurelius war ganz versunken in die Betrachtung dieser neuen, beeindruckenden Version Pomponias und hörte gar nicht richtig zu.

»Und kurz bevor sie ihren ersten Auftritt im Theater hatte, hatte sie ein Abtreibung«, sagte Pomponia gerade.

»Wer, Nissa? Das muss wohl ein Kind von Vibonis gewesen sein«, rutschte es Aurelius in einem Anflug von Unaufmerksamkeit heraus. Doch es war ein unverzeihlicher Fehler, sich informierter zu zeigen als die klatschsüchtige Matrone.

»Wieso fragst du mich eigentlich, wenn du sowieso schon alles weißt?«, protestierte sie tatsächlich etwas irritiert.

»Was sagtest du noch, meine Liebe? Dein Spionagenetz kann sich sogar mit dem der Kaiserin messen. Ich gehe davon aus, dass du noch andere Neuigkeiten hast.«

»Ja«, bestätigte die dicke Dame triumphierend.

»Zwei zu eins, dass Servilius von deinem neuen Stil begeistert ist«, versuchte Aurelius zu raten.

»Begeistert? Es hat ihn getroffen wie der Blitz, würde ich sagen, er steht in Flammen vor Leidenschaft!«, jubelte Pomponia freudestrahlend.

Aurelius lächelte glücklich, nicht nur, weil er seiner Freundin den Erfolg gönnte, sondern auch, weil die Rückkehr von Servilius' Leidenschaft ihm sein schlechtes Gewissen nahm, Nissas Reize so schamlos genossen zu haben.

»O Aurelius, ich weiß gar nicht, wie ich dir danken soll. Nicht auszudenken, dass ich an ihm gezweifelt habe. Wenn du wüsstest, wie glücklich ich bin. Ich konnte nicht widerstehen und habe mich Paris anvertraut, er ist ein so verständnisvoller Mann. Und stell dir vor, er hat mir auch ein kleines Geheimnis verraten: Er hat sich verlobt.«

»Ach«, sagte Aurelius nicht besonders überzeugt und fragte sich, wer wohl die Auserwählte sein mochte.

»Für das Herz ist es nie zu spät, und sie passt zu ihm. Hast du gesehen, was für einen schönen Ring sie ihm geschenkt hat?«

O ja, das hatte er nur zu gut gesehen: Es war derjenige, der in seiner *dactyliotheca* fehlte... Paris mit dieser Diebin Xenia! Wie das wohl Castor aufnehmen würde?

Wie auch immer, er hatte im Moment wirklich anderes zu tun, als sich über die Liebesaffären seiner Sklaven Sorgen zu machen. Es tat ihm Leid, als er seine Freundin etwas zu eilig wieder verabschiedete und ihr die Freude verdarb, ihm die triumphale Rückeroberung des Servilius in allen Details zu schildern; aber wie sollte er jemals die Aufgabe, die ihm der Kaiser übertragen hatte, lösen, wenn er seine ganze Zeit damit zubrachte, den Eheberater zu spielen? Er musste irgendeine Möglichkeit finden, um Sergius aus der Deckung zu locken...

Er hatte jedoch nicht einmal mehr Zeit, weiter darüber nachzudenken.

»Gallicus wartet dort drüben«, verkündete Castor finster. »Schlechte Nachrichten aus der Kaserne. Während du dich herumtreibst und fröhlich von einem Bett ins andere springst oder dich bemühst, wieder Ordnung in die Schlafzimmer deiner Freunde zu bringen, sterben Retiarier des Caesar weiter wie die Fliegen. Ich sehe es schon kommen, dass Claudius bald deinen Kopf fordern muss, weil in Rom kein einziger Gladiator mehr übrig ist!«, rief der Freigelassene verärgert aus. »Nicht dass die Stadt viel zu verlieren hätte, wenn Senator Statius von der Bildfläche verschwindet, aber was soll dann aus uns werden? Wir werden auf der

Straße landen oder auf dem Sklavenmarkt verkauft, mit nicht mehr als einem Schildchen um den Hals.«

»Wer ist es denn diesmal?«, fragte der Patrizier mit einem tiefen Seufzer.

»Heliodorus, der sizilianische Gladiator, er ist vor einer Stunde gestorben.«

»Und ich wette, dass auch seine Leiche eine kleine Schramme im Nacken hat.«

»Im Nacken schon, aber nicht nur eine kleine Schramme: Irgendetwas ist schief gegangen, als er an der *pertica* seine Übungen absolvierte, und sein Kopf ist bis auf die andere Seite des Platzes geflogen.«

»Also los, sehen wir ihn uns an!«, entschied der Senator. »Wo ist denn Gallicus?«

»In den Sklavenunterkünften. Er hatte darum gebeten, dort auf dich warten zu dürfen, und ich habe es ihm gestattet, wegen Nissa, die ja nicht unbedingt so viel gesehen werden muss. Ich rufe ihn sofort«, antwortete Castor, während sein Herr nach dem Tragsessel statt der Sänfte verlangte, um so schnell wie möglich an den Tatort zu gelangen.

»Diese Höllenmaschine ist sabotiert worden!«, stellte Aurelius angesichts der *pertica* fest. »Die Nabe, an der die Speere befestigt waren, hat nachgegeben, und das Rad ist, während es sich noch drehte, heruntergerutscht. Heliodorus muss gerade hochgesprungen sein, um dem unteren Kranz auszuweichen, da geriet sein Kopf mitten hinein.«

»Die Geräte werden jeden Morgen vor Beginn der Übungen inspiziert; die Nabe muss also ganz kurz vor Beginn gelockert worden sein, im Morgengrauen also«, meinte Castor.

»Was ist mit Luridus?«, wollte Aurelius wissen.

»Verschwunden!« Der Grieche breitete die Arme aus. »Ich glaube aber nicht, dass er weit kommt: Sie werden ihn in den nächsten Tagen im Tiber finden. Auch wenn Mauricus der Drahtzieher dieser verbotenen Wetten war, kann er allmählich ruhig schlafen: Alle, die etwas wussten, sind tot oder verschwunden.«

»Es gibt immerhin noch Nissa, die gegen ihn aussagen kann, und Aufidius selbst muss auch in den Betrug eingeweiht gewesen sein. Was wollte er wohl neulich so nah am Haus der Sergier? Dann Gallicus, Quadratus, Arduina: Einer von ihnen muss in Mauricus' Sold stehen«, überlegte Aurelius. »Wir werden sie alle noch einmal befragen, aber zuerst möchte ich mit dem Arzt sprechen.«

Chrysippos erwartete ihn im *sanarium*, genauso ungehalten wie immer.

»Möchtest du etwa, dass ich auch am Nacken von Heliodorus nach irgendeiner Nadel suche? Am besten sagst du mir gleich, bei welchem Teil ich anfangen soll, bei dem, der noch am Körper hängt, oder bei dem, der mit dem Kopf davongerollt ist?«, fragte er ironisch.

»Lass deine Witzelei!«, gab der Patrizier zurück. »Wenn es stimmt, was ich vermute, steckst du bald in großen Schwierigkeiten!«

»Du denkst an Gift, nicht wahr? Aber sicher doch! Halb Rom braut im Keller tödliche Tränke, aber kaum findet man mal eine Spur von Gift, wem lädt man dann die Schuld auf? Dem Arzt!«, grollte Chrysippos.

»Ich habe nicht vor, dich wegen irgendetwas anzuzeigen, solange du dich dazu herablässt, mit mir zusammenzuarbeiten.« Aurelius verlor allmählich die Geduld. »Bis jetzt hast du dich bestimmt noch nicht überanstrengt.«

»Und was wünscht der illustre Herr Senator?«, fragte der Chirurg sarkastisch. »Wie kann ich, unwürdiger Quacksalber, dem mächtigen Prokurator des Kaisers behilflich sein?«

»Ich möchte nur wissen, ob in letzter Zeit vielleicht irgendeine gefährliche Substanz aus deinem Medizinalienschrank verschwunden ist.«

»Die Antwort lautet: nein, o edler Aurelius. Du musst es ja nicht glauben, aber ich bewahre hier in der Kaserne wirklich nichts auf, was Schaden anrichten könnte. Ich bin der Arzt für die Gladiatoren – und ich wünschte, Zeus hätte mich mit seinem Blitz getroffen, an dem Tag, an dem ich diese Stelle angenommen habe –, ich weiß nur zu gut, mit wem ich es hier zu tun habe: Brächte ich irgendein Gift hier herein, sie wären im Stande, mich in Stücke zu reißen, um es zu stehlen und sich nachher gegenseitig damit umzubringen.«

»Du hättest es ja gegen klingende Münze eintauschen können«, unterstellte ihm der Patrizier, der genau um die Habgier der Ärzte wusste.

Chrysippos straffte die mageren Schultern und richtete sich zu seiner ganzen, nicht besonders imposanten Größe auf. Dann musterte er den Patrizier mit einem verächtlichen Blick, als wäre dieser ein besonders lästiges Insekt.

»Meine Ländereien in Thessalien, Römer, erstrecken sich über viele Tagesreisen, und meine Vieherden sind so riesig, dass ich selbst es aufgegeben habe, die Tiere zu zählen. Frag in Hellas nach Chrysippos, und du wirst erfahren, dass noch nie jemand aus meiner Familie es nötig hatte, um Geld zu bitten. Meine Vorfahren waren schon Herren über halb Griechenland, als die deinen noch hinter dem Pflug schwitzten, um ihre armseligen Äckerlein urbar zu machen«, versetzte er mit Stolz.

»Aber wenn du so wohlhabend bist, wieso arbeitest du hier?«, fragte Aurelius wenig überzeugt.

»Das ist eine wahrhaft latinische Frage! Als ich noch jung war, bin ich euren Heeren gefolgt, du alberner, eingebildeter Römer, und habe mich mit dem Dreck und dem blutgetränkten Staub beschmutzt, den eure Legionen überall zurückließen, wo sie vorbeikamen. So habe ich alles über diese wunderbare Maschine, den menschlichen Körper, gelernt, was ich bis heute weiß, und über die Schäden, die er erleiden kann. Jetzt bin ich alt und kann mit euren Metzeleien nicht mehr Schritt halten. Zum Glück muss ich hier nicht weit gehen, denn an zerstückelten Gliedern bekomme ich auch hier in der Arena so viele, wie ich nur will. Zumindest kann ich auf diese Weise meine Forschungen fortführen: Nicht einmal im Museum von Alexandria haben sie so viele Leichname für ihre Autopsien zur Verfügung!«

Fast beschämt senkte der Senator den Kopf, weil er einen Wissenschaftler beleidigt hatte, der sein ganzes Leben der Forschung gewidmet hatte, und änderte seinen Ton.

»Du bist ein weiser Mann und sehr kompetent, Chrysippos. Ich bin sicher, dass du schon Vermutungen über jene vergiftete Nadel angestellt hast, aber du hast mir deine Überlegungen bisher verschwiegen. Wieso versuchst du nicht, mir behilfich zu sein? Ich könnte deine Hilfe gut brauchen…«, sagte er mit größerer Hochachtung.

»Weil du als überheblicher römischer Bürger, der es gewohnt ist zu befehlen, mich nicht in gebührlicher Weise darum gebeten hast«, gab Chrysippos etwas besänftigt zurück. »Sicher habe ich einige Hypothesen aufgestellt, sogar mehrere… Es gibt nicht viele Gifte, die ihre Wirkung so schnell entfalten können. Gewiss wirst du wissen – denn ich habe schon bemerkt, dass du weniger ignorant bist als die meisten deiner Mitbürger –, dass es mehrere Pflanzen gibt, aus denen man leicht ziemlich wirksame pflanzliche Gifte gewinnen kann: Aconitum, Veratrum, Arum, Helleborus, Colchicum und viele andere mehr, die aber schwerer zu sammeln sind. Also denken wir einmal genau nach: Aconitum und Veratrum, Eisenhut und Nieswurz also, können von einem Augenblick zum anderen Lähmungen herbeiführen und Herzstillstand verursachen, aber es sind Gebirgspflanzen, und es ist eher unwahrscheinlich, dass man sie mitten in Rom findet. Nach Arum, dem Aronstab, hingegen kannst du in jedem feuchten Graben suchen, auch mitten in der Stadt, doch seine Beeren werden erst im Herbst gesammelt, was auch für die Zwiebel des Colchicum, der Herbstzeitlosen, gilt. Das würde bedeuten, dass der Mörder sich schon vor Monaten auf sein Verbrechen vorbereitet hat, was ich persönlich eher für unwahrscheinlich halte. Bleibt also nur noch Helleborus: Die Schneerose blüht am Ende des Winters, eigentlich vor allem in den Wäldern, doch in der Urbs finden sich reichlich dicht bewachsene, feuchte Brachen mit Gestrüpp, die unangetastet bleiben, weil sie den Göttern geweiht sind. Allerdings wird sie als Gift nicht allzu sehr gefürchtet, weil sie nach dem Schlucken zu heftigem, krampfartigem Erbrechen führt und dadurch sofort wieder aus dem Körper ausgeschieden wird.«

»Wenn es aber direkt ins Blut gespritzt würde…«

»In diesem Fall würde die Wirkung sehr viel schneller und auch wesentlich stärker eintreten, besonders, wenn es noch mit anderen starken Giften versetzt wird: Schlangengift zum Beispiel oder Leichengift aus verfaulendem Fleisch.«

Aurelius schluckte schwer und tat einen tiefen Atemzug, um dem Chirurgen nicht den Eindruck zu vermitteln, sein Magen sei etwas zu empfindlich.

»Um eine solche Mixtur zuzubereiten, müsste man aber über medizinische Kenntnisse verfügen«, vermutete er.

»Ja, doch vor allem müsste man sich gut mit Pflanzen auskennen«, präzisierte der Arzt.

»Chrysippos, ich danke dir, du warst mir eine große Hilfe«, gab Aurelius in respektvollem Ton zu. »Und ich entschuldige mich für vorhin.«

»Wer ist denn dein Arzt?«, fragte Chrysippos leichthin,

dennoch war ihm anzumerken, dass die Entschuldigung bei ihm auf fruchtbaren Boden gefallen war.

»Hipparcus aus Caesarea.«

»Den kenne ich, er ist mein Schüler gewesen. Ich rate ihm, sich einmal um deine Leber zu kümmern!«, lachte Chrysippos endgültig versöhnt.

Am Ausgang des *sanarium* wartete Castor ziemlich ungeduldig auf seinen Herrn.

»Na, bist du endlich fertig damit, dich untersuchen zu lassen? Wir sollten mit unseren Untersuchungen fortfahren: Wenn wir es recht bedenken, was wissen wir schon über diese Leute, außer dem, was sie uns erzählen wollten? Wir müssen mehr in die Tiefe gehen.«

»Du hast Recht, Castor. Fangen wir bei der Britannierin an.«

Als sie in ihre kleine Zelle traten, war Arduina gerade dabei, die Beinschienen abzulegen. Über der Sitztruhe hing, leicht vertrocknet, aber gut sichtbar, das Rosengewinde wie der mumifizierte Leichnam eines gekreuzigten Sklaven, dem ein anständiges Begräbnis verweigert wurde.

»He, schöner Mann, was hast du denn mit deinem Auge gemacht?«, fragte sie den Freigelassenen jovial.

»Eine kleine Meinungsverschiedenheit«, wich der Grieche geschickt aus.

»Lass mal sehen. Na ja, das ist nichts Ernstes, da reicht eine schöne Packung mit einem guten Stück Fleisch.«

»Hör zu, Arduina…«, griff Aurelius ein und unterbrach die Beratung. »Kennst du den Luridus?«

»Keine Ahnung… Doch, halt – meinst du vielleicht diesen dicken Sklaven, der immer ölverschmiert herumläuft und damit betraut ist, die Waffen zu polieren?«

»Versuche, dich zu erinnern, ob du gesehen hast, dass er sich in den Untergeschossen des Amphitheaters herumgetrieben hat, kurz vor dem Kampf«, spornte der Patrizier sie an.

»Könnte sein, im Wandelgang«, meinte Arduina zweifelnd.

Aurelius sagte nichts: Der unterirdische Gang wurde durch schmale Öffnungen mit Licht versorgt, die direkt auf die Arena hinausgingen…

»Also, ich bin mir wirklich nicht sicher«, fuhr die Gladiatorin fort. »Er kam ungefähr zur selben Zeit als Sklave hierher, als ich in die Gladiatur eintrat, aber ich habe nie viel mit ihm zu tun gehabt.«

»Wo wir gerade davon sprechen, man hat mir gesagt, du seist in der Schlacht gefangen genommen worden und verwandt mit dem Anführer der britannischen Rebellen.«

Das sonst so leicht zum Lachen zu bringende, grobe und ungeschlachte Gesicht verdüsterte sich mit einem Schlag, und Arduina hob trotzig das Kinn.

»Und wenn es so wäre? Caractacus ist ein tapferer Mann, und noch hat es euer Caesar nicht geschafft, ihn zu unterwerfen.«

»Wie kannst du es als Nichte eines Königs ertragen, dich in der Arena zum Vergnügen der Feinde deines Volkes zur Schau zu stellen?«

Die Britannierin verzog den großen Mund und brach in lautes Gelächter aus.

»Glaubst du wirklich, ich würde meinem fernen Albion und meinem früheren Stand auch nur eine Träne nachweinen, Senator? Deirdre, die Prinzessin der Ikener, gezwungen, die Gladiatorin Arduina zu werden… zum Glück, kann ich da nur sagen! Ich glaube nicht, dass du jemals in meinem Land gewesen bist, edler Aurelius; lass mich dir eine Vorstellung davon vermitteln: Der königliche Palast des Caractacus ist eine Bruchbude. Im Vergleich dazu nimmt sich schon das Haus eines bescheidenen römischen Verwalters aus wie das Anwesen eines reichen Pfeffersacks; in jeder Jahreszeit herrscht dichter Nebel, acht Monate im Jahr ist es schweinekalt, und wir haben dort oben keine unterirdischen Heizungen, die uns das Badewasser anheizen, Senator, ja, wir haben nicht einmal Badezimmer. Und keine Thermen, keine Aquädukte, keine Villen, keine gepflasterten Straßen, nicht einmal Städte, die diesen Namen verdienen würden. Wenn einer Hunger hat, dann geht er auf die Jagd und brät sich seine Beute über dem Feuer; wenn jemand krank wird, dann sammelt er ein paar Kräuter im Wald, schickt ein Gebet zur Göttin Sulis und hofft das Beste. Und darüber hinaus... Na ja, du wirst verstehen, dass ich bei meinem liebreizenden Äußeren niemals einen Ehemann gefunden hätte, nicht einmal unter den Riesen mit den eingefetteten Schnurrbärten meiner Insel. Seit ich klein war, hat es mir gefallen, mich zu schlagen, also habe ich mich entschieden, Kriegerin zu werden: Bei den Ikenern ist es nicht ungewöhnlich, dass eine Frau in den Kampf zieht oder sogar regiert. Mein Leben habe ich auch vorher schon riskiert, als ich euren Legionären im Hinterhalt auflauerte. Aber nachts lag ich im Schnee, in Schaffelle gehüllt, und hatte oft genug nicht einmal etwas zu Essen. Jetzt esse ich mehr, als ich schaffen kann, schlafe bequem, schlage mich unter dem Applaus des Publikums und verdiene gutes Geld, ganz zu schweigen davon, dass ich auf diese Weise in ein paar Jahren frei sein werde. Aber ich werde nicht nach Britannien zurückkehren, da kannst du sicher sein! Weißt du, wovor ich am meisten Angst hatte, als ich in Gefangenschaft geriet und zu der Erkenntnis kam, dass man mich nicht umbringen würde? Nur davor, dass sie mich zusammen mit meinen blau tätowierten Landsleuten wieder auf meine Insel zurückschicken!«

»Aber Caractacus…«, fragte Aurelius fassungslos.

»Er ist ein anständiger Mensch und ein tüchtiger Soldat. An dem Tag, an dem euer hinkender Kaiser aufhört, gegen ihn zu kämpfen, werden sie Freunde werden, du wirst sehen; und nach einigen Monaten süßen Lebens in der Urbs wird er nichts Besseres zu tun haben, als sich die Krone von Britannien aufzusetzen. Übrigens frage ich mich wirklich, warum ihr Römer solche Mühen auf euch nehmt, nur um unsere Lehmhütten zu erobern.«

»Verstehe«, nickte Aurelius und dankte einmal mehr den Göttern dafür, frei und als Römer geboren worden zu sein.

»Was für eine Enttäuschung, *domine*«, meinte Castor, als sie hinausgegangen waren. »Ich hatte mir so eine schöne Geschichte zurechtgelegt, von einer edlen Prinzessin, die in Sklaverei geraten ist und bereit war, alles dafür zu tun, um ihre verlorene Freiheit zurückzuerlangen. Stattdessen… Pah, mir scheint, wir können das Feld hier räumen!«

»Nichts da! Das Beste kommt doch erst: Jetzt knöpfen wir uns Aufidius vor!«, erklärte der Senator kriegerisch und machte sich auf die Suche nach dem *lanista*.

Dieser empfing Aurelius frostig: So, wie der sich hier herumtrieb und seine Nase überall hineinsteckte, konnte diese Nervensäge von einem Patrizier leicht Dinge aufdecken, die besser verborgen blieben, und außerdem machte er die Athleten nervös. Gestern war es im Refektorium schon beinahe zu einer Meuterei gekommen; niemand wollte etwas essen, aus Angst, die Speisen könnten vergiftet sein, und es blieben doch nur noch wenige Tage bis zu den nächsten Spielen!

»Ich habe euch doch schon gesagt, dass die Waffen immer eingeschlossen sind«, wiederholte der *lanista* gereizt. »Erst unmittelbar vor den *munera* werden dem Gladiator die Waffen ausgehändigt, mit denen er kämpfen soll, und alle müssen sie nach dem Ende der Spiele wieder zurückgeben. Niemand hat Zutritt zu den Speeren: Ich habe sogar den Dolch und das Messer eingezogen, die ihr Arduina geschenkt habt. Am Tag von Chelidonis' Tod war die Überwachung besonders streng. Die Athleten waren über die Maßen erregt, weil das Gerücht umging, dass Claudius mit den Vorstellungen seiner Schule nicht mehr zufrieden sei und nicht einen einzigen Gnadenbeweis geben wollte …«

»Wie das? Das hat mir bis jetzt noch niemand erzählt …«, überlegte der Patrizier, traf eine rasche Entscheidung und wandte sich wieder an den *lanista*: »Ich lasse dich verhaften, Aufidius. Es ist sonnenklar, dass du deine Stellung als Leiter der Gladiatorenschule ausgenutzt hast, um die Wetten auf die Kämpfe zu manipulieren.«

»Das kannst du nicht machen!« Der *lanista* zitterte. »Du hast keinerlei Beweise!«

»Es ist schon eine Weile her, dass du selbst in die Arena gestiegen bist, Aufidius, und schon seit längerem hast du kein Eisen mehr zu schmecken bekommen. Du bist es nicht mehr gewöhnt: Andere über die Klinge springen lassen ist wesentlich einfacher, als sich persönlich diesem Risko auszusetzen. Wir werden ja sehen, was du der Folter entgegenzusetzen hast …«

»Nein, warte, es ist nicht so, wie du denkst!«

»Ach, wenn du mir sagen möchtest, dass es Mauricus war, der alles eingefädelt hat, dann erspare mir das bitte – das weiß ich schon. Leider verfüge ich nicht über die Mittel, ihn vor Gericht zu zitieren, und so muss ich mich mit dir begnügen.«

»Senator, ich werde alles sagen! Es war erst das zweite Mal … und Chelidonis sollte nicht sterben, sondern nur eine kleine Niederlage erleiden. Der Kaiser hätte ihn sicher gerettet!«

»Tatsächlich? Lass ihn von der kaiserlichen Wache abführen, Castor, er wird sich wegen Betrugs, vielleicht sogar wegen Mordes zu verantworten haben.«

»Aber ich hätte ihn doch nie ermordet, er war doch mein bester Athlet, die Quelle all meiner Einkünfte…«, schrie Aufidius angstgebeutelt.

»Genau wie Turius?«

»Ich war ja in der Nacht seines Todes nicht einmal in der Kaserne, das können dutzende von Leuten bezeugen.«

Die Proteste des *lanista* mischten sich mit den ungläubigen Ausrufen der Gladiatoren, die ihren Augen nicht trauten, als sie sahen, wie ihr unumstrittener Vorgesetzter von den Prätorianern weggeschleift wurde, derselbe, der bis eben noch die Macht über ihr Leben oder ihren Tod in seinen Händen gehalten hatte. Aurelius sah in ihre überraschten Gesichter, auf denen sich unverhohlene, hämische Genugtuung breit machte.

»Jetzt wird auch er einmal die Peitsche zu schmecken bekommen!«, rief ein Mirmillone befriedigt aus.

»Und das Brenneisen!«, pflichtete ihm ein anderer lachend bei.

Aufidius war wohl nicht allzu beliebt, dachte Aurelius, während er im Triumph zwischen zwei Reihen applaudierender Gladiatoren über den Hof schritt.

»Es lebe der Senator Statius! Es lebe der Caesar! Tod dem *lanista*!«, schrien die Athleten und ließen ihren Rächer hochleben.

»Da beißt die Maus keinen Faden ab, du bist ihr Held geworden«, bemerkte Castor verblüfft. »Wenn Aufidius den Argumenten des Henkers nicht widerstehen kann und Mauricus belastet, hast du es geschafft, dann hast du den Fall gelöst.«

»Von wegen gelöst! Der *lanista* kann ihn höchstens beschuldigen, dass er die Spiele manipulieren wollte, und Mauricus wird alles abstreiten. Obendrein, was würde Sergius denn schon riskieren, selbst wenn, dank der Zeugenaussage von Nissa, herauskäme, dass er Chelidonis hat betäuben lassen? Die Schauspielerin wird erklären, dass die Dosis nicht hoch genug war, um zu töten, und wir wissen, dass das die Wahrheit ist. Wenn er dafür sorgt, dass Luridus verschwindet, und alle Schuld am Tod des Athleten auf den ermordeten Turius schiebt, kann er sogar noch mit einer Geldstrafe davonkommen, mit einer gepfefferten zwar, aber immerhin … Er beherrscht dieses Spiel bis zur Perfektion, deshalb ist er wohl wirklich noch nicht in Bedrängnis. Es scheint ihm nicht viel auszumachen, wegen der manipulierten Wetten vor Gericht zu landen. Und dann, denk nur mal weiter, wenn er sich vor Aufidius' Aussage hätte schützen wollen, hätte er dann nicht ihn ermorden lassen, statt Heliodorus? Es sei denn …«

Castor sah ihn mit angehaltenem Atem an.

»Es sei denn, der ganze Wettbetrug war nur eine Tarnung!«

»Was bedeuten würde?«, hakte der Freigelassene verblüfft nach.

»Stell dir mal Folgendes vor, Castor. Wenn du ein Verbrechen begehen und dir dafür den Rücken frei halten wolltest, wäre es nicht unglaublich gerissen, das wahre Verbrechen hinter einem anderen, weniger dramatischen, zu verstecken? Sollte man dir auf die Schliche kommen, könntest du immer noch deine Schuld an den weniger schweren Taten zugeben, um zu verhindern, dass dein wahres Vorhaben ans Licht kommt«, erklärte Aurelius aufgeregt.

»Das verstehe ich nicht«, Castor schüttelte den Kopf. »Woran denkst du?«

»An das schwerste aller Verbrechen, nicht gegen einen einzelnen Menschen, sondern gegen Rom als Ganzes … Aber warte, vielleicht ist es doch abwegig, sich einen so verwickelten Plan auszudenken. Hören wir erst einmal Gallicus an.«

»Vorhin hat er noch mit den Hanteln geübt, ach, da ist er ja schon!«

»*Salve*, Senator Statius!«, setzte Gallicus an. »Ich sollte dir dafür danken, dass du uns von Aufidius befreit hast, doch leider wird das für uns nichts ändern. Bald wird ein anderer *lanista* kommen, vielleicht ein noch gnadenloserer.«

»Zumindest wird er nicht euer Leben aufs Spiel setzen, nur um bei irgendeiner Wette abzukassieren«, gab Aurelius zurück.

»Fang mir bloß nicht damit an: Ich hätte etwas ahnen müssen! Am Tag von Chelidonis' Tod herrschte so eine seltsame Stimmung in der Kaserne«, gab der Kelte unbefangen wie immer zu. »Nichts Greifbares, dass wir uns da recht verstehen, sondern ein gewisses Unbehagen, so ein unbestimmter Missmut. Die Gladiatoren munkelten, dass der Kaiser etwas gegen uns hätte und uns alle über die Klinge springen lassen wollte. Ich habe keine Ahnung, wer das Gerücht aufgebracht hat, aber Heliodorus hat es mir erzählt und dabei deutlich gesagt, er würde sich nicht ohne Gegenwehr abschlachten lassen, sofern er nur eine Waffe auftreiben könnte, um sich zu verteidigen.«

Aurelius merkte, wie es ihm eiskalt über den Rücken lief, und begann sofort damit, alle Athleten eilig noch einmal zu befragen. Sie bestätigten mehr oder weniger, was Gallicus gesagt hatte: Jeder von ihnen hatte die Information unter dem Siegel strengster Verschwiegenheit von Heliodorus erhalten!

»Fürchtest du, dass hier ein Aufstand vorbereitet werden sollte?«, wollte Castor wissen und las damit fast seine Gedanken.

»Ja. Heliodorus hatte die Unzufriedenheit künstlich geschürt. Und, was für ein Zufall, ausgerechnet an jenem Tag waren die Schlüssel für den Waffenschrank Luridus anvertraut worden, der die Waffen polieren sollte.«

»Lass mal sehen: Chelidonis verliert den Kampf, und der Caesar, der darüber verärgert ist, hält den Daumen nach unten, gegen den Willen des Volkes...«

»Ein paar im Publikum gut platzierte Provokateure hetzen die Menge auf, ihren Liebling in Schutz zu nehmen«, ergänzte Aurelius. »Panik, Verwirrung, Tote, Verletzte und eine Masse wütender Leute, die nur allzu bereit ist, auf Claudius loszugehen!«

»Aber der Caesar hat immer noch die Prätorianer, die ihn verteidigen!«, warf Castor ein.

»Genau: Die Gladiatoren, denen eingeredet wurde, dass der Kaiser ihren Tod wünscht, dächten natürlich, sie würden angegriffen, sobald sie den Hauptmann der Prätorianer mit den Soldaten herbeikommen sähen.«

»Und Luridus hätte bereitgestanden, um ihnen die Waffenkammer zu öffnen. Vielleicht stehen wir hier vor etwas wirklich ganz Großem.«

»Möglicherweise. Auch die Verschwörung gegen Caligula nutzte den Unwillen aus, den der Kaiser in der Arena erregt hatte, indem er seine Schützlinge hatte gewinnen lassen... Damals diente der Sieg, den der Kaiser ungerechtfertigterweise seiner Lieblingsmannschaft zugesprochen hatte, als Vorwand: Die getäuschte Menge zwang Caligula, das Stadion durch den Wandelgang zu verlassen, wo die Verschwörer schon auf ihn warteten«, erinnerte sich der Senator und machte einen sehr beunruhigten Eindruck.

»Wenn ich dich richtig verstanden habe, dann vermutest du, dass die Falle diesmal zugeschnappt wäre, wenn der Kaiser bei Chelidonis keine Gnade hätte walten lassen«, unterbrach ihn der Freigelassene noch nicht ganz überzeugt. »Aber, *domine*, niemand kann so dumm sein zu hoffen, dass wegen einer solchen Kleinigkeit gleich eine Revolution ausbricht!«

»Es ging nicht um eine Revolution«, erwiderte Aurelius. »Es hätte schon gereicht, dass Claudius gezwungen worden wäre, sich klammheimlich durch den Hintereingang aus dem Amphitheater zu stehlen, um dem Zorn des Publikums zu entkommen.«

»Mauricus und seine Leute saßen genau dort... Vielleicht hast du Recht, Herr, die Sache mit den Wetten ist nur aufgezogen worden, um die Betäubung des Chelidonis zu rechtfertigen, falls etwas schief gegangen wäre, und um die Intrige zu verschleiern, die in Wahrheit dahinter steckte: ein Attentat auf den Kaiser!«

»Schöne Rekonstruktion, geht runter wie Öl...«, murmelte der Senator.

»Geh sofort zu Claudius und berichte ihm davon, er wird dir Glauben schenken, er ist schließlich dein Freund!«

»Ja, aber ihm sind die Hände gebunden. Denk nur, wenn Mauricus tatsächlich bereit war, sich auf ein Abenteuer wie dieses einzulassen, meinst du nicht, dass er im Heer, bei den Prätorianern oder vielleicht sogar im Palast Unterstützung hatte? Der Caesar braucht unwiderlegbare Beweise, um ihn anklagen zu können!«

»Es kann doch nicht sein, dass niemand in der ganzen Stadt von Sergius' Intrigen weiß. Du wirst Zeugen finden.«

»Mauricus hat schon dafür gesorgt, dass sie den Mund halten, ganz wie es seine Gewohnheit ist. Niemand würde es wagen, ihn anzugreifen: Sie haben alle viel zu viel zu verlieren.«

»Wirklich niemand?«, grübelte Castor ernst. »Vielleicht gibt es doch jemanden!« Er hatte schon den Mund geöffnet, um etwas zu sagen, aber dann entschied er sich anders und führte den Satz nicht zu Ende.

XVIII

Achter Tag vor den Kalenden des Juli

Aurelius saß im Halbschatten im *tablinum* vor einem Krug *cervisia* und wartete: Er wusste bereits, wer gekommen war.

Sklaven und Diener hatten Anweisung, sich zu verbergen und ihren Herrn in dem großen Zimmer allein zu lassen, das nur von einem Leuchter an der Decke spärlich erhellt wurde. Die Nacht war noch nicht hereingebrochen, als der Patrizier es klopfen hörte und ohne Eile schweigend durch das *atrium* hindurch zu dem großen Holztor schritt.

»*Ave*, Sergius.«

»*Ave*, Publius Aurelius.«

In ihren Stimmen lag derselbe kühle Ton ruhiger Entschlossenheit, mit der sich die Gladiatoren in der Arena vor dem letzten Kampf grüßen.

»Du kommst allein, ohne Eskorte«, stellte Aurelius etwas verwundert fest, und in seiner Bemerkung schwang fast so etwas wie Bewunderung mit.

»Glaubst du etwa, ich hätte Angst?«, fragte Mauricus abfällig zurück.

Nein, Mauricus fürchtete nichts: Ein berühmter Mann, reich, anerkannt, der in einem verrückten Abenteuer alles aufs Spiel setzt, war niemand, der vor einem einfachen Prokurator des Kaisers zitterte, dachte Aurelius. Von Angesicht zu Angesicht seinem Feind gegenüber, überlief ihn ein leicht erregter Schauer, flackerte der uralte Instinkt des Soldaten und Jägers in ihm auf, den ihm noch so viele Bände philosophischer Werke nicht hatten austreiben können.

Ich bin auch nicht viel besser als ein Retiarier, kurz bevor er sein Netz auswirft, sagte er sich. Und er ist wie ich: Er genießt es, sich in Gefahr zu begeben, sich mit seiner *sica* meinem Dreizack zu stellen. Einen Moment lang glaubte er fast schon verstehen zu können, warum so viele freie Männer ihr Leben in der Arena riskierten.

»Also hast du die Geschichte mit den Wetten ans Licht gebracht, Senator Statius, und mir auch noch die kleine Nissa entführt. Wenige haben sich bisher so weit vorgewagt, aber glaube nicht, dass du weit damit kommst: Der Name des Caesar, hinter dem du dich versteckst, macht dich nicht unverwundbar. Und denke nur nicht, dass du mich in echte Schwierigkeiten gebracht hast: Du sollst deinen Spaß haben und beweisen, dass ich hinter den Manipulationen bei den Spielen stecke. Alles andere, selbst wenn du zufällig dahinter kommen solltest, werde ich unbeschadet überstehen. Ich habe noch einiges in der Hinterhand.«

»Daran zweifle ich nicht, mächtiger Mauricus«, gab Aurelius zu. »Aber weshalb kommst du dann mitten in der Nacht zu mir geschlichen wie ein Hühnerdieb?«

Sergius biss sich auf die Lippe. Er erbleichte.

»Versuche nicht, dich mit mir zu messen, Senator. Du hast schlecht daran getan, mich zu beleidigen, der ich als Freund kam. Wir sind von Anfang an auf verschiedenen Bahnen gewandert, du und ich, und nur durch Zufall haben unsere Wege sich gekreuzt. Wir könnten einfach weitermachen wie bisher, einander ignorieren und uns in Frieden lassen. Ich unterschätze dich nicht, Publius Aurelius, deshalb bin ich gekommen, aber gib gut Acht. Du kannst mich nicht wirklich aufhalten, aber du könntest mir eine ganze Menge Ärger einbringen, wenn du es wirklich darauf anlegst. Und zu welchem Zweck? Du hast Aufidius schon wegen der Wetten festgenommen, und du weißt, warum Chelidonis ermordet wurde. Du weißt auch, wer ihn ermordet hat: Turius. Claudius wird vollauf zufrieden sein, und es dürfte dir nicht schwer fallen, auch den Tod von ein paar anderen Gladiatoren zu erklären, wenn ich dir den aus der Kaserne entflohenen Sklaven liefere …«

»Luridus aus Mutina. Tot, natürlich. Es fällt mir schwer, dir zu vertrauen, Sergius, wenn ich sehe, dass du deine Mordbuben doch lieber mit Eisen bezahlst als mit Gold.«

»Das sind Bestien, Mörder, Maschinen, die nichts können, außer zu töten. Sie sind nur Werkzeuge, ihr Leben ist nichts wert. Bei dir ist es anders, Senator, ich weiß, mit wem ich es zu tun habe. Du hast von Gold gesprochen, da könnten wir uns einig werden.«

»Meine Geldschränke sind wohlgefüllt, Sergius, und ich habe es weder nötig, Häuser anzustecken, um sie zu füllen, noch die Armen zu erpressen oder Leute zum Sterben in die Arena zu schicken.«

»Ich weiß. Du bist reich und adelig geboren, stammst aus einem alten Geschlecht von Herrschern und Feldherren!«, rief Sergius erbittert aus. »Ich dagegen musste mich anstrengen, um meine Hände auf all das legen zu können, was dir schon in die Wiege gelegt wurde. Und ich versichere dir, mein aristokratischer Patrizier, dass der Unterschied zwischen der Art und Weise, wie deine illustren Vorfahren ihr Vermögen angehäuft haben und ich meines, nicht besonders groß ist. Also hüte dich zu glauben, du seist etwas Besseres als ich! Ich bin ein grundanständiger Mann, die Leute kommen zu mir, damit ich ihre Problem löse, Ungerechtigkeiten ausgleiche, Ordnung dorthin bringe, wo das Gesetz nicht hinreichen kann oder will. Und um dieses tun zu können, musste ich manchmal nach eigenem Ermessen handeln und mir das Recht herausnehmen, ohne Rücksicht auf die Gesetze dieser ach so heiligen Republik zu entscheiden, die ja im Übrigen schon seit einer ganzen Weile keine Republik mehr ist, sondern einem einzigen, unermesslich reichen Mann gehört. Und komm mir nicht damit, dass sich jeder demütig dem Gesetz unterwerfen sollte, denn du selbst hast es auch nicht immer getan.«

Aurelius sah ihn schweigend an. Sergius war ein Dieb, ein Erpresser, ein Mörder, und er fühlte sich als Bannerträger des Rechtes!

»Senator, ich bin gekommen, um mit dir von gleich zu gleich zu sprechen. Wir sind beide frei geborene römische Bürger und besprechen hier lediglich eine geschäftliche Angelegenheit. Ich möchte, dass du aufhörst, mich zu bedrängen wie ein Hund, der eine Wildschweinfährte hat, und ich bin bereit, mit dir zu verhandeln, damit du mich in Frieden lässt. Nenne mir deinen Preis, und ich werde ihn zahlen, sei es in Sesterzen oder in Menschenleben, aber versuche nicht, mich daran zu hindern, dass ich mir nehme, was mir zusteht.«

»Und zu dem, was dir zusteht, gehört auch Caesars Leben?«, fragte Aurelius eisig.

Mauricus' Gesicht blieb unbeweglich, wie versteinert, nur im Mundwinkel war ein kaum wahrnehmbares Zittern zu bemerken.

»Du wolltest Claudius ermorden lassen«, setzte der Patrizier hart nach.

»Das sagst du, Senator Statius; aber, Pech für dich, du wirst es nie beweisen können. Es tut mir Leid, es tut mir wirklich Leid... Ich weiß, du würdest es genießen, mich auf dem Richtblock zu sehen, aber noch wird dir diese Genugtuung nicht vergönnt sein. Nissa wird nicht reden, da kannst du Gift drauf nehmen.«

»Du bist dir da ein wenig zu sicher«, widersprach ihm Aurelius und dachte daran, dass die Schaupielerin gut geschützt in ihrer Kammer saß.

»Du vertraust allzu sehr auf deinen männlichen Charme, Senator, den du ganz unzweifelhaft besitzt, zumindest, wenn es nach meiner Schwester Sergia geht«, lachte der Anwalt. »Aber das Wesen der Frauen ist wankelmütig, und es gibt Dinge, die du dir nicht einmal ausmalen könntest... Lass mir freie Hand, gib auf: Geh zu Caesar, berichte ihm von den manipulierten Spielen und überlass Aufidius dem Henker.«

»Die Wetten waren doch nicht mehr als eine Tarnung: Du hast sie benutzt, um deine wahren Pläne zu verschleiern, von denen der *lanista* überhaupt nichts ahnte«, erwiderte der Patrizier düster. »Heliodorus war in Wahrheit dein Komplize unter den Gladiatoren: Ihn hast du vorgeschickt, um an jenem Tag Panik zu verbreiten und Claudius zu zwingen, sich zum Hinterausgang hinauszustehlen. Deine Schwester hat ihm den Befehl überbracht!«

»Ach, wie schade, dass Heliodorus tot ist!«, seufzte der Anwalt mit gespieltem Bedauern. »An deiner Stelle würde ich den Caesar nicht zu sehr mit all diesen Verschwörungsgeschichten beunruhigen, er könnte zu der Ansicht kommen, dass deine Phantasie mit dir durchgeht... Ich werde jetzt gehen, ich möchte vermeiden, dass das Gerücht aufkommt, ich hätte etwas mit einem armseligen Spinner zu tun. Und was dich betrifft, überlege es dir gut: Wenn du Krieg willst, kann ich gut damit leben, ich bin es gewohnt zu siegen.«

Aurelius versuchte nicht einmal mehr zu antworten. Er war dabei, die Partie zu verlieren, aber eigensinnig wie er war, konnte er sich noch nicht dazu durchringen, sich zu ergeben.

Er wartete, bis Sergius in der Dunkelheit verschwunden war, und lief dann plötzlich, wie von einer dunklen Ahnung getrieben, zu Nissas Schlafkammer.

In dem Zimmerchen hing noch der feine Duft ihres Parfums in der Luft, auf dem leeren Bett lag zusammengerollt der Mungo und sah aus wie ein kleines Kissen aus Fell – von der Schauspielerin jedoch keine Spur. Das Alabasterfenster, das auf den hinteren Garten hinausging, stand offen.

Draußen, am Fuß der hohen Mauer, die das große Haus vor dem Chaos der Stadt bewahrte, war der Efeu, der an den Steinen emporrankte, an mehreren Stellen verwüstet, und ein abgebrochener Zweig, der ins Leere hing, bezeugte ganz genau, welchen Weg die Flüchtige genommen hatte.

»Ihr habt sie entkommen lassen, ihr Unglückseligen!«, donnerte er die beiden Freigelassenen an, nachdem er sie herbeigerufen hatte. Paris und Castor senkten vor Scham die Augen.

»*Domine*, du hast uns befohlen, sie zu beschützen, nicht, sie gefangen zu halten«, versuchte Castor, sich zu rechtfertigen. »Du selbst hast nicht einen Augenblick daran gedacht, dass sie vielleicht aus eigenem Antrieb entfliehen könnte. Und überhaupt, da gibt es kein Vertun, es ist so gut wie unmöglich, über die Außenmauer in unseren Hof hineinzugelangen, doch herauszukommen, so wie Nissa es wohl getan hat, ist sehr leicht.«

»Wenn sie von da oben heruntergesprungen ist, hätte sie sich aber leicht den Hals brechen können«, wandte Aurelius ein, der, obwohl ihn die Argumentation des Griechen überzeugte, nicht so einfach zugeben wollte, dass er sich hatte hereinlegen lassen.

»Ich weiß nicht, irgendjemand wird unten gestanden haben, um ihr zu helfen.«

»Aber wieso, bei den Göttern des Hades, ist sie geflohen, wo sie doch wusste, dass Mauricus nach ihr sucht, um sie zu töten? Und ich hatte sie euch anvertraut! Ich müsste euch alle beide auspeitschen lassen, ihr Nichtsnutze!«, brüllte Aurelius verzweifelt, im Grunde seines Herzens wohl wissend, dass die Sklaven eigentlich keine Schuld daran trugen.

»Niemand hat auch nur bemerkt, dass sie hier war, *domine*: Sie hat sich früh zurückgezogen und gesagt, dass sie schlafen wolle«, wandte Paris ein.

»Den ganzen Tag ist sie nicht aus ihrem Zimmer gekommen, außer, um ein paar Mal zu den Latrinen zu gehen«, pflichtete ihm Castor bei.

»Jemand muss sie dazu überredet haben, das Haus zu verlassen«, schloss der Patrizier. »Von allein hätte sie sich niemals zu einer so gefährlichen Flucht entschlossen, das wäre nicht ihre Art gewesen.«

»Es waren nur die Sklaven im Haus, Herr, und wir haben den ganzen Nachmittag keinen Besuch gehabt, abgesehen von den Näherinnen, die die Vorhänge aufarbeiten sollten«, bekräftigte Paris.

»Schickt mir die Dienerinnen herein, rasch! Ich möchte wissen, ob sie Nissa mit irgendeiner Arbeiterin haben sprechen sehen!«, befahl Aurelius argwöhnisch.

In der Tat hatte die Schauspielerin einige wenige Worte mit einer Näherin gewechselt, erfuhr er wenig später, aber im Grunde handelte es sich nur um eine einzige Frau, die noch dazu die ganze Zeit unter Beobachtung gestanden hatte. Andererseits, wie konnten die armen Sklaven, die den Auftrag hatten, das Mädchen vor einem von außen kommenden Feind zu beschützen, der es gewaltsam entführen wollte, damit rechnen, dass sie aus eigenem Antrieb entfliehen würde, wenn nicht einmal er, der Herr, daran gedacht hatte?

Eine Frau also, und so wichtig für Nissa, dass sie sie dazu bringen konnte, ein solches Risiko einzugehen… »Es gibt Dinge, die du dir nicht einmal ausmalen könntest, hatte Sergius noch kurz zuvor zu ihm gesagt. Und hatte Nigro nicht von einer Frau gesprochen, als er erzählte, wie Nissa ihrem ersten Zuhälter entkommen war?

Aurelius dachte an die *mimula* zurück, wie sie an seiner Seite ausgestreckt lag, an die mechanischen Liebkosungen, kühl, fast pflichtschuldig, mit der angelernten Leidenschaft der Kurtisanen erteilt, die von Männern nur Gewalt und Herrschsucht erfahren haben. Aber wenn statt eines fremden und feindlichen Mannes jemand ihres eigenen Geschlechtes sich ihr gegenüber zärtlich, freundlich und liebevoll erwiesen hätte? Wenn die kleine, missbrauchte Prostituierte Zuflucht und Trost in der starken und sicheren Umarmung einer anderen Frau gefunden hätte, hätte sie ihr dann nicht blind vertraut?

Aurelius sah Nissa vor sich, wie sie mit ihrer Freundin aus der *insula* schlich und den brutalen Vibonis für immer hinter sich ließ; für sie hatte das Mädchen es gewagt, den Zorn des Zuhälters auf sich zu ziehen, hatte riskiert, unter Schlägen und Ohrfeigen zurückgeschleift zu werden, und im Gegenzug dafür Schutz, Ruhm, Reichtum und vor allem Liebe erhalten; so hatte die Ahnungslose zumindest bis zum Schluss geglaubt.

Der Patrizier sah sich wieder Sergia gegenüber, der Schwester von Mauricus, stark, sicher, mit allen Wassern gewaschen: Wenn sie nicht einmal vor Inzest zurückschreckte, hätte sie denn eine andere, schwache, verlorene Frau übergangen, die nur allzu gern bereit war, sich ihr vertrauensvoll auszuliefern? Und deswegen war sich auch Mauricus so sicher, dass Nissa ihn nicht verraten würde.

»Ja, sie muss es gewesen sein«, stimmte ihm Castor beunruhigt zu.

»Aber unter welchem Vorwand mag Sergia sie dazu gebracht haben, sich unter Lebensgefahr hier herauszustehlen?«, zermarterte Aurelius sich das Hirn.

»Herr, es ist vielleicht eine idiotische Idee, dennoch …«, wagte sich der Grieche vor.

»Schieß los!«, ermunterte ihn der Patrizier, der mittlerweile bereit war, sich auch noch auf die abwegigste Vermutung einzulassen.

»Welches Motiv hätte dieses Mädchen dazu treiben können, die sichere Zuflucht in deinen Mauern zu verlassen, *domine*, wenn nicht die einzige Sache, an der sie wirklich hing: der Erfolg, der es ihr ermöglicht hat, sich aus dem Bordell auf die Bühne hochzuarbeiten? Nissa war nicht das, was man ein Genie nennt, Herr, und wenn die skrupellose Sergia sie davon überzeugt hätte, dass sie sich in der Vorstellung zeigen müsse, weil sie sonst die Gunst ihres Publikums verlöre …«

»Ich weiß nicht, ob du Recht hast, Castor, aber ich kann es mir vorstellen. Laufen wir zum Theater, aber schnell!«, befahl Aurelius und eilte hinaus.

Im Theater des Pompeius musste Aurelius sich mit den Ellbogen seinen Weg durch die aufgebrachte Menge bahnen, die schon eine ganze Weile auf das Erscheinen der Diva wartete.

Die anderen Künstler aus der Truppe hatten sich, nach einem halbherzigen Versuch, die wütenden Zuschauer mit einigen Nummern außerhalb des Programms zu unterhalten, in ihren Garderoben eingeschlossen, in der vagen Hoffnung, dass eine Patrouille der Nachtwache sie vielleicht von der Belagerung befreien würde.

Auf einmal ging das Gerücht um, die Vorstellung sei abgesagt worden. Das Publikum auf den Stufen begann mit Pfiffen und Drohrufen zu protestieren. Einige hatten schon seit dem Vorabend Schlange gestanden, um sich einen Platz zu sichern, und würden nun nicht ohne weiteres darauf verzichten, ihren Liebling auch zu sehen. Aurelius machte trotz seiner Autorität als Magistrat keine Anstalten, die erboste Masse zu beruhigen, und gelangte nur mühsam und mit einigen Prellungen wieder zum Ausgang zurück. Hoffentlich konnte Castor etwas Besseres bei seinen Untersuchungen in der Wandelhalle zu Tage fördern.

Zum Glück, dachte er, als er aus dem Theater herauskam, hatte er die Sänfte im Schutz des kleinen Platanenhains zurückgelassen, weit genug vom Eingang entfernt.

Er hastete dorthin, wobei er nicht darauf achtete, dass sein Mantel über die Erde schleifte und schmutzig wurde. Angestrengt hielt er im Dunkeln nach seinen Nubiern Ausschau und hoffte inständig, dass die Menge sich nicht genau in diesem Moment auf den Vorplatz ergösse: Alle wussten, dass bei Unruhen die luxuriösen Sänften immer als Erstes aufs Korn genommen wurden … Die Sänfte schien jedoch in Sicherheit zu sein, außer Sichtweite, gut verdeckt vom Laub einiger Lorbeerbüsche.

Der Senator sprang schnell hinein und warf sich rasch in die Kissen, während aus dem Theater bereits die ersten Aufrührer herausströmten. Ein Grüppchen aufgeregter Menschen rannte vorüber in die kleine Seitengasse, während der Patrizier unbeweglich hinter den schützenden Vorhängen abwartete. Ganz vorsichtig, er wagte kaum zu atmen, machte er es sich unter der Decke bequem, um sich vollständig vor den Augen der Hitzköpfe zu verstecken, die ganz in der Nähe herumlärmten; doch als er ein Bein zwischen den weichen Seidenkissen ausstreckte, stieß er an etwas Kaltes, Weiches. Seine Hand ertastete in der Dunkelheit ebenfalls etwas Zartes, Regloses.

Der Senator fühlte, wie es ihm eiskalt wurde, als seine Finger den entblößten Arm langsam wieder nach oben fuhren, die kleine Brust fanden und die dichten, vom Brenneisen strapazierten Locken berührten. Er brauchte wirklich keine Laterne, um zu erkennen, welchen berühmten, allseits bewunderten Körper er da neben sich hatte …

Aurelius wagte kaum, sich zu bewegen, deutlich spürte er Nissas Leichnam neben sich liegen, dessen Kopf auf dem gebrochenen Genick hin und her pendelte und sich wie in einer verspäteten Bitte um Hilfe an seine Schulter lehnte. Er hatte sie nicht retten können, dachte er einen Moment traurig, gewann dann jedoch sofort seine Kaltblütigkeit zurück: Nein, das war nicht der richtige Moment, um sich in Reuegefühlen zu ergehen; er musste sofort von hier verschwinden – wenn sie ihn so finden würden, Seite an Seite mit der Leiche ihrer Göttin, dann würden ihn diese Fanatiker in Stücke reißen.

Verstohlen versuchte er, einen Blick nach draußen zu werfen … Zu spät, sie kamen schon heran! Er hielt den Atem an und fragte sich, ob der schreckliche Tartarus, an den zu glauben er sich immer geweigert hatte, nicht vielleicht doch existierte.

»Da steht eine Sänfte, los, lasst uns hineinsehen!«, rief in diesem Moment einer der aufgewühlten Anhänger der Diva und trampelte mit einem Satz genau vor den Seidenvorhang.

Aurelius ballte die Fäuste und war entschlossen, sich mit bloßen Fäusten gegen die Wut der Menge zu verteidigen.

Mit einem entschiedenen Ruck wurde der Vorhang aufgerissen, der Patrizier war zum Sprung bereit.

»Nein, da hinten ist sie, ich sehe sie!«, schrie da eine Stimme. »Sie vergewaltigen sie, helft ihr, schnell!«

Ohne auch nur einen Blick in die Sänfte zu werfen, fuhr der Besessene, der den Vorhang zerrissen hatte, herum, um der Schönen zu Hilfe zu eilen, einen ganzen Haufen brüllender Anhänger im Schlepptau. Die Menschenmasse kehrte der Sänfte den Rücken, wie ein verrückt gewordener Fluss, der auf einmal anfängt, zur Quelle zurückzufließen, umgeleitet durch das Machtwort eines Gottes.

»Jetzt heißt es aber die Beine in die Hand nehmen!«, forderte ihn Castors vertraute Stimme auf, der die Menge abgelenkt hatte.

Aurelius ließ sich das nicht zweimal sagen und sprang hinter dem Griechen auf die Straße.

Als sie, nachdem sie halb Rom in vollem Lauf durchquert hatten, in Sichtweite des Forums ankamen, hätte wohl niemand mehr den edlen Publius Aurelius Statius, Prokurator des Kaisers und Senator von Rom, in dem schmutzigen und zerzausten Menschen erkannt, der hinter einer Mauer aus Leuten anhielt, die sich seltsamerweise zu dieser mitternächtlichen Stunde hier versammelt hatten.

»Was ist denn los?«, fragte er besorgt einen Riesen, der ihm die Sicht versperrte.

»Die Prätorianer! Der Caesar schickt sie seinem gedungenen Mörder zu Hilfe, diesem Statius, der Nissa ermordet hat. Wir wollten gerade zu seinem Haus, um ihm ordentlich das Fell zu gerben!«, erklärte das Mannsbild in zornigem Ton.

»Der Senator Statius, aber was redest du da?«, protestierte Aurelius entsetzt. »Das ist doch ein ganz ehrenwerter Mann und über jeden Zweifel erhaben!«

»Der, dieser Halsabschneider? Du hast ja keine Ahnung, zu welchem Preis das Zinn verkauft wird, das auf seinen

Schiffen hergebracht wird. Und er hortet auch Getreide, um den Preis in die Höhe zu treiben. Dem reichen die Millionen Sesterzen, die er von seinen Vorfahren geerbt hat, nicht – nein, er muss sein Geld noch vermehren, auf dem Rücken der Armen natürlich! Ganz Rom weiß, wie dekadent und korrupt er ist. Komm mit uns, wir lassen ihn dafür bezahlen!«

Aurelius konnte sich nicht enthalten, sich über die Ironie dieser Einladung lustig zu machen: »Du kennst ihn wohl gut, was? Muss ja hart gewesen sein, mit so einem Verbrecher zu tun gehabt zu haben …«

»Ehrlich gesagt, bis heute Abend hatte ich seinen Namen noch nie gehört, aber dafür haben die gesorgt, die Nissa ermordet in seiner Sänfte aufgefunden haben, die haben uns schon erklärt, wer er ist.«

Endlich verstand Aurelius: Sergius hatte seinen Schergen freie Hand gegeben, um ihm die Plebs auf den Hals zu hetzen. Selbst die anständigsten und scharfsinnigsten Menschen – das wusste der Senator – sind in der Masse, zusammengepfercht wie eine Herde Schafe, nur allzu schnell bereit, jedes beliebige Lügenmärchen zu glauben, wenn es nur lange genug und vor allem von vielen wiederholt wird, und ergreifen plötzlich Partei für die absurdesten Forderungen, nur um das unangenehme Gefühl zu vermeiden, gegen den Strom zu schwimmen. So zogen Soldaten begeistert in den Krieg, so wurden Wahlen gewonnen …

Castor starrte ihn derweil mit angstgeweiteten Augen an und knetete nervös seine Tunika. Am liebsten wäre er diesem umnachteten Menschen, der sein Herr war, an den Hals gefahren: Worauf wartete dieser Verantwortungslose denn noch, um die Beine wieder in die Hand zu nehmen?

Doch Aurelius reagierte schon.

»Wieso lauft ihr zu seinem Haus?«, rief er verwundert aus. »Wisst ihr nicht, dass er sich zu Mauricus geflüchtet hat? Die Prätorianer rechnen bestimmt nicht damit, dass ihr ihn dort aufstöbert… Los, folgt mir zum Haus der Sergier; wir werden ihn schon ausräuchern, das Schwein!«, schrie er, und die mordlustige Menge änderte ihren Kurs in Richtung Aventin.

»Mögen die Götter dich mit ihren Blitzen erschlagen, Patron; glaubst du vielleicht, dass wir auf Dauer ganz Rom mit solchen Scherzchen zum Narren halten können? Wir sind schon zweimal gerade so davongekommen«, protestierte Castor, während sie eine Seitengasse entlangrannten.

»In Ordnung, es reicht! Aber nachdem du an der Sänfte so durchschlagenden Erfolg mit diesem Spielchen gehabt hast, wollte ich es auch einmal probieren«, lachte Aurelius erleichtert auf.

»Du kannst jetzt aber auf keinen Fall sofort nach Hause zurückkehren. Sergius hat keine Zeit verloren. Ich wette, dass die Strecke von hier bis zum Vicus Patricius mit Hinterhalten und gedungenen Mördern gepflastert ist. Und wenn die dich nicht aufspießen, dann tut es bestimmt irgendein fanatischer Anhänger der armen Schauspielerin!«

»Ja, ich muss zumindest diese Nacht abwarten. Aber morgen früh, noch vor Sonnenaufgang, kommst du mit einem Heukarren ans Ende des Clivius Publicus. Ich werde dort sein und auf dich warten, und du wirst mich unter dem Stroh versteckt in Sicherheit bringen.«

»Und wo wirst du dich bis dahin verstecken? Sie könnten dich doch erkennen!«, fragte Castor besorgt.

»Mach dir keine Sorgen, auch ich habe den einen oder anderen Freund in Rom«, versicherte ihm der Patrizier und lenkte seine Schritte zu dem alten Mietshaus von Nigro. Er zweifelte nicht daran, dass er bei einer gewissen Familie im fünften Stock Gastfreundschaft finden würde, wo niemand sich träumen lassen würde, nach ihm zu suchen.

XIX

Siebter Tag vor den Kalenden des Juli

»Castor!«, rief Aurelius flehend, nachdem er sich so gut wie möglich gesäubert hatte, doch der Sklave schien wie vom Erdboden verschluckt.

Nachdem er seinen Herrn in Sicherheit gebracht hatte, indem er den Karren, in welchem jener sich versteckt hatte, eigenhändig bis vor das große Anwesen gezogen hatte, hielt er es für selbstverständlich, dass er den ganzen restlichen Tag frei bekam.

An seiner Stelle erschien Paris, zutiefst beunruhigt.

»Der Kaiser hat nach dir schicken lassen, Patron«, verkündete er mit Grabesstimme. »Morgen sollst du dich auf dem Palatin einfinden, es liegen schwer wiegende Anklagen gegen dich vor…«

»Mauricus?«, fragte der Patrizier finster.

»Oder jemand in seinem Auftrag«, erwiderte der treue Verwalter betrübt. Er liebte seinen Herrn über alles, ungeachtet der schlechten Meinung, die er von ihm hatte.

Aurelius wollte ihn schon gehen lassen, und der Verwalter war bereits an der Tür, mit gesenktem Kopf und hängenden Schultern wie üblich, als er ihn noch einmal zurückrief.

»Paris, du hast mein Haus verteidigt, meine Besitztümer, die *familia* meiner Sklaven… Ich werde dir das nie vergessen!«

Als er, gut versteckt im Heuwagen, endlich wieder einen Fuß in sein eigenes Haus setzen konnte, hatte er es zum Glück nicht ausgeraubt vorgefunden. Ganz im Gegenteil, als Castor und er sich vor dem großen Tor am Eingang einfanden, wurden sie zu ihrer großen Überraschung von einem kriegerischen, bis an die Zähne bewaffneten Häuflein Sklaven in Empfang genommen, die bereit waren, das Eigentum ihres Herrn um jeden Preis zu verteidigen: Der tapfere Verwalter, einen zerlöcherten Bräter als Helm, ein Kurzschwert in der Rechten, in der Linken eine *sica,* führte den heroischen Kampf gegen die Belagerung an und glich dabei nicht einem weichlichen Paris, sondern eher einem neuen Hektor auf den Mauern von Troja.

»Dein Haus ist mein Haus, Patron, und deine Sklaven sind auch meine *familia*. Ich habe nur meine Pflicht getan«, wiegelte er bescheiden ab.

»Ich möchte dich dafür belohnen, und zwar jetzt gleich. Morgen könnte es dafür schon zu spät sein. Sag mir, was du dir wünschst.«

»Eigentlich nur die Erlaubnis, Xenia zu heiraten, *domine*«, antwortete er und lief rot an.

»Aber will sie dich denn auch?«, fragte Aurelius zweifelnd.

»Ich weiß nicht, ich muss erst noch den Mut finden, sie zu fragen«, gab Paris ein wenig beschämt zu.

»Wenn Xenia tatsächlich einwilligt, dann hast du meinen Segen als dein Herr«, gab der Senator widerstrebend nach, ohne die geringste Ahnung, wie er das Castor beibringen sollte. Dann entließ er den treuen Verwalter mit einem Wink, wobei er so tat, als bemerke er nicht die Freudentränen, die ihm vor Stolz in den Augen glitzerten, und schloss sich in der Bibliothek ein.

Vorsichtig löste er mit seinen gepflegten Fingern die kleinen Stäbchen aus Ebenholz und Schildpatt, um welche die Papyri gerollt waren, mit einer Zärtlichkeit, die schon fast etwas Lustvolles, Erregtes an sich hatte.

Der Erwerb jedes einzelnen Bandes – einige davon waren sehr selten und entsprechend sorgfältig in ihrer Hülle aus kostbarem Tuch verwahrt – hatte hartnäckige Nachforschungen und lange Wartezeiten erfordert, wofür ihn die wohlige Erregung, die ihn jedes Mal überkam, wenn er einen zur Hand nahm – fast wie die, die er empfand, wenn er von einer Frau liebkost wurde –, mehr als nur entschädigte: Je schwerer eine schöne Frau oder ein gutes Buch zu erobern war, umso auserlesener und erregender war das Vergnügen, sich ihnen dann zu widmen.

Über einem alten Band hielt seine Hand inne. Trotz der sorgfältigen Pflege durch die fünf Bibliothekssklaven, die dafür gesorgt hatten, dass die Umschläge glänzend und sauber geblieben waren, hatte sich eine feine Staubschicht zwischen die Blätter gelegt, welche davon zeugte, dass dieses Buch schon seit allzu langer Zeit nicht mehr entrollt worden war.

Die etruskische Grammatik des Claudius, geschrieben, als der Kaiser noch nicht viel mehr war als ein missachtetes und verlachtes Mitglied der weit verzweigten kaiserlichen Familie. Jene etruskischen Verben, die heutzutage fast niemand mehr kannte, nicht einmal die romanisierten Einwohner jenes Landstrichs, in dem einst eine der ältesten und berühmtesten Zivilisationen des Mare Nostrum erblüht war… Was für eine unendliche Geduld hatte Claudius bewiesen, um sie ihm einzubläuen! Claudius, der Krüppel, der Lahme, der Idiot – heute war er Claudius, der Gott, und regierte die Welt in Frieden und Wohlstand.

Dennoch gab es immer noch Leute, die mit aller Kraft daran arbeiteten, dass er dies nicht mehr lange tun sollte.

Leute wie Sergius, wie der General Fatius – Verräter, die im Schatten Verschwörungen anzettelten, jederzeit bereit, ihr schändliches Vorhaben in die Tat umzusetzen. Und er hatte nichts in der Hand, um seinen Kaiser und Freund zu verteidigen!

Er würde zum Caesar gehen und ihm sagen, dass er es nicht geschafft hatte, dass er nicht einmal in der Lage war, auch nur die Spur eines Beweises dafür zu finden, dass Mauricus ihm nach dem Leben trachtete. Zornig schleuderte er den Becher mit heißem, gewürztem Wein von sich, den er sich kurz zuvor hatte servieren lassen.

Mit metallischem Klingen hüpfte der silberne Becher über das Mosaik im Fußboden und kam erst am Fuß des großen Ebenholzstuhls mit einem dumpfen Aufprall zur Ruhe. Quietschend vor Angst schoss ein kleines, rubinglänzendes Fellbündel darunter hervor, fuhr ihm zwischen die Beine und versteckte sich hinter seinen Schuhen.

»Piumina«, murmelte Aurelius, nahm sie auf den Arm, wie es Nissa nun nie wieder tun würde, und begann, sie vorsichtig hinter den Ohren und am Hals unter dem schweren, mit Edelsteinen besetzten Halsband zu kraulen.

Seltsam, dass dieser Ring aus massivem Gold das Tierchen nicht stört, dachte er. Dabei muss er doch ziemlich schwer sein.

»Sie ist die Wächterin all meiner Geheimnisse …«

Nissas Worte klangen ihm noch in den Ohren. Mit zitternden Händen begann er fiebrig, das kostbare Halsband abzutasten, und löste es vom Hals des Mungos. Es war viel leichter, als man hätte denken können; es musste innen hohl sein!

Er betrachtete es aufmerksam: Ja, da war eine Art Ritze am Verschluss, genau unter dem größten Rubin, so fein, dass man das Halsband schon von sehr nahem ansehen musste, um die Stelle überhaupt zu entdecken. Vielleicht barg der Halsring ein Geheimfach. Er probierte es zunächst mit einem leichten Druck seiner Finger, dann versuchte er, es zu schütteln, drehte und wendete es in alle Richtungen – nichts!

Der Mungo fixierte ihn neugierig aus seinen wachen, glänzenden Äuglein, die so rot waren wie die Rubine, die er ihm unrechtmäßigerweise entwendet hatte. Plötzlich begann das Tierchen sich heftig zu putzen und verteilte dabei überall helle Haare. Als Aurelius seine blütenweiße Tunika abklopfte, nahm er eines davon zwischen die Finger und drehte es langsam hin und her. Es war extrem fein und doch unglaublich stabil.

Mit einem Satz sprang er auf, Piumina hüpfte erschreckt zu Boden. Er ergriff den Reif, führte das Haar in den kleinen Spalt und drehte es vorsichtig darin herum. Das Schmuckstück teilte sich in zwei Hälften und gab sein verborgenes Geheimnis preis.

Er nahm zwei Blätter aus allerfeinstem Papyrus heraus, die sorgfältig zwischen den Goldplatten zusammengefaltet lagen.

»In der siebten Stunde, an der Rückseite«, stand auf dem ersten Blatt in einer weiblichen Handschrift zu lesen, die von Sergia stammen musste. Aurelius fühlte, wie der Zorn in ihm hochkochte, als er sich Nissa vorstellte, wie sie die Botschaft vertrauensvoll las und in den Tod ging.

Das andere war eine Liste mit Namen von Offizieren, worunter er auch den von Papius Fatius erspähte, Befehlshaber der Legion im Orient.

XX

Sechster Tag vor den Kalenden des Juli

Am nächsten Tag saß Aurelius, wenig zuversichtlich, wartend auf einer Bank aus bemaltem Holz in einem der Flure auf dem Palatin. In den Falten seiner Toga versteckte er die zwei Zettelchen und einen kleinen, hohlen Halm zusammen mit einem Paar Nadeln: nicht gerade viel, um eine Verschwörung aufzudecken!

Der wachhabende Prätorianer vor der Tür ließ ihn keinen Moment aus den Augen, auch wenn sein Blick scheinbar streng geradeaus gerichtet war. Geduldig wartete Aurelius schon seit einer Stunde und fingerte nervös an dem purpurnen *laticlavium* seiner Tunika herum, während er in dem Versuch, seine Unruhe zu dämpfen, das Kommen und Gehen der Diener und Wachen beobachtete. Er hatte auch Pallas vorübergehen sehen, den einflussreichen Sekretär des Kaisers, der es in einer beispiellosen Karriere in wenigen Jahren vom Sklaven bis zum Minister gebracht hatte.

Der Freigelassene war vor ihm stehen geblieben und hatte ihn herausfordernd gemustert, in Erwartung der respektvollen Bewunderung, welche ihm auch die Adeligen zollten, um sich seines Wohlwollens zu versichern. Der Senator Statius hatte seinen Blick stirnrunzelnd erwidert, als könne er sich beim besten Willen nicht an seinen Namen erinnern. Pallas war gegangen, ohne die ihm gebührende Huldigung erhalten zu haben, die Lippen zu einem feinen Strich zusammengepresst. Wieder ein Feind mehr, hatte Aurelius gedacht, doch im Moment kam es ihm vor allem darauf an, seine Selbstachtung zu bewahren.

Auf einmal erklang über dem müßigen Geschwätz der Sklaven ein hoher und unleugbar falscher Ton, der von einem unbestimmten Punkt hinter den Beinen eines der beiden Schreibtische auszugehen schien, die vor einem der Büros standen. Die Beamten sahen sich verblüfft um, auf der Suche nach der Quelle des störenden Lärms.

Überraschenderweise erschien der Sänger auf allen vieren kriechend zwischen den Füßen der Schreiber: ein dickliches Kind, bewaffnet mit einer enormen Leier, der es ein grauenvolles Durcheinander schriller Töne entlockte.

Der Kleine war ganz offensichtlich auf der Suche nach einem Zuhörer. Kaum hatte er den vollkommen reglosen Senator auf seiner Bank entdeckt, beeilte er sich, sein schreckliches Werk zu vollenden und ein fachkundiges Urteil zu erbitten.

»Na, was hältst du davon?«, fragte er in ängstlicher Erwartung des Urteilsspruches.

Aurelius biss sich auf die Zunge: Was hätte es für einen Patrizier aus altem Adel, der darauf wartete, vor dem Kaiser angeklagt zu werden, für einen Sinn, einen kleinen Jungen, der so stolz auf seine Musik war, zu enttäuschen, indem er ihm die bittere Wahrheit sagte?

»Wunderbar, fast wie Orpheus!«, log der Senator folglich zerstreut, hoffte jedoch, dass er nicht gleich wieder beginnen würde.

»Wenn ich groß bin, werde ich Künstler!«, erklärte das Kind begeistert. »Ich bin ein Dichter, jawohl, ein Musiker, das ist ganz was anderes als all diese Bürokraten hier. Denk nur, wie langweilig es sein muss, Minister zu sein oder sogar Kaiser! Die haben doch keine Ahnung, weder von Kunst noch von Musik!«

»Lucius Domitianus, komm sofort hierher!«, rief ihn eine Magd zurück. »Wie oft habe ich dir schon gesagt, du sollst die Gäste deines Großonkels nicht mit deinen ohrenbetäubenden Liedern belästigen?«

Aurelius wollte gerade zu Gunsten des Kindes eingreifen, als die Tür aufging und ein Sklave ihm ein Zeichen gab, sich darauf vorzubereiten, vor Claudius zu treten.

Der Kaiser saß an seinem mit Papier überladenen Schreibtisch. Vor ihm standen die Sergier, Bruder und Schwester, und starrten den Senator feindselig an.

»Aurelius…«, begann Claudius, peinlich berührt. »Ich habe hier eine schwer wiegende Anklage gegen dich vorliegen: Mauricus beschuldigt dich, Nissa in deiner Sänfte ermordet zu haben. Er behauptet außerdem, dass du ihm die Massen auf den Hals gehetzt hast, dass du sie dazu gebracht hast, sein Haus anzugreifen. Und er legt Einspruch dagegen ein, dass du versuchst, ihn fälschlicherweise in eine Sache mit manipulierten Wetten hineinzuziehen, die von dem *lanista* Aufidius organisiert wurde. Bestimmt wirst du uns darlegen können, dass diese Vorwürfe unbegründet sind: Was hast du zu deiner Verteidigung vorzubringen?«, fragte er mit müder Stimme, aus der herauszuklingen schien: Und ich, der ich mir so viel von dir erwartet hatte…

Wenn es so stand, dachte Aurelius, konnte er gleich alles auf eine Karte setzen. Mit fester Stimme begann er Schritt für Schritt seine Hypothesen nebst den wenigen gesicherten Fakten darzulegen, angefangen von dem Blasrohr, mit dem Chelidonis ermordet worden war, über das gepanschte Gift, das der Gladiator getrunken hatte, die manipulierten Spiele und weiter über Turius, Heliodorus, Luridus bis hin zu der Verschwörung. Als er die beiden lächerlichen, zerknitterten

Fetzchen Papyrus in die Hände des Kaisers legte, hörte er förmlich den Knall, mit dem sein Leben zerbarst, und gleichzeitig das Geräusch des allmählich zerbröckelnden Imperiums.

»Wie ich dir schon gesagt habe, göttlicher Caesar, dieser Mensch ist verrückt! Er ist getrieben von einem vollkommen unbegründeten Hass gegen meine Person, durch den ich zum Opfer einer regelrechten Verfolgungsjagd geworden bin! Ich bitte in aller Form darum, dass du dem ein Ende bereitest, o Caesar!«

»Aber dieser Luridus …«, setzte Claudius betroffen an.

»Irgendein Unbekannter, von dem ich noch nie etwas gehört habe … Und wo soll der überhaupt sein, vorausgesetzt, er existiert wirklich«, fragte Mauricus mit einem höhnischen Lächeln.

»Im Tiber«, versetzte Aurelius. »Wie Vibonis und all die anderen.«

»Hörst du es, Göttlicher? Er hat meine Geliebte entführt, hat sie in seiner eigenen Sänfte ermordet und jetzt …«

»Sie war nicht *deine* Geliebte, sondern die deiner Schwester«, erklärte der Patrizier ruhig und sah Sergia fest an.

Die stand kerzengerade und hoch erhobenen Hauptes da und lächelte spöttisch. Wohl wissend, wie empfänglich der alte Claudius für weibliche Reize war, hatte sie sich gebührend auf die wichtige Audienz vorbereitet: Die Putzmacherinnen hatten verschiedene Schichten Puder aufgetragen, um ihre vom Alter und einem auschweifenden Leben gezeichnete Haut zu glätten, bis sie wie die eines jungen Mädchens aussah; dennoch waren die Spuren des übermäßigen Genusses von Wein und Aphrodisiaka, von denen Sergia, wie man sich erzählte, reichlich Gebrauch machte, an ihren dunkel umschatteten, leicht geschwollenen Augenlidern noch deutlich zu erkennen. Aurelius ertappte sich bei der Überlegung, ob auch Flaminia so aussehen würde, hätte die schreckliche Krankheit sie nicht derart verunstaltet, dass sie ihr Gesicht überhaupt nicht mehr zeigen konnte.

»Nissa hat dir vertraut, auf ihre Weise hat sie dich sogar geliebt. Und du, Sergia, hast sie wehrlos den Händen des Luridus ausgeliefert!«, schleuderte er ihr hasserfüllt entgegen. Von ganzem Herzen hoffte er, dass die kleine Schauspielerin zumindest gestorben war, ohne diesen letzten, schrecklichen Verrat zu erkennen.

»Ja, was glaubst du denn, was dieses Papier hier bedeutet?«, schrie Sergius, als müsse er einen ganzen Saal mit seiner voll tönenden Stimme ausfüllen. »Ist dir bewusst, göttlicher Caesar, dass dieser Wahnsinnige versucht, die Reputation eines heldenhaften Befehlshabers deines Reiches in den Dreck zu ziehen, nur weil er dessen Namen im Halsband des Schoßtierchens einer billigen Schauspielerin gefunden hat? Das ist ja, als ob man dic Verhaftung von Julius Caesar wegen Putschversuches gefordert hätte, bloß weil sein Name auf dem Halsband eines Wachhundes eingeprägt war.«

Claudius hob seine Augen nicht von den beiden Papyrusblättern. Die müde gesenkten Augenlider schienen dem Patrizier eine unmissverständliche Botschaft zu übermitteln. Aurelius war, als hörte er die stotternde Stimme seines alten Lehrers durch die geschlossenen Lippen: »In was für einen Schlamassel hast du mich da hineingeritten, Aurelius? Dieser Verbrecher hat gemordet, betrogen und konspiriert. Aber ich bin der Kaiser, und jetzt wirst du es sein, den ich verhaften lassen muss. Wie konntest du mir das antun, du verdammter Dickschädel!«

»Ich verlange, dass der Senator Publius Aurelius wegen Mordes, Verleumdung und Meineides vor Gericht gestellt wird. Das kannst du mir nicht abschlagen, göttlicher Caesar. Was würde das Volk dazu sagen, das sowieso schon erzürnt ist, weil du deine Prätorianer ausgeschickt hast, um das Haus dieses Irren zu schützen.« Sergius' Stimme wurde immer schriller, während er dem Kaiser seine Anklageschrift vorlegte.

Der Kaiser blieb eine Weile vollkommen unbeweglich sitzen, die allen unendlich lang vorkam: Hin und her gerissen zwischen der Zuneigung zu seinem ehemaligen Schüler und der Staatsräson, die ihn zwang, einen verhinderten Mörder zu begünstigen, konnte er sich nicht dazu durchringen, die unvermeidliche Entscheidung zu treffen. Wenn es nach ihm gegangen wäre, hätte er am liebsten die Prätorianer gerufen, diesen Mauricus abführen lassen, zusammen mit seiner Schwester, dieser Hure, sie alle beide ins Mammertinische Gefängnis werfen lassen und Aurelius freigesprochen. Doch seine Macht, ungeheuer groß und zerbrechlich zugleich, gründete sich auf das Wohlwollen der breiten Massen, die zu Füßen des Palatins wie die Ameisen geschäftig in den Straßen und Gassen der Stadt wimmelten, jederzeit bereit zu verurteilen, zu verdammen, in eine Revolte auszubrechen.

Seine faltige, von blauen Venen überzogene Hand hob sich unmerklich und brachte den funkelnden Ring mit dem kaiserlichen Siegel näher an die scharlachrote Tinte, mit der er die Anklage rechtskräftig machen würde … Der Finger verhielt in der Luft.

Wie kann ich nur?, fragte sich Claudius. Was nützt es mir, ein Gott auf Erden zu sein, wenn ich einen alten Freund opfern muss, um dem Feind einen Gefallen zu erweisen, der schon hinter meinem Rücken lauert? Wahrlich, der allmächtige Caesar ist mehr Sklave als der unterste seiner Schreiber!

Da riss plötzlich der Lärm eines Tumultes auf dem Flur den Kaiser aus seinen verbitterten Gedanken. Er hob verblüfft den Kopf: Wer wagte es, unmittelbar vor seiner Tür eine Schlägerei anzuzetteln?

»Götter des Olymp, wie konnte dieser Aufrührer bis hierher vordringen? Nehmt ihn sofort fest, er muss ein gedungener Mörder sein! Das heilige Leben des Kaisers ist bedroht!«, schrie der wachhabende Prätorianer aus vollem Hals und rief seine Kameraden zu Hilfe.

»Ein Mörder, Unsinn, bei Pluto, Neptun und allen anderen Söhnen der Rhea! Der Senator Publius Aurelius wartet dringend auf diesen Umschlag, ich muss ihn ihm unter allen Umständen überreichen! Der Kaiser muss ihn sehen, er enthält Beweise für eine Verschwörung!«

»Schafft diesen Unruhestifter weg, aber plötzlich!«, befahl der Offizier, und die Prätorianer machten den Unglücksraben dingfest und rissen ihn mit Gewalt vom Boden hoch.

Unterdessen hatte Aurelius, unter Missachtung jeglicher Etikette, dem Herrscher der Welt bereits den Rücken zugekehrt und war hinausgestürzt.

»*Domine*, endlich hast du mich gehört!«, rief Castor erleichtert aus und entwand sich geschickt dem harten Griff der beiden Soldaten, die ihn davonschleifen wollten. »Dass Claudius mich nicht gehört hat, kann ich ja gerade noch verstehen, taub wie er ist, aber du …«

»Was will dieser Mann?«, fuhr der Kaiser dazwischen, der mittlerweile mühselig bis an die Tür gehinkt war.

»Dir Beweise vorlegen für eine Verschwörung gegen dich, angezettelt von Sergius Mauricus und Papius Fatius, wie es mir mein Patron, Publius Aurelius, Senator von Rom, aufgetragen hat!«, gab Castor triumphierend zur Antwort und überreichte Claudius einen dicken Packen Briefe.

Der Alte öffnete den Umschlag noch in der Türe stehend, das kranke Bein am Türpfosten abgestützt. »Schau an, schau an … eine Vereinbarung zwischen Mauricus und

Fatius von vor fünf Jahren. Sergius, der den General zur Vorsicht mahnt ...«

Aurelius spürte ungläubig, wie eine unbändige Freude in ihm aufstieg, während sein Mund sich schon zu einem freudigen Lachen öffnete. Inzwischen fuhr Claudius fort, die Briefe durchzusehen: »Dokumente, die einen Verrat von Fatius belegen: eine schmutzige Abmachung mit den Parthern, und Mauricus war sein Komplize! Ja, jetzt erinnere ich mich: Eine Patrouille geriet in einen Hinterhalt, und keiner von ihnen ist lebend herausgekommen. Und sieh mal einer an: Hier ist sogar ein Brief von Sergius an Cassius Chaerea, noch aus der Zeit von Caligulas Herrschaft. Es ist darin die Rede davon, dass alle Mitgieder der kaiserlichen Familie kaltgestellt werden sollen, mich eingeschlossen. Hier ist genug, um nicht nur Rom, sondern das ganze Imperium zu überzeugen! Meine treuen Britannier, nehmt diesen Mann fest!«, donnerte er, bebend vor Empörung, und die beiden rothaarigen Riesen fielen mit bloßen Händen über den Anwalt her, indem sie ihre langen Speere einfach beiseite schleuderten. Aurelius sah den einen Speer gerade noch kommen, konnte jedoch nicht mehr rechtzeitig ausweichen: Zum Glück traf ihn der Schlag am Kopf leichter als erwartet und hinterließ nur eine Schürfwunde.

Einen Augenblick später stürzte er Sergia hinterher, die verzweifelt durch die Zimmer des Palastes zu entfliehen versuchte. Sie hatte die allgemeine Verwirrung ausgenutzt und rannte einen langen Flur entlang. Fast schon hatte sie die Prunktreppe erreicht, die zum Ausgang führte.

Aurelius sah sie von weitem, als sie gerade auf die Treppe einbog, und begriff, dass er sie nicht mehr rechtzeitig erreichen würde, um sie noch aufhalten zu können. Sergia, das sichere Ziel vor Augen, stieß einen Freudenschrei aus, als sie den Fuß auf die erste der hohen Stufen setzte.

Doch kurz darauf verwandelte sich ihr Triumph in einen grässlichen Angstschrei. Aurelius, dem das Herz bereits bis zum Halse schlug, kam gerade noch rechtzeitig, um zu sehen, wie sie vornüber stürzte und mit dem Kopf zuerst auf dem Boden der Halle aufschlug, das Genick gebrochen wie die arme Nissa.

Der Patrizier blickte auf den leblosen Körper herab und dankte dem Schicksal für diese Fügung, die ihr die Zangen des Henkers und die Schmach des Richtplatzes erspart hatte.

»Es ist immer ein Vergnügen, einem Musikkenner behilflich zu sein!«, grüßte ihn da Lucius Domitianus und schlenkerte bedeutsam einen für sein Alter viel zu großen Fuß. Anscheinend blieb er durch die Versuche, seinen Ammen zu entfliehen, in Übung und hatte eine außergewöhnliche Geschicklichkeit darin erworben, anderen ein Bein zu stellen.

Mit einem Augenzwinkern grüßte das Kind den Patrizier und hüpfte singend die Stufen hinab.

»Großartig, Aurelius, großartig! Einen Moment lang habe ich wirklich geglaubt, du würdest aufgeben, auch wenn ich tief in meinem Herzen wusste, dass du nicht scheitern würdest!«, umarmte ihn Claudius dankbar. »Wunderbar auch dein Freund. Ich glaube nicht, dass ich ihn schon kenne …«

»Castor aus Alexandria, zu Diensten, erlauchter Caesar!«, stellte sich der Freigelassene vor und versank in seine ehrfürchtigste Verbeugung.

»Komm und trink mit uns, Castor, das müssen wir feiern. Und bei den nächsten Spielen will ich dich an meiner Seite haben, auf der Ehrentribüne«, sagte Claudius, und Aurelius zitterte schon bei dem Gedanken, was dieser schamlose Alexandriner wohl mit der freizügigen Messalina alles anfangen würde.

Die drei erhoben die Becher, um anzustoßen, nicht ohne

vorher einige Tropfen Wein auf die Erde gesprengt zu haben, als Dank an die Götter.

»Auf Mars und Venus, die Beschützer Roms!«, rief der Kaiser, ganz leicht schwankend: Dies war sicher nicht der erste Becher Wein seines anstrengenden Arbeitstages.

»Auf Hermes, den Gott der…« In einem unverhofften Anfall von Taktgefühl versuchte Castor noch, seinen üblichen Trinkspruch zu korrigieren, kurz bevor ihm das Wort »Diebe« herausgerutscht war.

»Kaufleute!«, brachte er schließlich heraus, sehr zufrieden mit der gewählten Formulierung.

»Ich trinke auf Claudius, unseren Gott!«, erhob Aurelius seinen Kelch.

Gerade als sie erneut die Becher an die Lippen setzen wollten, strapazierte ein weiterer, scharfer Misston ihre Trommelfelle.

»Um der Götter willen, bring endlich einer Lucius zum Schweigen!«, befahl der Kaiser irritiert und erklärte: »Seit ich meiner Nichte Agrippina, die ja noch im Exil weilt, erlaubt habe, ihren Sohn herzuschicken, gibt es keinen Frieden mehr für meine Ohren!«

Aurelius nickte: Er kannte Agrippina, die erbitterte Rivalin der Kaiserin. Habgierig, arrogant, machtlüstern, war es mit der unwürdigen Tochter des großen Germanicus so weit gekommen, dass sie ein inzestuöses Verhältnis mit ihrem Bruder Caligula angefangen hatte, um ihren Einfluss auf ihn nicht zu verlieren, während ihr Ehemann, Domitianus Ahenobarbus, dem schändlichen Treiben zusah, ohne etwas dagegen zu unternehmen, weil er seinerseits seiner Schwester Lepida in mehr als brüderlicher Weise zugetan war. Armes Kind, dieser Lucius, was für ein Beispiel ihm seine Eltern abgaben! Zum Glück schien er ja den schönen Künsten zugeneigt, wenn auch ohne jedes Talent.

»Lass ihn nur singen, Claudius, er hat es sich verdient, er hat uns einen großen Dienst erwiesen«, lachte Aurelius und erzählte, wie er gerade rechtzeitig sein Bein in den Weg gestellt hatte.

»Er ist ein wenig sonderbar, wie alle Julier-Claudier«, scherzte der Kaiser, schon ein wenig angesäuselt. »Wenn man überlegt, dass ich noch der Normalste von allen bin!«

Und dann leerten die drei, der ehemalige Sklave, der Patrizier und der Kaiser, in kameradschaftlichem Einverständnis gemeinsam ihre Becher.

Nach zwei Stunden Zecherei und einigen Partien Würfelspiele, bei denen Castor zur großen Beschämung von Aurelius sich nicht enthalten hatte, seine phänomenale Geschicklichkeit beim Mogeln auch gegenüber dem Kaiser persönlich zu zeigen, zog der Grieche sich mit seiner kostbaren Einladung zu den Spielen zurück und ließ die beiden alten Freunde allein.

»Aurelius, was soll ich sagen? Ich habe dich gebeten, den Mord an einem Gladiator aufzuklären, und du hast eine Verschwörung aufgedeckt… Ich wusste schon immer, dass du nicht auf den Kopf gefallen bist, aber dass du es so weit bringen würdest!«, lachte der Alte.

»Ich hatte Glück!«, wiegelte Aurelius bescheiden ab und leerte den letzten Becher.

»Jetzt, wo ich dich wieder gefunden habe, lasse ich dich aber nicht so ohne weiteres gehen. Du brauchst gar nicht zu glauben, dass du jetzt einfach so zu deinen Büchern, deinen Kunstwerken und deinen faszinierenden Damen zurückkehren kannst.« Claudius zwinkerte ihm freundschaftlich zu: Es war kein Geheimnis, dass der Kaiser eine Schwäche für schöne Frauen hatte. »Und deinen alten Etruskischlehrer mit dem ganzen Schreibkram des Imperiums zurücklassen!«

»Tu mir das nicht an, Tiberius Claudius Caesar«, erwiderte der Senator und wurde plötzlich sehr ernst. »Das wäre zu viel des Guten für einen Freund, der dir nur geholfen hat.«

»Willst du wirklich nicht? Ich habe so wenig Leute, denen ich vertrauen kann.«

»Deine Ehefrau, deine Minister …«

»Ach, Narcissus und Pallas sind überaus fähig, sicher, aber sie stellen ihre eigenen Interessen über meine. Und Messalina ist jung, viel zu jung für mich«, seufzte er mit schleppender Stimme und schenkte sich zum wiederholten Male nach. Der Kaiser hatte viel getrunken und vertrug den Wein nicht mehr besonders gut: »Ich weiß, dass sie Liebhaber hat, was glaubst du denn? Ich bin schließlich nicht dumm, auch wenn sie mich damals, bevor ich diesen Purpur angelegt habe, ›Claudius, den Idioten‹ nannten. Aber sie ist fast vierzig Jahre jünger als ich, und ich muss so tun, als sei nichts, verstehst du, denn den Kaiser zu betrügen ist ein Kapitalverbrechen, und wenn ich sie beschuldigen würde, müsste ich sie auch bestrafen. Und ich liebe sie immer noch, trotz allem. Außerdem ist sie die Mutter meiner lieben Kleinen, Octavia und Britannicus … Sie kommen so sehr nach Valeria, man sollte nicht meinen, dass sie von einem Affen wie mir abstammen!«

Aurelius nickte, ohne zu antworten. Sicher, Claudius wusste von den lockeren Sitten Valeria Messalinas, aber wie lange noch würde er sich taub und blind stellen können?

»Wo waren wir stehen geblieben? Ach ja, das Amt bei Hofe«, fuhr der Kaiser beharrlich fort.

»Nein, Claudius, das ist mein letztes Wort.« Der Senator straffte sich.

»Dann sei es, wie du willst, Aurelius. Aber erweise mir

zumindest die Ehre, morgen während der Gladiatorenspiele an meiner Seite zu sitzen!«

»Aber bitte keine Beifallsstürme, ich habe sehr empfindliche Trommelfelle«, erbat sich der Patrizier, während er sich die falschen Versicherungen seines Kaisers anhörte.

In der Arena gefeiert ... gut, das würde zumindest ordentlich Eindruck auf die Damenwelt machen, tröstete er sich, und entschloss sich mitzuspielen.

XXI

Fünfter Tag vor den Kalenden des Juli

Am nächsten Tag zeigte sich Castor breit grinsend in der Tür seines Herrn.

Aurelius sprang auf. »Wie hast du das gemacht, du Sohn eines Gottes und einer Ziege; wie hast du das bloß gemacht, beim unsterblichen Hermes!« Er klopfte ihm mit der Hand auf den Rücken. »Du bist großartig, mein Freund, einzigartig!«

»Ich habe gar nichts tun müssen, *domine*, außer um einen Gefallen zu bitten.«

»Wen denn?«, fragte Aurelius ahnungslos.

»Jemanden, der von der Verschwörung wissen konnte und gleichzeitig bereit war, sie aufzudecken. Jemanden, der lange im Orient gelebt hat, in engem Kontakt mit General Fatius stand, vielleicht sogar persönlich an der Verschwörung teilhatte… Von einer Person, die einmal mächtig war, aber nun nichts mehr zu verlieren hat und die trotz allem nicht mit ansehen wollte, wie du in den Dreck gezogen wirst. Hier, nimm, das ist für dich«, sagte der Grieche und überreichte ihm ein Briefchen ohne Unterschrift oder Siegel. In einer eleganten Frauenhandschrift stand nur ein einziges Wort darauf: »*Vale*!«, lebe wohl.

»Flaminia! Sie, die mich noch nie ausstehen konnte! Es war eine Zwangsheirat, aus politischen Beweggründen, unser kurzes gemeinsames Leben war eine einzige Quälerei, für uns beide!«

»Vielleicht ist ihr etwas zu spät klar geworden, dass sie dich falsch eingeschätzt hat?«

»Und du, Castor, wie konntest du von ihr wissen? Als wir uns in Alexandria kennen gelernt haben, waren Flaminia und ich schon seit Jahren geschieden, und sie lebte längst in Syrien«, verwunderte sich Aurelius.

»Ein kluger Sklave sollte sich seinen Herrn mit Bedacht auswählen, *domine*: In Alexandria habe ich mich gut umgehört, bevor ich mich habe kaufen lassen.«

»Aber wenn ich dich doch halb tot von einem Richtblock gezerrt habe!«, staunte Aurelius, der in den Besitz Castors gelangt war, nachdem er ihn aus den Fängen der Amon-Priester befreit hatte, die ihn wegen eines kolossalen Betruges zu ihren Lasten, für den er verantwortlich war, hinrichten wollten.

»Sicher, *domine*, in der Not des Augenblicks konnte ich nicht ins Detail gehen, aber später hatte ich genug Gelegenheit, eins und eins zusammenzuzählen.«

»Und ich habe die Prüfung anscheinend bestanden«, stellte Aurelius erheitert fest. Also hatte es für Castor von Anfang an keine Geheimnisse in seinem Leben gegeben … »Umso besser! Wenn ich daran denke, dass ich beinahe durchgefallen wäre!«, witzelte er.

»Ich weiß die Menschen einzuschätzen, Patron; ich wusste sofort, mit wem ich es zu tun hatte«, beruhigte ihn der Grieche mit Stolz.

O unbezahlbarer Castor, dachte Aurelius in einer Aufwallung von Zuneigung, doch sofort kam ihm Xenia in den Sinn: Was hatte er sich nur dabei gedacht, sie Paris zu versprechen und so das Vertrauen seines treuen Sekretärs zu missbrauchen!

Da hörte er Servilius, wie er, nachdem er geräuschvoll das *vestibulum* betreten hatte, die ganze *familia* der Sklaven lautstark begrüßte. Hausangestellte, Sklaven, Mägde, Küchenjungen, Freigelassene, sogar der verschlafene Türsteher Fabellus kamen in den Genuss der allerherzlichsten Glückwünsche des braven Ritters.

»Wunderbar, vielen Dank!«, wiederholte er ein ums andere Mal. »Gratulation, ganz Rom spricht von euch!«

»Ritter«, grüßte ihn Castor ehrerbietig und zog sich eilends zurück.

»Aurelius, mein Ruf reicht schon bis zu den Sternen! Ich bin der Freund des Retters des Imperiums, heute Morgen quoll mein *atrium* vor Klienten nur so über, und Pomponia plant dir zu Ehren ein grandioses Gastmahl für den Abend nach den Spielen«, teilte ihm der gute Titus freudestrahlend mit. Dann verdüsterte sich seine Miene plötzlich; »Schade, Nissa wird nun nicht mehr dabei sein, die Arme …«, murmelte er betrübt.

Aurelius entschied, ein weiteres Mal über seine Beziehung zu der Schauspielerin zu schweigen. Was hätte es schon genützt, Servilius darüber aufzuklären, wie die Dinge in Wahrheit gelaufen waren? Er wollte den Freund nicht in seiner männlichen Eitelkeit kränken, indem er ihm entdeckte, wie wenig treu ihm seine Liebhaberin gewesen war. So hingegen würde Nissa in seinen geheimen Träumen für immer lebendig bleiben.

Doch Titus hielt die Augen weiterhin beschämt zu Boden gesenkt und stammelte irgendetwas Unverständliches.

»Weißt du, Publius, ich habe meine Pomponia wirklich schrecklich gern. Doch in letzter Zeit ist sie so anders, irgendwie seltsam … Würdest du mich auslachen, wenn ich dir gestehen würde, dass ich sie immer noch anziehend finde, nach so vielen Ehejahren?«

»Nein, ganz im Gegenteil! Das ist doch herrlich!«, erklärte Aurelius freudestrahlend. Es war geschafft, der gute alte Servilius hatte seine dicke Matrone wieder entdeckt! »Und ich kann euch nur beglückwünschen, ihr seid ein wunderbares Paar. Sei unbesorgt, ich werde gegenüber deiner Frau nie ein Sterbenswörtchen über dein kleines Abenteuer mit Nissa verlieren.«

»Wirklich, mein Verhältnis mit ihr…« Das Gestammel des Ritters wurde immer wirrer. »Tja, um ganz ehrlich zu sein, gab es ja nicht einmal eine richtige Affäre…«, flüsterte er am Ende reumütig.

»Wie das? Und das Brusttuch, das du mir gezeigt hast? Das war ihres, daran erinnere ich mich noch sehr gut!«, protestierte der Patrizier.

»Vergib mir, Aurelius, aber ich habe dich angelogen. Es sah so aus, als wärst du fest davon überzeugt, dass ich sie niemals erobern könnte, dass ich einfach nicht Manns genug dafür wäre, und dann habe ich… also, als dein Sekretär mir angeboten hat, mir dieses Kleidungsstück zu verkaufen, da konnte ich der Versuchung nicht widerstehen, dir etwas vorzumachen.«

»Castor! Dieser verdammte Betrüger hat mir dafür zehn Sesterzen abgeknöpft!«, fluchte Aurelius zornig. Schon wollte er nach ihm schicken lassen, besann sich dann aber rasch eines Besseren: Im Grunde waren zehn Sesterzen kein allzu hoher Preis dafür, dass er ihn, wenn nicht gar das ganze Römische Reich, vor einer Katastrophe bewahrt hatte.

»Und von mir hat er zwei Golddenare für das Brusttuch bekommen«, ergänzte Servilius bestürzt. »Aber wir sollten ihm deshalb keine Vorwürfe machen, ich bin es, der sich wie ein Dummkopf benommen hat: hinter diesem Mädchen her zu rennen, wo ich doch in den Händen einer so außergewöhnlichen Frau wie Pomponia bin! Zum Glück hat sie nichts von meiner Eskapade bemerkt. Aber jetzt ist das alles zu Ende, es tut mir nur so Leid wegen Nissa«, wiederholte er und kraulte dabei Piumina liebevoll, die, seit ihre Herrin verschwunden war, festen Wohnsitz auf Aurelius' Schoß genommen hatte.

»Mir auch... Im Grunde war sie nicht viel mehr als ein kleines Mädchen, das zu schnell erwachsen werden musste«, erklärte Aurelius betrübt, als er den Freund zur Tür brachte.

Kurze Zeit später, auf dem Weg in seine Schlafkammer, wo er sich ein wenig ausruhen wollte, traf er zu seiner großen Überraschung im Flur auf den Gladiator Gallicus. Der schien jeglichen Rest seiner kalten Überheblichkeit verloren zu haben und ließ mit einem geradezu verzweifelten Ton in der Stimme seinem Ärger über den adeligen Herrn freien Lauf:

»Du alter Schwerenöter von einem Senator!«, fuhr der Retiarier ihn wütend an. »Hättest du nicht noch einen Tag damit warten können, das Imperium zu retten? Noch einen einzigen Tag, und ich hätte es geschafft, meine Haut heil nach Hause zu tragen!«

»Was hat denn der hier zu suchen, Castor!«, rief der Patrizier irritiert aus. »Mein Haus ist zu einem Ableger des Forums geworden; ganz Rom spaziert hier ein und aus, und ich weiß nicht einmal davon! Ich sollte Fabellus wirklich ersetzen und mir einen anständigen Türhüter besorgen!«

»Das meinst du doch wohl nicht ernst, Herr?« Der Grieche war wirklich entsetzt. »Wer würde jemals einen alten, verschlafenen Sklaven als Türhüter kaufen? Lass ihn lieber da in Frieden sein Nickerchen machen und lege dich selbst ein wenig hin. Alles ist in bester Ordnung, und du hast es dir verdient, die Früchte deiner Arbeit zu genießen.«

»Ganz im Gegenteil, ich bin noch lange nicht fertig. Eine

Sache habe ich noch zu erledigen«, widersprach ihm Aurelius.

»Was denn noch, bei allen Göttern des Olymp?«, stammelte Castor und fürchtete schon, einen neuen Auftrag aufgehalst zu bekommen.

»Den Mörder von Chelidonis dingfest machen«, gab der Patrizier zurück und ließ seinen Sekretär starr vor Verwunderung zurück.

XXII

Dritter Tag vor den Kalenden des Juli

Das Amphitheater von Statilius Taurus platzte aus allen Nähten. Zum Teil hatten die Leute schon seit dem vorangegangenen Abend angestanden. Den Glücklichsten unter ihnen war es gelungen, einen Platz auf den hölzernen Sitzreihen zu ergattern, während viele andere bereits in einem unsicheren Gleichgewicht auf den Mauern saßen, welche die große Arena umgaben, und jeden Moment riskierten, lebensgefährlich abzustürzen. Schon sechs Personen waren von den Stufen gefallen und auf dem Boden aufgeschlagen, doch immer noch drängte eine ungeheure Menge herein. Sogar die marmornen Bänke in den Logen des Senats waren gesteckt voll, weil niemand das große Ereignis verpassen wollte.

In den Untergeschossen der Arena warteten angespannt und übernervös die Athleten. Dies war der große Tag: die erste wichtige Vorstellung seit dem Tod des Arenahelden, die Gelegenheit für jeden der Kämpfer, den leer gewordenen Thron zu erobern und den Platz des gefallenen Gladiators im Herzen des Publikums einzunehmen.

Die Mirmillonen ließen ihre Speere wirbeln und testeten die Widerstandskraft ihrer gallischen Schilde an den Mauern; die Thraker richteten ihre Beinschienen, ohne das kleine Messer aus den Augen zu lassen, mit welchem sie später die

Eingeweide des Gegners zerfleischen würden; die Samniter prüften den Sitz des Helms und befühlten die Spitze ihres langen Degens. Inmitten von allen trommelte sich Herkules, der Sarmate, seines nächsten Triumphes sicher, drohend auf den Brustkorb und stieß grauenvolle Kriegsschreie aus, um den Kampfgeist seiner Gegner schon im Voraus zu schwächen. Arduina lachte, verteilte aufmunternde Rückenschläge an ihre Kameraden und schloss auch jene nicht aus, die sie in wenigen Augenblicken töten würde; Quadratus saß tief bedrückt in einem Winkel und lauschte dem Brüllen der Raubtiere, die ihm zum Verhängnis werden sollten …

Abseits von allen lief Gallicus unruhig auf und ab. Mit großen Schritten überquerte er den gepflasterten Fußboden: bei Ares, ein Tag, ein verdammter Tag mehr, und der Vertrag wäre ausgelaufen! Die Götter Griechenlands und Roms hatten ihn seinem Schicksal überlassen; für sie, die sie auf ihren elfenbeinernen Thronen auf dem Olymp saßen, war er nichts weiter als ein Barbar.

Zum ersten Mal nach so vielen Jahren dachte der junge Mann an die Hütte, in der er aufgewachsen war, an den Vater mit seinem roten Schnurrbart und den langen Hosen, für den er sich immer geschämt hatte, an die Welt und die Menschen, die er verleugnet hatte, um römisch zu werden: bestickte Tuniken statt der groben Wollgewänder, Häuser aus Stein statt der niedrigen Hütten aus Lehm, kurz geschnittene Haare, das tägliche Bad, die süßen Laute des Lateinischen … Und irgendwann war ihm bewusst geworden, dass er sich kaum noch an einige, wenige Worte seiner Muttersprache erinnern konnte, hatte er verwundert festgestellt, dass sein an den Wein gewöhnter Gaumen den Geschmack der *cervisia* nicht mehr genießen konnte. Ja, er hatte es geschafft, von Kopf bis Fuß römisch zu werden, und war dabei, den Lohn dafür zu empfangen: das Privileg, zur Unterhaltung seiner ach so zivilisierten Mitbürger zu sterben… Ein Tag hätte ihm gereicht, ein einziger Tag, wiederholte er sich und zermarterte sein Hirn nach dem Namen eines Gottes, den er anrufen könnte. Keines griechischen, keines römischen Gottes, sondern eines Gottes der Druiden. Es fiel ihm keiner ein.

Also drehte er den blauen Ring am Finger, seinen einzigen Talisman, nahm sein Kurzschwert auf und wandte sich der Arena zu, sein Schicksal annehmend, vor dem sie alle, Freigelassene oder Sklaven, Kelten oder Römer, den Kopf neigen mussten.

Auf den Tribünen erhob sich derweil ein Jubelschrei. Der Kaiser war eingetroffen.

Claudius grüßte die begeisterte Menge mit ausladenden Gesten des Triumphes. Zu seiner Linken strich sich Castor, in einem eleganten, brandneuen griechischen *chiton*, mit Genugtuung über den gepflegten Bart und warf der schönen Messalina lange, verführerische Blicke zu, die, wie allgemein bekannt war, in Gegenwart eines interessanten Mannes die sozialen Unterschiede nicht so wichtig nahm.

Plötzlich jedoch runzelte der Grieche die Stirn: Hier, unter dem Ehrenbaldachin, zur Rechten des kaiserlichen Paares, sollte sein Herr und Patron sich in seinem ganzen Prunk niedergelassen haben, bereit, sich feiern zu lassen.

Doch der Platz war leer.

Aurelius kam ohne Probleme in den unterirdischen Gang hinein: Die Wachen wagten es nicht, dem umjubelten Ehrengast, dem Retter des Kaisers, dem die Menge huldigen würde, den Zutritt zu verweigern.

»Wann bist du dran?«, fragte der Senator und legte Quadratus väterlich eine Hand auf die Schulter.

»Erst am Schluss. Sie warten, bis die Leute genug vom

Blut haben, bis sie die ganz Armseligen aufs Feld schicken. Na ja, so schenken sie mir zumindest noch ein paar Stunden Leben«, sagte er mit Tränen in den Augen.

»Du kannst es schaffen, Quadratus! Kämpfe, verkaufe deine Haut teuer, du bist nicht schlechter als die anderen. Ich habe fünfzig Sesterzen auf deinen Sieg gesetzt!«

»Man sieht, dass du genug Geld hast, um es zum Fenster rauszuschmeißen, edler Statius.« Der Gladiator breitete hilflos die Arme aus. Aurelius ließ ihn allein und ging mit einem Seufzer weiter.

Die meisten Athleten waren schon in der Arena für die allgemeine Schlacht, das große Gemetzel: Die Besten würden sich erst danach einzeln präsentieren, in den Zweikämpfen und gegen die wilden Tiere.

Arduina verfolgte die Schlacht von einem der Mauerschlitze aus und wog dabei die lange Lanze in der Hand, mit der sie später allein gegen ein Rudel Wölfe antreten würde. Unter ihrem Helm hatte sie, ein wenig schief, eine getrocknete Rose stecken.

Sie bemerkte Aurelius erst, als dieser bereits hinter ihr stand.

»*Ave*, Senator, die hängen sich ordentlich rein, was?«, lachte die Britannierin ihn aufgeregt an.

Der Patrizier nahm ihr den langen Speer aus der Hand und hob ihn nickend hoch.

»Sind ziemlich leicht, diese britannischen Lanzen: Zum ersten Mal ist mir das aufgefallen, als ich deine in die Hand genommen habe, damals in der Kaserne, und dann noch mal im Palast, als mir die von dem Prätorianer an den Kopf geflogen ist. Im Unterschied zum Dreizack der Retiarier müssen sie hohl sein.«

»Und?«, fragte Arduina verblüfft.

»Hohl und mit einem Durchmesser, der ausreicht, um ein

Blasrohr darin zu verstecken. Und du hast lange Zeit auf deiner Insel gelebt und gekämpft, auf der Helleborus im Überfluss wächst. Ich habe in einer neuen Abhandlung über Geografie gelesen, dass ihr es auch benutzt, um mit vergifteten Pfeilen auf die Jagd zu gehen. Folglich musstest du es kennen. Ich wette, du hast es in den Wunden der Leichen, die im *spoliarium* gelagert werden, faulen lassen, um es noch wirksamer zu machen. Warum hast du Chelidonis ermordet, Arduina?«

Sie fixierte ihn aus den kleinen, grausamen Äuglein, und Aurelius sah einen Reflex instinktiver Verschlagenheit darin aufblitzen.

»Das geht nur mich was an, Senator!«, gab sie mit einem unverschämten Grinsen zurück.

»Ich glaube, ich weiß, warum: Du hast ihn geliebt.«

»Ich hab mich in ihn verknallt, hier tief drinnen. Aber ich habe es ihm nie gesagt.«

»Ich denke aber, dass Chelidonis es sehr wohl wusste und dass er auch mit Turius darüber gesprochen hat«, murmelte Aurelius. »Hast du ihn vielleicht aus Eifersucht ermordet?«

Ihr Gesicht veränderte seinen Ausdruck, und die erregte Miene verzog sich zu einer Maske aus Wut und Schmerz.

»Nein, seine Abenteuer waren mir egal. Der Grund war ein ganz anderer, und ich werde ihn dir verraten, Senator, weil du vielleicht der Einzige bist, der ihn verstehen kann: Von allen Männern, die ich je getroffen habe, bist du der Einzige, der mich wie eine Frau behandelt hat, statt wie einen Scherz der Natur... Ja, Chelidonis hatte bemerkt, dass ich eine Schwäche für ihn hatte, und er hat mich glauben gemacht, dass wir zusammen sein könnten... Ich ging also zu seiner Zelle, hatte mich für ihn gewaschen und gekämmt und dachte, er würde bei mir liegen.«

Arduina senkte den hässlichen Kopf, von dem noch der Rosenzweig herabhing, und spuckte verächtlich auf die Erde.

»Wie hat er sich amüsiert, das Schwein! Er saß da, schüttelte sich, hielt sich vor Lachen den Bauch und schrie: ›Du bist tatsächlich darauf reingefallen, du Dumme, du bist so blöd, dass du ehrlich geglaubt hast, ich würde mit dir ins Bett gehen!‹ Da wusste ich, dass ich ihn töten musste.«

Aurelius nickte. Eine Zurückweisung dieser Art war die schlimmste Beleidigung, die man einer Frau antun konnte, und Arduina war immer eine Frau gewesen, selbst unter dieser grotesken Männerkleidung: unglücklich, hässlich und gewalttätig, aber immer noch eine Frau und wie alle Frauen fähig zu Liebe, zu Stolz, zu Rache…

»Du hast auch Turius ermordet, weil er von der Erniedrigung wusste, die du erlitten hattest. Aber was hatte es mit dem Auge mit der doppelten Pupille auf sich, die bei seiner Leiche gefunden wurde?«

»Ach das! Das habe nicht ich in die Zelle gelegt; im Gegenteil, ich habe sogar auch eines in meiner Unterkunft gefunden. Das war dieses Tier, Herkules, der hat uns diese Amulette heimlich umgehängt, weil er dachte, so den bösen Blick auf uns zu lenken! Ich hatte nichts gegen Turius, er war im Grunde ein anständiger Kerl, aber er war der Einzige, der wusste, was zwischen mir und Chelidonis vorgefallen war: Ich konnte ihn nicht am Leben lassen, früher oder später wäre er darauf gekommen, dass ich es war… Am Anfang dachte ich noch, dass er bei dem ganzen Durcheinander mit den krummen Geschäften, die Chelidonis mit den Sergiern machte, nicht darauf kommen würde, was in Wirklichkeit passiert ist. Aber er muss sich daran erinnert haben, dass er mich einmal dabei beobachtet hat, wie ich das Blasrohr benutzt habe: Er hat angefangen, mich komisch anzusehen, und ich habe gehört, wie er um ein Gespräch mit dir gebeten hat, also musste ich ihn ausschalten. Niemand hätte je erfahren, wie Chelidonis mich behandelt hatte, mich, eine britannische Prinzessin!«

Aurelius senkte den Kopf. So hatte also, durch eine Reihe unglaublicher Zufälle, die Rache einer in ihrer innersten Weiblichkeit gekränkten Frau dem Kaiser persönlich das Leben gerettet!

Arduina, die sich kämmt, die sich auf eine Liebesnacht vorbereitet, vielleicht auf die erste ihres Lebens … Den Patrizier überkam eine Welle von Zuneigung, von Verständnis für dieses Mädchen, eingesperrt in den ungeschlachten Körper eines Mannweibs, und er beugte sich in einer spontanen Geste vor, um sie zu trösten.

Doch unvermittelt bekam sein zur Umarmung bereiter Körper Eisen zu spüren, links neben dem Brustbein, genau über dem Herzen.

»Ich muss auch dich töten, Senator, und es tut mir Leid, denn du bist der einzige Mann auf der Welt, der mir je Blumen geschenkt hat.« Arduina drückte die Lanze gegen Aurelius' Oberkörper.

»Du hättest nicht zu mir kommen sollen: Die Verschwörung der Sergier hätte alles wieder ins Lot gebracht und die ganze Schuld auf Turius abgewälzt.«

Aurelius schnellte zur anderen Seite und warf sich zu Boden, während der Stoß ins Leere ging. Fluchend gab sie ihm einen kräftigen Tritt mit dem eisenbewehrten Fuß und traf ihn in die Rippen. Auf dem Rücken liegend, den schmerzenden Kopf im Nacken, sah Aurelius die Lanze über sich pendeln: Er würde von der Hand einer Frau sterben, er, der er die Frauen so geliebt hatte.

Die scharfe Spitze, mit unerhörter Kraft geschleudert, war nur noch eine Handbreit von seinem ängstlich schlagenden Herz entfernt, als sie unverhofft auf Widerstand stieß: Im letzten Augenblick, als sie sich schon ins Fleisch senken wollte, warf sich ein Kurzschwert zwischen die schreckliche Lanze und Aurelius' Brust.

Die beiden Waffen trafen kreischend aufeinander. Aurelius biss die Zähne vor Schmerz zusammen, rollte sich auf dem Fußboden herum und warf sich gegen Arduinas Beine, die den ungeschickten Angreifer bereits entwaffnet hatte.

Sie ging zu Boden, und Aurelius stürzte sich auf sie, während Quadratus die Flucht ergriff, ohne auch nur sein Schwert aufzuheben.

Trotz seiner nicht unbeträchtlichen Kraft war es für Aurelius nicht leicht, die Britannierin festzuhalten. Lange rangen sie schweigend miteinander. Als Aurelius schließlich über ihr zu liegen kam, wand sie sich und wehrte sich wie ein Furie, bis sie schließlich ermattet aufgab und unbeweglich liegen blieb.

»Ich habe einen römischen Magistrat mit dem Tod bedroht, sie werden mich ans Kreuz schlagen«, winselte sie wie ein verwundetes Tier. »Ich, die ich mit der Waffe in der Hand fallen wollte, wie meine Vorfahren …«

Aurelius lockerte vorsichtig seinen Griff, nicht ohne sich vorher versichert zu haben, dass Lanze und Schwert außerhalb der Reichweite der schrecklichen Gladiatorin lagen.

»Arduina, wo bist du denn?«, rief eine Stimme aus dem Gang. »Du bist dran, sie lassen gleich die Wölfe herein, es sind fünf Stück, und sie haben schon seit zwei Tagen nichts mehr gefressen!«

Aurelius stand auf und ließ seine Gefangene frei. »Prinzessin Deirdre, du willst als Britannierin sterben?«, fragte er rau. »Dann geh, sie rufen nach dir!«

Eilig rappelte sie sich auf.

»Ich werde gehen, aber nur, wenn du kommst und mir zusiehst, Senator. Heute werde ich nur für dich kämpfen«, antwortete sie ungläubig mit einem halben Lächeln. Dann wandte sie sich auf dem Fuß um und schrie dem Wächter der Bestien zu: »Ich will zehn von diesen Wölfen, oder glaubt ihr etwa, ihr hättet es mit einem Schwächling zu tun?«

Sie nahm die Lanze auf und umklammerte sie mit festem Griff; dann nahm sie den Helm ab und steckte die Rose wieder ins Haar, wandte sich dem unbewaffneten Aurelius zu und täuschte einen Angriff vor.

Als Aurelius erschreckt zurücksprang, zog sie die Waffe zurück, brach in lautes Lachen aus und grüßte ihn spöttisch: »*Ave,* Aurelius, *moritura te salutat!*«

Dann trat sie forschen Schrittes in die weiß leuchtende Helle der Arena.

»Das hätte sie unmöglich schaffen können, mit zehn Wölfen!«, rief der neue *lanista* aus. »Was der nur wieder in den Kopf gekommen ist!«

»Welch ein Mut, was für eine Frau: Mehr als die Hälfte hat sie niedergemetzelt, bevor sie zerrissen wurde!«, kommentierten die *doctores* beifällig.

»Ja, aber wieso konnte sie sich nicht, wie vereinbart, mit fünf Bestien zufrieden geben? Sie war doch eine der beliebtesten Attraktionen in der Arena! Chelidonis, Turius, Heliodorus und jetzt auch noch Arduina: Bald können wir den Laden dichtmachen!«

»Uns bleibt immer noch Herkules, der Sarmate«, versuchte der Sklave, der die Speere polierte, vorsichtig einzuwerfen.

Der *lanista* wandte sich um, um ihn anzusehen: Irgendetwas kam ihm an dieser respektvollen und unterwürfigen Stimme bekannt vor, nur dass er sie mächtig und schrecklich in Erinnerung hatte, fähig, einen Fels ins Wanken zu bringen.

Der Sklave hob den Kopf, und die *doctores* erkannten zu ihrer großen Überraschung Aufidius! Wenn auch etwas gezeichnet von den Aufmerksamkeiten des Henkers, so war er doch alles in allem unversehrt geblieben und konnte den Göttern danken, dass er mit lebenslänglicher Sklaverei davongekommen war.

»Herkules ist auch tot, dieser Idiot!«, entdeckte ihm der neue *lanista*. »Er hatte gerade einen Samniter niedergestreckt und konnte der Versuchung nicht wiederstehen, ihm den Rücken zuzudrehen, um den Applaus des Publikums entgegenzunehmen. Da hatte sein Feind alle Zeit der Welt, wieder aufzustehen und ihn mit dem Schwert aufzuspießen. Jetzt bleiben mir nur noch die Versager, Taugenichtse wie dieser Quadratus. Ach, wo ist der übrigens? Der ist noch im Stande und kommt davon, während mir all die geschickteren Gladiatoren über die Klinge springen!«

»Hier bin ich«, präsentierte sich der Gladiator in voller Rüstung. »Dieses Mal werde ich mir Ruhm erwerben!«

»Ach, hau doch ab und lass dich massakrieren, ein für alle Mal!«, schrie ihn der Leiter der Gladiatorenschule giftig an. »Und bete zu den Göttern, dass du stirbst, denn wenn du überlebst, bekommst du es mit mir zu tun, du elender Feigling, du Nervensäge!«

Quadratus nickte und wandte sich zum Gehen.

»Einen Moment, dieser Mann gehört mir«, warf da Aurelius ein und trat aus dem Schatten.

»Aber Quadratus gehört zur kaiserlichen Schule«, entgegnete der *lanista*.

»Der Kaiser hat ihn mir für meine Verdienste zugesprochen.«

»Das ist unmöglich, er ist von einem ordentlichen Gericht verurteilt worden.«

»Der Caesar persönlich hat die Begnadigung vor wenigen

Augenblicken unterschrieben«, erklärte der Patrizier und wedelte dem *lanista* mit einer Papyrusrolle unter der Nase herum.

»Na, da hast du aber wirklich einen guten Kauf getan: Dieser Tollpatsch wird's nicht einmal bis morgen früh machen«, brummelte dieser und machte sich davon.

»Hör nicht auf ihn, Herr; ich werde dafür sorgen, dass du deine fünfhundert Sesterzen bekommst«, versprach Quadratus. »Du wirst sehen, auch ich werde ein Held der Arena.«

»Schade«, seufzte Aurelius. »Ich hätte einen guten Verwalter brauchen können, für ein Gut in den Albaner Bergen, keinen Steinwurf von der Stadt entfernt, und ich habe gedacht, ich könnte dabei auf dich zählen.«

»Ein Bauernhof… auf dem Land?«, fragte Quadratus und sah ungläubig drein.

»Na ja, ein bisschen mehr als ein Hof. Manche würden es vielleicht sogar als *latifundium* bezeichnen, aber wenn du keine Lust hast, dich darum zu kümmern… Ich dachte, mit deiner Erfahrung im Ackerbau könntest du mir dort nützlich sein, aber wenn du jetzt entschieden hast, ein Ass in der Arena zu werden…«

»Patron!«, rief Quadratus aus, warf sich ihm mit Tränen in den Augen zu Füßen und küsste ihm die Hand.

»Steh wieder auf, Quadratus. Ich, Publius Aurelius Statius, Senator von Rom, bin derjenige, der auf die Knie fallen müsste vor demjenigen, der mir das Leben gerettet hat… Jetzt reicht's aber mit diesem ganzen Tamtam hier. Komm lieber mit mir nach Hause, ich glaube, ich habe ein paar gebrochene Rippen!«

»Hatte einen ganz schön harten Schlag, dieses Mannweib, was? Aber ich hab sie aufgehalten!«, bekräftigte Quadratus, richtete sich stolz auf und geleitete seinen neuen Herrn aus dem Amphitheater hinaus: Sollte irgendjemand es wagen, seinen Patron anzugreifen, würde er es mit ihm zu tun bekommen.

Als Aurelius, gestützt auf den guten Quadratus, endlich den Fuß ins *vestibulum* seines großen Hauses setzte, waren Servilius und Pomponia schon da und hießen ihn begeistert willkommen.

»O Aurelius, ich bin immer noch ganz gerührt! Wie die Menge dem Retter des Kaisers gehuldigt hat! Da konnte ich die Tränen nicht mehr zurückhalten. Und hast du gesehen, wie Messalina dich förmlich mit den Augen verschlungen hat?« Die Matrone warf sich ihm selig an den Hals, wodurch ihre hoch getürmte, flammendrote Frisur bedrohlich ins Wanken geriet. Nachdem die Rivalin aus dem Weg geräumt war, war sie sehr bald wieder zu ihrer üblichen, exzentrischen und auffälligen Aufmachung zurückgekehrt; und als Allererstes hatte sie ihre Haare mit batavischem Schaum rot gefärbt.

»Claudius wird dich nur so überschütten.« Servilius, dem formale Ehrungen egal waren, dachte an eine Belohnung in klingender Münze.

»Ich habe meine Belohnung schon eingefordert, und sie ist mir gewährt worden«, erklärte Aurelius, während er auf den Ex-Gladiator Quadratus zeigte und den missbilligenden Blick des Ritters geflissentlich übersah.

»Und jetzt Schluss mit den Komplimenten. Ruft mir lieber Hipparcus, den Arzt. Ich hatte einen Unfall und habe mir, glaube ich, auch etwas gebrochen.« Aurelius hielt sich den schmerzenden Rumpf. »Wieso sind eigentlich Castor und Paris nicht hier, um mich in Empfang zu nehmen?«

»Da sind wir schon, Herr!«, antworteten die beiden wie aus einem Munde.

Finsteren Blickes kamen die zwei Freigelassenen aus dem

atrium. Beide waren sie in die leuchtend grüne Seide aus Taprobane gehüllt, die ursprünglich für die Kurtisane Cynthia bestimmt gewesen war.

»Der Arzt ist bereits im Haus«, versicherte der Grieche.

Ach, der gute Castor, beglückwünschte sich Aurelius, stets besorgt um die Gesundheit und das Wohlergehen seines Herrn.

»Er wird gleich nach dir sehen…«, ergänzte der Verwalter.

Auch der brave Paris, der ehrliche und treue Verwalter, las seinem Herrn jeden Wunsch von den Lippen ab, dachte Aurelius mit Genugtuung.

»…sobald er mit dem anderen Patienten fertig ist!«, schlossen die beiden Freigelassenen im Chor.

In diesem Moment flog die Tür zu Xenias Schlafkammer auf, und Hipparcus kam heraus, gefolgt von der Magd.

»Wird er durckommen, Doktor?«, fragte das Mädchen besorgt.

»Er hat einige Verletzungen, aber keine ist so schwer, dass sie ihn ins Grab bringen wird«, munterte der Arzt sie auf. »Sicher, er hat ordentlich Glück gehabt: Von neun Hieben mit dem *gladium* hat kein einziger ein lebenswichtiges Organ getroffen! Unter deiner liebevollen Pflege wird er bestimmt bald wieder auf die Beine kommen; die Liebe einer Frau kann Wunder wirken.«

Bestürzt sah Aurelius mit an, wie Xenia dem Doktor einen dicken Kuss auf die Wangen drückte und dann beglückt zu ihrem Patienten zurücklief.

»Wirklich sehr großzügig von dir, diesen Gladiator aufzunehmen und auf deine Kosten untersuchen zu lassen, und das alles nur, weil er mit deiner Sklavin verlobt ist«, meinte der Arzt zu ihm, während er Aurelius' gebrochene Rippen abtastete. »Sieh nur zu, dass er dir deine Ausgaben zurückerstattet: Er hat eine fabelhafte Abfindung nach dem Kampf erhalten. Der neue *lanista* hat ihm ein Vermögen geboten, damit er seinen Vertrag verlängert, aber er hat abgelehnt. Er möchte zusammen mit dem Mädchen ans Theater gehen. Du wirst sie ihm verkaufen, nicht wahr? Er kann es immer noch nicht glauben, er sagt, der Ring, den sie ihm als Liebespfand geschenkt hatte, hätte ihn in der Arena vor dem Tod bewahrt.«

»Ich wette, es ist ein Schmuckstück aus Lapislazuli, mit einem eingravierten, sich aufbäumenden Löwen«, stöhnte Aurelius, dem allmählich so einiges klar wurde.

Deshalb also trieb sich Gallicus ständig in seinem Haus herum.

»Ja, ein ziemlich kostbarer Ring. Diese Xenia hat einen guten Geschmack!«, bekräftigte der Arzt im Hinausgehen.

»Das kann man nun wirklich nicht behaupten!«, sagten Paris und Castor wie aus einem Munde und sahen ihn dabei schief an.

XXIII

Kalenden des Juli

Die opulenten Festlichkeiten waren am Abend zuvor mit einem Festmahl bei Pomponia zu Ende gegangen, von dem man sich noch lange erzählen würde. Pomponia war zu diesem Anlass als Isis verkleidet gewesen, Servilius an ihrer Seite hatte das Kostüm eines Pharaos getragen.

Im Haus des Aurelius hingegen war die Atmosphäre immer noch von Xenias überraschender Fahnenflucht geprägt: Castor durchstreifte nervös die Flure und trug eine finstere Miene wie eine Jungfrau vor dem Opferaltar zur Schau.

»Nun komm schon, ich kann einfach nicht glauben, dass sie dir so viel bedeutet hat«, versuchte Aurelius ihn aufzumuntern.

»Ach, Herr, diese Hände! So zart in ihren Liebkosungen und so leicht, wenn sie in die Börse gegriffen hat! Sie hat sich doch tatsächlich mit meinen gesamten Ersparnissen davongemacht, die zusammen mit meinen teuersten Erinnerungen und all den Fibeln verschwunden sind, die ich in so vielen Jahren ehrenhaften Dienstes zusammengeklaubt hatte!«

»Die wirst du von dem großzügigen Geschenk, das dir der Kaiser gemacht hat, doch wohl ersetzen können«, machte ihm Aurelius Mut. Innerlich war er heilfroh, dass die kleine Diebin sich für Gallicus entschieden hatte statt für seinen

Sekretär oder, was noch viel schlimmer gewesen wäre, für seinen würdigen Verwalter. »In einigen Tagen werden wir nach Baiae aufbrechen, da wirst du genug Abwechslung finden, um dich zu trösten: In den Thermen wimmelt es nur so von Damen, die sich gern hofieren lassen.«

»Ich kann nicht bis Baiae warten, ich bin viel zu niedergeschlagen. Ich bräuchte sofort etwas Zerstreuung: Es wäre sehr nett von dir, wenn du mir vielleicht ein wenig Ablenkung verschaffen könntest...«

»Was hältst du von einem Besuch im Freudenhaus, Castor? Such dir ein Mädchen aus, das dir gefällt!«

Der Grieche schaute entsetzt drein.

»Du hast aber eine geringe Meinung von mir, Patron, wenn du glaubst, dass eine stinkende *lupa* den Platz der unvergleichlichen Xenia in meinem Herzen einnehmen könnte!«

»Also dann eine etwas feinere Dame, vielleicht eine Hetäre...«

Castor erwachte unversehens zu neuem Leben: »Ich dachte an Cynthia, *domine*; wir könnten vielleicht gemeinsam dorthin gehen.«

»Aber das ist die teuerste Kurtisane von ganz Rom. Unter ihren Klienten sind sogar Minister und Senatoren...«, versuchte Aurelius zaghaft zu protestieren, obwohl er schon wusste, dass er diesem Wunsch entsprechen würde.

»Wunderbar, ich ziehe mir nur die Tunika an, und auf geht's!« Der Grieche schien auf einmal sehr lebhaft.

Was für ein Komödiant, der hat ganz sicher kein so gebrochenes Herz, wie er mir weismachen will, dachte Aurelius. Für Paris dagegen ist es wirklich ein harter Schlag gewesen: Der Ärmste hat sich solchen Illusionen hingegeben. In der Tat hatte sich der Verwalter seit drei Tagen in seinem Zimmer eingeschlossen, um seine Wunden zu lecken wie ein verletztes Tier.

In diesem Moment erschien das verletzte Tier in der Tür, gekleidet in dasselbe grüne Gewand wie Castor, die einzige Erinnerung an die untreue Geliebte. Das bartlose, magere Gesicht noch deutlich vom Unglück gezeichnet, zeigte sich doch auf dem Grund seiner Augen eine neue, ungewohnte Entschlossenheit.

»Ich habe mit angehört, wo ihr hinwollt. Ihr werdet spät zurückkommen, kann ich mir vorstellen.«

»Mach dir keine Sorgen, Paris; geh nur zu Bett, es wird nicht nötig sein, dass du auf uns wartest«, beschwichtigte ihn Aurelius eilig, der die Einstellung seines sittenstrengen Verwalters gegenüber den Kurtisanen nur zu gut kannte und der üblichen Gardinenpredigt möglichst aus dem Weg gehen wollte.

»Darum geht es nicht, Patron…« Der Freigelassene zögerte.

»Sprich nur: Brauchst du etwas, einen Schlaftee oder ein Tonikum?«, versuchte Aurelius ihm vorsichtig zu helfen. Er wagte es einfach nicht, dem bescheidenen und strikt enthaltsam lebenden Verwalter einen schönen Becher Wein zum Trost anzubieten.

»Also, in Wahrheit dachte ich…« Er lief dunkel an, dann stammelte er irgendetwas vollkommen Unverständliches.

»Wie bitte?«, fragte Aurelius, der kein Wort verstanden hatte.

Paris holte tief Luft und stieß in einem einzigen Atemzug einen einzigen gemurmelten Satz heraus: »Also, ich dachte, ob ich nicht zufällig mit euch mitkommen könnte«, dann senkte er den Kopf, um seine Verlegenheit zu verbergen.

Aurelius blieb vor Verblüffung der Mund offen stehen.

Im selben Moment war von der Tür her ein dumpfer Schlag zu hören: Castor, der gerade noch rechtzeitig an der

Tür angelangt war, um Paris' höchst erstaunliche Bitte mit anzuhören, war ohnmächtig zusammengebrochen.

Wenig später machte sich eine lange Prozession von *nomenclatores*, Ausrufern und Fächerträgern zum Aufbruch bereit.

Aurelius öffnete das *specularium* aus opakem Glas der brandneuen Sänfte und nahm zwischen den beiden Freigelassenen Platz, die beide in grüner Seide erstrahlten.

»Platz der Sänfte des Senators Statius«, schrien die Ausrufer und schwenkten die *funales*.

Alles in allem war es wohl doch vom Schicksal vorherbestimmt, dass dieser edle Stoff in Cynthias Haus enden sollte, dachte der Aurelius heiter, während der Zug, angeführt von den Fackelträgern, begann, sich durch die überfüllten und lärmenden Straßen der Hauptstadt der Welt zu winden.

Anhang

Im Schatten des Imperiums

Sitten, Gebräuche und Kuriositäten im Rom des Publius Aurelius Statius

Inhalt

Die Urbs zu Zeiten von Publius Aurelius

Denken wir an das Rom der Kaiserzeit, dann haben wir die klassizistische Kunst vor Augen, die Plastiken in den Museen, die Monumentalfilme aus Hollywood, und unsere Phantasie zeigt uns das blendende Weiß des Marmors, als hätte die Urbs überwiegend aus weißen Säulengängen und Obelisken bestanden.

In Wirklichkeit gab es zwar reichlich Marmor, jedoch war er nur eines von vielen Baumaterialien und nicht einmal das am verbreitetste. Rom war im Grunde eine Stadt der Ziegelsteine, manchmal nackt, manchmal verputzt und in jenen lebendigen Farben gestrichen, welche die heutigen Architekten dagegen so überaus sparsam einsetzen. Auch fast alle Statuen, Säulen, Friese und die Tore der Privathäuser waren bunt bemalt, wie die Farbreste, die an zahlreichen Gebäuden gefunden wurden, eindeutig bezeugen.

Eine Stadt voller Farben also, aber auch asymmetrisch, planlos und chaotisch, genau wie alle städtischen Agglomerate, die viel zu schnell und ohne jeden regulierenden Plan gewachsen sind; ganz im Gegensatz zu den anderen von den Römern begründeten Siedlungen, welche streng geometrisch, ausgehend von einem zentralen Platz, angelegt wurden, von dem die beiden Hauptstraßen lotrecht abgingen.

Die Urbs war eine große Metropole, die in mancher Hinsicht sehr modern war – zum Beispiel in ihrem Kanalisationsnetz – und andererseits stark den Hauptstädten der Entwicklungsländer in unserer Zeit ähnelte: Als sie ihre maximale Ausdehnung erreicht hatte, hatte sie anderthalb Millionen Einwohner, zwei Drittel davon waren männlichen Geschlechts, was zum einen auf die ungeheure Menge an Sklaven, zum anderen auf das Aussetzen weiblicher Säuglinge zurückzuführen ist.

Eineinhalb Millionen Menschen, zusammengepfercht in hohen, baufälligen *insulae,* riesigen Wohnanlagen, die bis zu fünf, sechs, ja sieben Stockwerke haben konnten und nur durch dünne Flechtzäune aus Holz in winzige Mietwohnungen ohne Feuerstelle, Rauchfang und sanitäre Einrichtungen aufgeteilt waren. Diese wackeligen Türme ruhten häufig auf unzureichenden Fundamenten, ganz abgesehen davon, dass die Eigentümer, den kaiserlichen Verordnungen zum Trotz, die Gebäude weit über das erlaubte Maß hochzogen und so die Einsturzgefahr noch erhöhten.

Die *insulae* waren miteinander durch ein Netz von Balkonen und Holzgerüsten verbunden, welche sich drohend über den Köpfen der Passanten mit ihrer Last aus Körben, aufgehängter Wäsche und Gefäßen voller Küchenkräuter erhoben. Darüber hinaus waren die Gassen zwischen den Gebäuden besonders eng. Es ist klar, dass infolge dessen das alte Rom rasch ein Opfer der Flammen werden konnte: Nicht von ungefähr bestand die Aufgabe der *vigiles nocturni* in erster Linie im Brandschutz und erst in zweiter Linie dem Eindämmen der Kriminalität. So sah es im Großen und Ganzen zur Zeit des Claudius aus. Im Übrigen wurden nach dem verheerenden Brand unter Nero die von den Flammen zerstörten Stadtviertel unter rationaleren Gesichtspunkten mit reichlich Zwischenraum zwischen den einzelnen Gebäuden wieder aufgebaut, sodass zumindest die Wagen der Feuerwehr hindurchpassten.

Die Römer machten sich jedoch nicht allzu viele Gedanken um die Stabilität ihrer ärmlichen Behausungen, da sie den größten Teil ihres Tages im Freien verbrachten, in den Straßen, auf den Plätzen und in den öffentlichen Gebäuden; viele gingen nicht einmal zum Mittagessen nach Hause, welches man in den *thermipolia* und *popinae* einnahm – den Fastfood-Restaurants der damaligen Zeit – oder direkt am Straßenrand, wo man bei den fliegenden Händlern Würstchen, Pfannkuchen aus Kichererbsen und Bohneneintopf kaufen konnte.

Dennoch war das Leben in den *insulae* alles andere als angenehm, besonders für diejenigen, die direkt unterm Dach hausten. Je höher der Mieter wohnte, umso unbequemer wurde es: Der Dachboden war die letzte Zuflucht der Enterbten und der Tagelöhner, welche unter losen Dachpfannen schliefen, durch die der Regen hindurchkam, und die ihr Trinkwasser Stufe für Stufe eine Treppe hinauftragen mussten, welche manchmal aus nicht viel mehr als einer schwankenden Holzkonstruktion an der Außenwand bestand.

Die Privilegierten lebten in einem großen Einfamilienhaus, der *domus*, kamen in den Genuss fließenden Wassers, privater sanitärer Einrichtungen und sogar einer Heizung, allerdings nur im Erdgeschoss und zu exorbitanten Kosten. Von diesen weitläufigen und reich ausgestatteten Herrenhäusern gab es etwa tausendsiebenhundert in Rom. Nicht alle jedoch bestanden nur aus einem Stockwerk oder waren einer einzigen Familie vorbehalten. Über manchen befanden sich weitere Stockwerke mit Wohnungen, und die Zimmer zur Straße hinaus waren an Geschäfte und Werkstätten vermietet.

Dem eher notdürftigen privaten Bauwesen, zumindest für die armen Bevölkerungsschichten, standen öffentliche, weitläufige bequeme Gebäude in Hülle und Fülle gegenüber, die so stabil gebaut waren, dass sie die Jahrhunderte, ja Jahrtausende überdauert haben. Einige von ihnen stehen heute noch und werden zu verschiedensten Zwecken genutzt.

Sie wurden nicht nur von staatlichen Organen errichtet – man zahlte schließlich Steuern, und das nicht zu knapp –, sondern vor allem auch von den zahlreichen großzügigen Spendern. Im Übrigen hätte kein Politiker und später auch kein Kaiser darauf verzichtet, seinen Namen mit einem nützlichen Bauwerk zu verbinden, welches er dem Volk zum Geschenk machte: So entstanden die großen Basiliken, wo Geschäfte verhandelt und Recht gesprochen wurde; die Theater, wie das des Pompeius, das vierzigtausend Plätze umfasste und dessen Grundriss noch in den Gebäuden erkennbar ist, die nun an seiner Stelle stehen, oder jenes des Marcellus, welches heute noch fast vollständig erhalten ist; die Arenen für die Gladiatorenspiele, die Säulengänge, die Gärten und schließlich die großen Markthallen, darunter das Macellum der Livia und, aus einer etwas späteren Epoche, die trajanischen Markthallen, ein ganz hervorragendes Beispiel für die Handelszentren der Antike, ein Bauwerk, welches heute noch den Vergleich mit ähnlichen Gebäuden nicht zu scheuen braucht.

Natürlich durften in einer Gesellschaft, welche die Freuden des Körpers ohne Scheu mit denen des Geistes verband, Bäder ebenso wenig fehlen wie Bibliotheken.

Unter den zahlreichen Thermen der Urbs waren die des Agrippa am bekanntesten, zu denen jedermann freien Eintritt hatte. Abgesehen davon kostete der Eintritt in ein öffentliches Bad herzlich wenig: nur ein Viertel As, also ungefähr ein Vierundzwanzigstel dessen, was eine einfache Familie mit Sklaven für den täglichen Einkauf brauchte.

Die Caesaren übertrafen sich einer nach dem anderen (Nero, Domitian, Caracalla ...) darin, immense Badeanstalten zu errichten, deren gigantische Ausmaße sogar heute noch Erstaunen hervorrufen: Man bedenke nur, dass Michelangelo die ganze Kirche Santa Maria degli Angeli aus einem einzigen Saal der Thermen des Diokletian erbaute!

Auch die kulturellen Bedürfnisse wurden nicht vernachlässigt. Im Rom der späten Kaiserzeit zählte man gut 28 öffentliche Bibliotheken, wovon viele noch aus den Anfängen des Imperiums stammten. Die erste wurde zu Beginn unserer Zeitrechnung von Asinius Pollio errichtet, der sie auf dem Sattel zwischen Quirinial und Kapitol ansiedelte, einem Felsvorsprung, der später von Trajan geebnet wurde, um Platz für die berühmten Markthallen zu schaffen. Die größte Bibliothek, dem Apollo geweiht, war hingegen ein persönliches Geschenk von Kaiser Augustus an das römische Volk, dessen sicher nicht ganz uneigennütziger Großzügigkeit auch die oktavianischen Kolonnaden, der Tempel des Mars Ultor und die gigantische Sonnenuhr auf dem Marsfeld, deren Zeiger ein ägyptischer Obelisk bildet, zu verdanken sind.

Eine ganze Menge wunderbarer Gebäude also. Aber wie konnte man sie im Chaos der schier unendlichen Urbs finden? Tatsächlich gab es in Rom, genau wie heutzutage in einigen großen, orientalischen Städten, nicht immer eine verlässliche Adresse, die man sich aufschreiben konnte. Die Hauptstraßen hatten natürlich Namen wie die Via Sacra, der Clivius Capitolinus, der Vicus Tuscum, Vicus Patricius, das Argiletum und die Via Lata, ganz zu schweigen von den großen Verkehrsadern Via Appia, Latina, Tiburtina, Cassia, Salaria, Aurelia, Praenestina, die an den Mauern Roms ihren Ursprung hatten. Problematisch wurde es hingegen bei den kleinen, unbekannten Gassen und Gässchen: Hier musste man sich auf ein Bauwerk in der Nähe beziehen und zum Beispiel auf »die dritte *insula* nach dem Janus-Bogen« oder »das Haus an der linken Seite der Porta Caeliomontana« oder sogar »den Laden hinter dem Fortuna-Tempel« und so weiter verweisen.

Es war nicht nur schwierig, einen bestimmten Ort zu finden, sondern auch ein Stück harter Arbeit, ihn aufzusuchen in einer so ausgedehnten Stadt, die bei Tage für alle von Tieren gezogenen Wagen gesperrt war, ausgenommen den Wagen der Vestalischen Jungfrauen. Caesars Dekret, welches Rom tagsüber in eine riesige Fußgängerzone verwandelte, blieb jahrhundertelang in Kraft. Folglich wurden Lebensmittel für anderthalb Millionen Einwohner ausschließlich nachts angeliefert. Die Folge waren nicht nur außerordentlich dunkle, sondern auch schrecklich laute Nächte.

Als sei das noch nicht genug, waren die Preise in der Urbs exorbitant: Die Miete für ein feuchtes Loch unter dem Dach betrug genauso viel wie für ein kleines Häuschen auf dem Lande mit etwas Grundbesitz.

Chaotisch, überfüllt, unbequem, und man zahlte deftige Steuern: Das alte Rom war alles andere als eine menschenwürdige Stadt. Und dennoch träumten Menschen aus aller Herren Länder von nichts anderem, als dort zu leben …

Die Gladiatoren

Gladiatorenspiele oder *munera* waren schon bei den Etruskern üblich und wurden früh von Rom übernommen. Schriftlich belegt ist ein Wettkampf erstmals 264 vor Christus, anlässlich der Begräbnisfeierlichkeiten für Junius Brutus: In diesen Trauerspielen mischte sich die Tradition, Menschenopfer darzubringen, um den Geist des Verstorbenen zu besänftigen, mit der Sitte der mediterranen Völker, Wettläufe zu seinen Ehren abzuhalten.

Mit den Eroberungskriegen trug auch die Ehre, welche man den Besiegten erwies (und welche wiederum diejenige der Sieger noch steigerte), zum Erfolg dieser Art von Schauspiel bei, wobei man die gerade geschlagenen Schlachten zur Unterhaltung derjenigen nachstellte, welche zu Hause geblieben waren.

Es war jedoch die Politik, welche den *munera* ihre enorme Popularität bescherte: Die öffentlichen Spiele in der Arena wurden schon bald ein optimales Karrieresprungbrett für diejenigen, welche nach beruflichem Erfolg strebten, und die Üppigkeit der Spiele wuchs bald ins Unermessliche, ebenso wie die Zahl der Zweikämpfe und der Toten.

Bereits im Jahrhundert vor Christi Geburt waren die *munera* ein großes Spektakel für die Massen. Jedoch zeigte sich zu dieser Zeit an der Revolte des Spartakus auch, welche Gefahren sie bargen.

Der berühmte Rebell thrakischer Herkunft kam aus Capua, der Stadt mit den besten Ausbildungsstätten der Halbinsel, wo die Gladiatur bereits eine mehrere Jahrhunderte alte Tradition besaß. Er und seine Genossen, denen sich eine Vielzahl entflohener Sklaven anschloss, waren bestens ausgebildet, vielleicht sogar besser als die Legionäre, und hatten bei den ersten Schlachten leichtes Spiel, vielleicht allerdings auch, weil die Römer das Können jener überraschenden Gegner unterschätzt und lediglich zwei Legionen in den Kampf geschickt hatten.

Nach der unerwarteten und herben Niederlage gegen niedere Sklaven ging die Urbs in Deckung und brachte gegen den thrakischen Gladiator das größte Truppenaufgebot aller Zeiten in Stellung: die vereinten Legionen von Pompeius, Crassus und Lukullus. Spartakus war eigentlich schon auf der Flucht nach Gallien, wo er leicht sichere Zuflucht gefunden hätte, als er, berauscht von den ersten Siegen, die Front umging und direkt auf die Urbs zumarschierte: ein fataler Fehler, der seine Vernichtung besiegelte.

Die Leichen der sechstausend Überlebenden der Schlacht, welche alle ihrem erheblichen wirtschaftlichen Wert zum Trotz gekreuzigt worden waren, wurden tagelang an der Straße von Capua nach Rom ausgestellt, zur ewigen Warnung aller anderen potenziellen Rebellen. Nachdem sie die Revolte des Spartacus in Blut ertränkt hatten, wurden die Römer vorsichtiger und versuchten, unangenehme Überraschungen wie diese in Zukunft zu vermeiden: So wurde zum Beispiel strengstens dafür gesorgt, dass die Gladiatoren außerhalb der Übungen oder der Kämpfe in der Arena keinen Zugang zu den Waffen hatten.

Als die Kaiserzeit anbrach, waren die *munera* schon zur Staatsangelegenheit oder, wie man heute sagen würden, ein Millionengeschäft geworden. Schon Caesar, welcher in großen Dimensionen dachte, hatte tausende von Duellanten und wilden Tieren in die Arena geschafft, weil er auf diese Weise die Gunst der Plebs für seinen Aufstieg zur Macht erringen wollte. Seine Nachfolger versuchten später nichts anderes, als ihn an Quantität und Prunk zu übertreffen.

Berühmt wurde die *naumachia* – die Seeschlacht –, die von Augustus in der Tiberebene veranstaltet wurde; noch mehr Erfolg hatte diejenige von Claudius 52 nach Christus. Letztere fand auf dem Fucciner See statt, den der Imperator trocken legen lassen wollte, und setzte eine Schlacht der Rhodier gegen die Sizilianer in Szene: Es schlugen sich neunzehntausend Gladiatoren, alles zum Tode verurteilte Verbrecher. Dies war die einzige Gelegenheit, bei der belegt ist, dass der berühmte Gruß der Gladiatoren: »*Ave imperator, morituri te salutant!*« – »Sei gegrüßt, Kaiser, die, die sterben werden, erbieten dir ihren Gruß!«, tatsächlich dargebracht wurde. Mit der rituellen Antwort: »*Aut non!*« – »Vielleicht auch nicht!« – hätte Claudius beinahe einen fatalen Fehler gemacht, denn die Verurteilten glaubten, sie seien begnadigt worden, und weigerten sich zunächst zu kämpfen. Nachdem der Irrtum geklärt war, machten sie jedoch ihrem Ruf alle Ehre und boten ein Schauspiel erster Güte, bei dem sie »weder sich selbst, noch dem Feind etwas ersparten«, wie Tacitus in seinen *Annalen* schreibt.

Selbstverständlich fielen nicht alle Gladiatoren auf dem Platz, sonst wäre der Gladiatorenberuf nicht so beliebt gewesen. Viele, die sich ehrenhaft geschlagen hatten, wurden begnadigt, selbst wenn sie den Kampf verloren hatten. Dies geht aus einer detaillierten Statistik von Siegen, Kämpfen und Begnadigungen hervor, welche ein Zuschauer im Amphitheater vom Pompei notiert hatte, eine Tabelle, die bis heute erhalten ist.

Der Veranstalter der *munera* hatte das Recht, den Besiegten zu begnadigen, jedoch folgte er darin immer den Zeichen des Publikums, welches »*Mitte!*« – »Lass ihn gehen!« – oder »*Iugula!*« – »Stich ihn ab!« – rief. Dann zeigte der Veranstalter der Spiele seine Entscheidung an, indem er die geöffnete Hand mit dem Daumen nach oben hielt, um den Gladiator zu verschonen; oder er ordnete mit der zur Faust geschlossenen Hand und dem Daumen nach unten den vernichtenden Streich an.

Hatten sich beide Duellanten gleichermaßen hervorgetan und war der Kampf unentschieden ausgegangen, wurden häufig auch beide begnadigt. Kein Erbarmen gab es jedoch für diejenigen, die sich feige zeigten; vor allem Mut, noch vor Geschicklichkeit, war es, was die *quirites* bewundern wollten. Der Gladiator sollte ohne Klagen bereit sein, in den Tod zu gehen, am besten noch mit einem Lächeln auf den Lippen. Wer um sein Leben gefleht oder, noch schlimmer, die Flucht ergriffen hatte, wurde unmittelbar verfolgt und niedergemetzelt.

Es gab verschiedene Arten von Gladiatoren, die beliebteste Gattung waren jedoch die Retiarier, welche mit Netz und Dreizack gegen auf verschiedenste Weise bewaffnete Gegner antraten. Besonders typisch war das Duell zwischen Retiarier und Thraker, der mit einem Kurzschwert bewaffnet war und zum Schutz Helm und Schild trug. Sehr gefragt war auch die Hatz auf wilde Tiere. Sie fand meist morgens statt, die Arena wurde so hergerichtet, dass sie den natürlichen Lebensraum widerspiegelte, aus dem die Tiere stammten. Die Anzahl und Vielfalt der getöteten Tiere war beeindruckend. Damit die Tiere direkt auf der Bühne freigelassen werden konnten, verwendete man Lastenaufzüge, mit denen die Käfige aus den Untergeschossen auf Höhe der Arena transportiert wurden. Ein Modell dieser antiken Aufzüge ist heute im Museo della Civiltà Romana der Weltausstellung in Rom zu besichtigen.

Doch wer waren diese Gladiatoren, und aus welchen Gründen übten sie einen so gefährlichen Beruf aus?

Man konnte aus einer Vielzahl von Beweggründen in die Gladiatur eintreten. Den Normalfall stellte der Kriegsgefangene dar, welcher, statt sofort hingerichtet zu werden, die Gelegenheit bekam, sich vor Publikum zu schlagen, um sein Leben zu retten. Dasselbe geschah häufig mit Verurteilten: Die Wahl zwischen dem sicheren Tod durch den Strang und dem offenen Ausgang eines anständigen Kampfes machte die Spiele zu einer Form möglicher Gnade, die demjenigen erwiesen wurde, der sich der Waffen als würdig erwies.

Es gab verschiedene Formen der Verurteilung zu den Spielen: die unausweichlichen (*ad bestias* und *ad gladium*), die den Schuldigen ohne jegliche Vorbereitung in die Arena schickten und ihn zu Schlachtfleisch herabwürdigten; *ad ludum* war die mildeste Strafe und beinhaltete auch eine Vorbereitungszeit in einem *ludum*, einer Gladiatorenschule.

Am bedauernswertesten waren wohl die in Ungnade gefallenen Sklaven, denen die Gladiatur als Strafe für ein schweres Vergehen auferlegt wurde. Es gibt Berichte über einen Günstling des Vittelius, der sich einige Diebstähle und Widersetzlichkeit gegenüber seinem mächtigen Liebhaber hatte zu Schulden kommen lassen und dafür in die Arena geschickt wurde. Sein Herr errettete ihn in letzter Minute und war sich nun sicher, dass der Sklave sich nach einer solchen Lektion zugänglicher zeigen würde.

Schließlich gab es da noch die *autocrati*, also die Freiwilligen, und dies waren nicht wenige: Die Gladiatur lockte mit Ruhm und schnellem Geld – wie die einträglichen Sportarten unserer Zeit –, sodass viele hoffnungsvolle junge Männer sich darum rissen, in die Schule einzutreten.

Der Bekanntheit, der Ruhm und der jubelnde Applaus der Menge waren so befriedigend, dass manchmal sogar reiche und mächtige Persönlichkeiten danach trachteten, wie zum Beispiel zwei Senatoren aus der Zeit Caesars, die dem Drang nicht widerstehen konnten, die Gladiatoren tatkräftig zu unterstützen; oder der Imperator Commodus, der oft genug seine konservativeren Zeitgenossen vor den Kopf stieß, indem er persönlich zum Kämpfen in die Arena hinabstieg. Selbstverständlich fehlte es auch nicht an erbitterten Gegnern dieser blutigen Unterhaltungen. Darunter waren viele Stoiker, allen voran Seneca, der in seinen Briefen an Lucilius schrieb: »Wer einmal gemordet hat, muss sich nun mit anderen schlagen, die danach trachten, ihn umzubringen, und der Sieger wird nur verschont, damit er sich ein andermal umbringen lassen kann …«

Dennoch blieb die Gegnerschaft der Stoiker relativ folgenlos, und die *munera* blieben, zusammen mit den Wagenrennen, die beliebteste Sportveranstaltung der römischen Welt. Damit sie auch überall durchgeführt werden konnten, wurden viele Städte des Imperiums, kleine wie große, mit Amphitheatern ausgestattet: in Europa, Nordafrika und im Mittleren Osten sind auf diese Weise an die zweihundert zusammengekommen.

Nicht wenige jener beeindruckenden Bauwerke haben die Jahrhunderte überdauert und wurden Stückchen für Stückchen für weniger blutige Schauspiele umgebaut, wie das Kolosseum, die Arena von Verona, Pola in Kroatien, Arles in Frankreich, El Djem in Tunesien, Trier in Deutschland oder die Amphitheater von Pozzuoli, Capua, Pompei, Arezzo und viele andere. Sogar in Paris, hinter dem botanischen Garten, sieht man im Inneren eines Parks noch die Stufen einer kleinen Arena.

Die Pantomime

Ungeachtet der Missbilligung der Moralisten wurde die Pantomime in der Kaiserzeit zur beliebtesten Gattung im Theater und übertraf bei weitem die klassische Kommödie nach Plautus und Terentius an Popularität, ja sogar die berühmten *fabulae atellanae*, volkstümliche Stegreif–Lustspiele, die mit einem festen Repertoire an Charaktertypen arbeiteten, die in Masken auftraten, wie etwa Maccus (der Hanswurst und Tölpel), Bucco (der Aufschneider, der am Ende immer Prügel bezog), Pappus (der alte, lüsterne Geizkragen) und Dossenus (der bucklig-pfiffige Wucherer).

In der Pantomime war die Handlung – im Allgemeinen ging es um verwickelte Ehebruchsgeschichten oder die erotische Parodie mythologischer Episoden – deutlich weniger wichtig als die komödiantischen Fähigkeiten des Schauspielers, welcher ganz nach Belieben improvisieren konnte: Die Vorstellung lebte von den Gesten und der schlüpfrigen und zotigen Sprache, welche immer wieder den Zorn der empörten Zensoren heraufbeschwor.

Allerdings verdanken wir den heftigsten Kritikern dieser Art von Theater – vor allem den christlichen Schriftstellern – auch die detailliertesten Kenntnisse darüber: Um die Verwerflichkeit der Pantomime anzuprangern, mussten sie sie in all ihrer Niedertracht und Obszönität minuziös beschreiben; dank ihres moralistischen Eifers können wir uns heute diese Form der Unterhaltung relativ genau vorstellen. Die Gewagtheit und Zügellosigkeit der Szenen, die Laszivität und Skurrilität der Texte sowie der Brauch, in äußerst leichter Bekleidung oder sogar ganz nackt zu spielen – eine gewisse Arbuscula wurde entlassen, weil sie sich weigerte, allzu gewagte Szenen aufzuführen –, waren den Konservativen ein Graus, welche sich darin zu übertreffen suchten, die Pantomime immer wieder außergewöhnlich heftig anzugreifen.

Die *mimulae*, also die Diven dieser Art von Theater, wurden von denselben Leuten zur *persona abiecta* erklärt, welche ins Theater kamen und ihnen zujubelten; sie standen somit auf einer gesellschaftlichen Stufe mit den Prostituierten, auch wenn viele Römer, fasziniert vom Charisma solcher Schauspielerinnen, zu den größten Dummheiten bereit waren, um ihre Gunst zu erlangen, was sich zum Beispiel darin widerspiegelte, dass Augustus den Senatoren explizit verbieten musste, die Ehe mit einigen von ihnen einzugehen. Was die *mimulae* jedoch nicht davon abhielt, mehr oder weniger ungehindert in der feinen Gesellschaft ein und aus zu gehen und üppige Geschenke aus den Händen hochrangiger Bürger entgegenzunehmen. Eine Sitte übrigens, die auch bei den Kollegen des Maskentheaters gepflegt wurde, die häufig von reichen Matronen auf der Suche nach neuen Reizen bedacht wurden.

Der Isis-Kult

Isis und Osiris waren uralte Gottheiten, welche in Ägypten schon zweitausend Jahre vor der Gründung Roms verehrt wurden. Nachdem der niederträchtige Seth seinen Bruder Osiris ermordet und dessen Körperteile in der ganzen Welt verstreut hatte, sammelte Isis, so der ägyptische Mythos, diese eines nach dem anderen wieder ein, transportierte sie auf einer langen Reise über das Meer in einem Sarkophag und setzte sie wieder zusammen. Es gelang ihr, die Männlichkeit ihres verstorbenen Gatten wieder zu erwecken und ihm den Sohn Horus zu gebären, welcher den Tod seines Vaters rächen sollte.

Als die Ptolemäer Herrscher über Ägypten wurden, verliehen sie dem Kult der Isis und ihres männlichen Gegenstücks Serapis – der mit dem antiken Osiris gleichgesetzt wurde – noch mehr Macht, indem sie ihn mit geheimnisvollen Riten griechischen Ursprungs versetzten. Diese neue Religion, eine Mischung zweier entgegengesetzter Geisteshaltungen, verbreitete sich dann weit über das Nildelta hinaus im gesamten Mittelmeerraum und später, mit den römischen Eroberungen, bis in den hohen Norden Europas.

In Italien fasste Isis zunächst in Puteoli (dem heutigen Pozzuoli) im zweiten Jahrhundert vor Christus mit den Seeleuten der alexandrinischen Flotte Fuß und gewann rasch eine große Anhängerschar in ganz Kampanien. Interessanterweise kamen die größten Widerstände gegen die Verbreitung dieses Kultes ausgerechnet aus Rom, wo die alte Herrscherklasse einen erbitterten Kampf gegen das Eindringen der Isis in den Ring der Stadtmauern und die Herzen der Gläubigen ausfocht.

Die exotischen Praktiken, die hochschlagenden Emotionen, die Anregung der Sinne, die Mysterien, welche ihren Kult umgaben, beunruhigten die Beschützer der Urbs, die in der Göttin Isis das Sinnbild des sittenlosen, korrupten und korrumpierenden Orients sahen: Fünfmal ließ der republikanische Senat Statuen und Altäre zerstören. Nicht von ungefähr hegte Augustus einen tiefen persönlichen Hass gegen die Göttin, welche die Schutzpatronin seiner erbitterten Feinde Marcus Antonius und Cleopatra war; auch Tiberius ließ, nach einem Skandal, in den einige Matronen aus höchsten Kreisen verwickelt waren, ihre Priester gnadenlos verfolgen.

Trotz der Repressionen gewann der Kult immer mehr Anhänger, und mit dem Tod des Tiberius kam endlich auch der Tag der Erlösung: Caligula, der neue Kaiser, ließ auf der Esplanade der Saepta Julia, auf dem Marsfeld einen großen Tempel zu Ehren der Isis errichten, und seine Nachfolger (besonders Domitian) statteten ihn immer reichhaltiger mit ägyptischen Kunstgegenständen aus, sodass er schließlich zu einer der beeindruckendsten Sehenswürdigkeiten Roms wurde. Seitdem zogen bis ans Ende des vierten Jahrhunderts nach Christus die Prozessionen der Isis durch die Straßen der Stadt, mit den Lebensmittelträgern, welche die heiligen Böcke führten, den *stolistae*, welche die Statuen ankleideten, den Zofen, die ihre Haare mit kostbaren Ebenholzkämmen hochsteckten, den Fackelträgern, welche sie mit angezündeten Leuchtern begleiteten.

Als Schutzgöttin der Seefahrer wurde der Isis jedes Jahr am Tag der Wiedereröffnung der Seewege ein feierlicher Gottesdienst gewidmet. Während dieses Gottesdienstes wurde das Navigium Isidis dargestellt, die Reise der Göttin mit dem Körper ihres ermordeten Mannes. Eine schöne Beschreibung dieser Zeremonie ist im *Goldesel* von Apuleius nachzulesen.

Zusammen mit Astarte, Hathor, Demeter und Cibele ist Isis eine der beliebtesten weiblichen Gottheiten des Kaiserreichs, doch ihr Kult ist im Vergleich zu dem der alten Ägypter noch relativ unbedeutend. Dort stand sie im Zentrum einer komplexen Religion und galt als Göttin der Gesundheit und der Wiederauferstehung, Mutter und Schwester der Sterblichen und der Unsterblichen, und vereinte die Eigenschaften aller anderen Göttinnen in sich. Die öffentlichen Gottesdienste zu ihren Ehren waren besonders prunkvoll, jedoch erhielten die Gläubigen erst Zutritt zu den heiligen Mysterien, nachdem sie umfangreiche Initiationsriten durchlaufen und eine spirituelle Wiedergeburt erfahren hatten.

Im Gegensatz zu den alten heidnischen Göttern, die sich mit ein paar regelmäßigen Opfern zufrieden gaben, musste Isis täglich versorgt, morgens geweckt, angekleidet und parfümiert werden. Bei Sonnenuntergang wurde das Standbild wieder im Tempel eingeschlossen, und am folgenden Tag begannen exakt dieselben Abläufe von neuem. Sie war eine sehr fordernde Göttin, die Hingabe verlangte; im Gegenzug jedoch öffnete sie ihren Gläubigen die Pforten zum Jenseits, in dem Osiris-Serapis herrschte: Wie der Ehemann der Isis gestorben und wiedergeboren wurde, wird der Gläubige sterben und in einer neuen Dimension weiterleben. »So, wie es wahr ist, dass Osiris lebt, so werden auch sie leben«, heißt es in einem religiösen ägyptischen Text.

Ein Iseum, einen Tempel der Isis, mit dem unverzichtbaren *purgatorium* für die heiligen Waschungen – geweihtes Wasser als reinigendes Element war eines der grundlegenden Elemente des Kultes – gab es in jeder Stadt des Reiches. In Pompei befinden sich die Ruinen des Heiligtums im siebten Block des achten Bezirks, während die dort gefundenen Einrichtungsgegenstände in einer Abteilung des Museo Archeologico Nazionale in Neapel zu besichtigen sind.

Wein und Bier im alten Rom

Im alten Rom war Wein das Getränk schlechthin, dessen berauschende Wirkung so sehr gefürchtet wurde, dass er in früher republikanischer Zeit für Kinder, Sklaven und vor allem für Frauen verboten war: Das *ius osculi* erlaubte es dem *pater familias*, alle weiblichen Mitglieder seines Hausstandes auf den Mund zu küssen, um sicherzugehen, dass sie keinen Wein getrunken hatten. Das letzte Mal wurde eine trunksüchtige Matrone im Jahre 194 vor Christus bestraft; zur Kaiserzeit wurde Wein ganz selbstverständlich von beiden Geschlechtern konsumiert.

Man trank vor allem nach dem Essen, die Mengen wurden von einem der Gäste bestimmt, welcher zuvor von den anderen zum *magister bibendi* gewählt worden war: Das beliebteste Spiel bei Banketten verpflichtete den Gast, so viele Becher zu leeren, wie sein Name Buchstaben hatte. Wäre es jedoch nach den Ärzten gegangen, so hätte ein bescheidener Mann nicht mehr als drei Becher trinken – einen zum Anstoßen, einen für die Liebe und einen zum Einschlafen – und sich der nachfolgenden enthalten sollen, die ihrer Meinung nach zu Gewalt, Streit und Wahnsinn führten.

So viel Misstrauen gegenüber dem Wein muss uns heute

verwundern, bedenkt man doch, dass der antike Wein meist stark verdünnt wurde und nur selten über mehr als fünf Prozent kam. Das dickflüssige, saure Ursprungsprodukt war allerdings so gut wie ungenießbar. Denn das, was die Römer Wein nannten, bestand aus fermentiertem Traubensaft und hatte weder im Geruch noch im Geschmack irgendetwas mit unserem heutigen Wein zu tun. Die umständlichen Verfahren, die angewandt wurden, um ihn haltbar zu machen, veränderten all seine typischen Eigenschaften. Die noch ziemlich primitiven Produktionstechniken konnten noch nicht einmal verhindern, dass der Traubensaft in den Fässern sauer wurde, weshalb diese mit Harz oder sogar Pech ausgestrichen wurden. Dennoch musste man ihn immer mit gekochtem Wein mischen und mit Honig süßen.

Candidum oder *atrum*, Weißer oder Roter, der Wein war gleichermaßen zu schwer und wurde im Verhältnis drei zu zwei, wenn nicht gar drei zu eins mit Wasser verdünnt. Um ihn noch zu verfeinern, benutzten die ganz Raffinierten Meerwasser, wie beim berühmten griechischen Wein von Kos, und verliehen ihm zusätzlichen Geschmack mit Extrakten aus Rosen, Veilchen und Narden oder mit einem Sträußchen aromatischer Kräuter. Im Winter trank man den Wein kochend heiß und gewürzt, wie unseren heutigen Glühwein, während man ihn im Sommer häufig mit eisgekühltem Wasser zubereitete und mit anderen Zutaten vermischte, sodass ein Getränk herauskam, das unserer heutigen Sangria ähnelte.

Wichtig war vor allem das Produktionsdatum: Bei den besten Weinen, die bis zu zwanzig Jahre gereift waren, waren das Erntejahr und die Traubensorte bereits in den Ton des Kruges eingeritzt; jene durch ihr Alter oder ihre Qualität herausragenden Weine wurden zusätzlich mit einem Etikett versehen, das um den Hals der Amphore gehängt wurde. Der beste Jahrgang war jener des Konsuls Opimius, der wirklich ganz außergewöhnlich gewesen sein muss, denn später wurden in Anlehnung an seinen Namen die am meisten geschätzten Weine *opimii* genannt.

Es gab jedoch auch Aperitive, welche vor den Mahlzeiten in kleinen Schlucken geschlürft wurden. Übrigens waren die Römer auch die Erfinder des *absinthium*, des Wermuts.

Albaner, Calener, Setiner, Ulbaner aus Cumae, Erbuler, Tiburtiner, Fundaner, Trifuliner, Labicaner, Cecuber sind nur einige der römischen Weine, sie alle jedoch überragte der wunderbare Falerner, der von allen klassischen Autoren gefeiert wurde. Am anderen Ende der Skala muss man den Wein aus Marseille erwähnen, der einer der schlechtesten gewesen sein soll und sogar in dem Ruf stand, giftig zu sein: Geizige Patrizier, die jedoch viele Klienten unterstützen wollten, griffen häufig darauf zurück, um zu sparen, wenn sie ihren Schützlingen die tägliche *sportula* zukommen ließen …

Auf jeden Fall galt Wein, ob nun guter oder schlechter, als ein Getränk für zivilisierte Personen. Nicht so jedoch das Bier, jene *cervisia*, die in Ägypten, Gallien und Iberien überaus beliebt war. Sie wurde von den Römern als barbarisches Getränk verachtet. In einem langwierigen Fermentationsprozess wurde sie aus Weizen und Gerste, jedoch noch ohne Hopfen, hergestellt und war deutlich weniger bitter als unser heutiges Bier. In Rom wurde sie jedoch hauptsächlich als Stärkungsmittel für Kranke verwendet, sie anderweitig zu trinken verstieß schon fast gegen die guten Sitten.

Glossar der lateinischen und griechischen Begriffe, sowie Listen der geografischen Orte und historischen Personen

Glossar der lateinischen und griechischen Begriffe

absinthium: Wermut

ab urbe condita: »seit Gründung der Stadt«. Traditionell wurde der 21. April 753 vor Christus als Gründungsdatum Roms angenommen

ad bestias: Verurteilung zum Kampf gegen wilde Tiere ohne entsprechende Vorbereitung

ad gladium: Verurteilung zum Kampf in der Arena ohne entsprechende Vorbereitung

ad ludum: Verurteilung zum Kampf in der Arena nach einer entsprechenden Vorbereitung, zum Beispiel in einer Gladiatorenschule

archimagirus: Küchenmeister

armamentarium: Waffenkammer

asinella: leichtes Mädchen. In Rom galt der Esel als Sinnbild für lose Sitten (wohingegen das Schwein höchste Achtung genoss).

atrium: offener Hauptraum des altrömischen Hauses, Eingangshalle

atrum: roter Wein

aureus: von Caesar eingeführter Golddenar

autocratus: freiwilliger Gladiator

Ave! (Plural: *Avete!*): »Sei gegrüßt!«

balneator: Bademeister

calamistrum: Brenneisen zum Lockendrehen

calcei: Schnürschuhe, die mit Lederbändern geschlossen wurden. Senatoren trugen sie mit vier Schnürbändern, die mit einem kleinen Halbmond aus Silber oder Elfenbein verziert waren.

caldarium: Becken mit heißem Wasser in den Thermen

candidum: weißer Wein

caupona: Wirtshaus, Schenke

cena libera: letzte Mahlzeit der Gladiatoren vor dem Kampf, zu der das Publikum freien Zugang hatte

cervisia: Bier

chiton: altgriechisches Gewand aus einem Stück

chlamys: knielanger, mantelartiger Überwurf für Reiter und Krieger im alten Griechenland

clivius: ansteigende Straße, wie zum Beispiel der Clivius Capitolinus, der den Hügel zum Kapitol hinaufführte

cosmetica: Kosmetikerin

crepidae: Sandalen mit Absatz, die im Haus getragen wurden

cursus honorum: »ehrenhafte Laufbahn«. Die Römer waren gehalten, eine bestimmte Laufbahn einzuhalten, bevor sie sich um höhere politische Ämter bewarben. Um Konsul zu werden, musste man vorher Ädil und dann Prätor gewesen sein. Während der Kaiserzeit wurden jedoch viele Ausnahmen von dieser Regel zugelassen, die von Sulla eingeführt worden war, um die Anwärter auf das Konsulat zu begrenzen und eine allzu rasche Karriere zu verhindern.

dactyliotheca: Kästchen zur Aufbewahrung von Ringen

defrutum: eingekochter Most

delmatica: besonders aufwändige Tunika aus Leinen, Wolle oder Seide mit langen Ärmeln, die an Stelle der Toga getragen werden konnte

denar: römisches Geldstück im Wert von vier Sesterzen

dixerunt: »Sie haben gesprochen«. Mit dieser Formel beendeten die Richter die Phase der Plädoyers bei einer Verhandlung

doctores: Ausbilder der Gladiatoren, meist ausgediente Gladiatoren

dolium: großer Krug

dominus (Anredeform: *domine*): Herr

domus: großes, eingeschossiges Einfamilienhaus, Anwesen wohlhabender Bürger. In Herkulaneum und Pompei sind noch zahlreiche Exemplare erhalten. In ganz Rom gab es weniger als zweitausend davon, denn angesichts der unerschwinglichen Grundstückspreise waren die *insulae* wesentlich weiter verbreitet.

Eros, Pothos, Himeros: Schutzgötter der fleischlichen Liebe in all ihren Spielarten

fabula atellana: altitalienisches volkstümliches Stegreif-Lustspiel

familia: Zur römischen Familie gehörten auch Sklaven und Freigelassene.

fauces: schmaler Eingangsbereich einer *domus* zwischen dem *vestibulium* und dem *atrium*

flabellifera: Sklavin, deren Aufgabe es war, mit einem großen Fächer Luft zuzufächeln

frigidarium: Becken mit kaltem Wasser in den Thermen

fullo: Wäscher und Färber

fullonia: Wäscherei, Reinigung, Färberei

funales: mit Harz bestrichene Fackel, die an der Wand angebracht abends für Beleuchtung sorgte

gladius: altrömisches Schwert

gustatio: Vorspeise, kleine Zwischenmahlzeit

insula: mehrgeschossiges, frei stehendes Wohnhaus mit teilweise fünf oder sechs Stockwerken, die in einzelne Wohnungen aufgeteilt waren. Überreste vieler *insulae* sind an den Ausgrabungsstätten in Ostia zu besichtigen.

Iseum: Isis-Tempel. Fundstücke aus dem *Iseum* von Pompei werden im Nationalmuseum in Neapel aufbewahrt.

ius osculi: »Kußrecht« des Hausvaters, weibliche Mitglieder der *familia* auf den Mund zu küssen

Iugula!: »Stich ihn ab!«. Ruf des Publikums, das einen besiegten Gladiator zum Tode verurteilt

Klient: Schutzbefohlener einer hoch gestellten Persönlichkeit. Die Klienten huldigten ihrem Patron während der *salutatio*, unterstützten ihn bei Wahlen und bekamen dafür die *sportula.*

lacerna: Mantel mit Kapuze

laena: abgerundeter Umhang in lebhaften Farben, der in der kalten Jahreszeit über den Schultern getragen wurde

lanista: Betreiber einer Gladiatorenschule; Besitzer oder Verantwortlicher für die Gladiatoren und häufig auch Veranstalter bzw. Organisator der Spiele

laticlavius: breiter roter Streifen, welcher die Toga und Tunika der Senatoren schmückte. Die Ritter trugen einen schmaleren roten Streifen.

latifundium: großes Landgut

lex iubis: Ehe- und Ehebruchsgesetz

lex publica: öffentliches Gesetz

lex remnia: römisches Gesetz

libitinarius: Totengräber, Bestattungsunternehmer

ludi: Gladiatorenspiele

Ludus Magnus: Schule und Kaserne der Gladiatoren. Die

Ruinen des berühmten, von Kaiser Claudius oder Domitianur erbauten *ludis* sind noch heute in der Via Labicana zu sehen.

lunula: halbmondförmige Schnalle aus Elfenbein oder Silber, welche die Schnürstiefel der Senatoren schmückte und ihren Rang anzeigte

lupa: Prostituierte

magister bibendi: »Trinkmeister«

mappa: großes Tuch, welches die Gäste von zu Hause mitbrachten und als Serviette benutzten. Manchmal wickelten sie auch Reste, die vom Gastmahl übrig geblieben waren, darin ein, um sie am nächsten Tag daheim essen zu können.

matrona: Dame von hohem Stand

mimula: kleine, unbedeutende Schauspielerin

mitte!: »Schick ihn zurück!« (den besiegten Gladiator), was so viel bedeutet wie: »Lass ihn lebendig davongehen!« Entspricht der geöffneten Hand mit dem Daumen nach oben.

morituri te salutant: »Die, die sterben werden, erbieten dir ihren Gruß.«

mulsum: Honigwein

munerum: Gladiatorenspiel

munera sine missione: Gladiatorenspiele, bei denen bis zum letzten Blutstropfen gekämpft wurde, ohne Aussicht auf Begnadigungen

naumachia: Schauspiel bzw. Gladiatorenkampf, bei dem eine Seeschlacht nachgestellt wurde

Nekromanteion: altgriechisches Totenorakel. Das Nekromanteion befand sich an der Mündung des Acheron, südlich des heutigen Igoumenitsa in Griechenland.

nomenclatores: Sklaven, die dem Patron die Klienten ankündigten und ihm ihre Namen nannten

nundinae: Markttage; auch der Zeitraum von neun Tagen zwischen den Markttagen
opimii: hervorragende Weine, benannt nach dem Konsul Opimius
ostiarius: Zimmer des Pförtners neben dem Tor
palla: langer Mantel, von Frauen getragen
panis et circenses: Brot und Zirkusspiele
parma: kleiner, runder Schild für Gladiatoren
pater familias: Oberhaupt der altrömischen *familias*, Hausvater
patres conscripti: Senatoren
Parze: Schicksalsgöttinen. Die drei Parzen spannen den Lebensfaden, die letzte Parze schnitt ihn ab.
peplos: langes, weites, oft reich verziertes, altgriechisches Gewand ohne Ärmel
peristylium: von Säulengängen umschlossener Innenhof oder Garten im hinteren Bereich des *domus*, von dem wiederum verschiedene Räume abgingen
persona abiecta: standeslose, weitgehend rechtlose Person, die noch unter den Plebejern stand
pertica: Übungsgerät für Gladiatoren
pocillatores: Sklaven, die den Wein mischten
popina: Gaststätte, Garküche
porticus: Säulengang
posca: Erfrischungsgetränk aus Wasser und Obstessig
probatio: Beweisaufnahme während eines Gerichtsprozesses
purgatorium: Raum im Tempel, in dem sich ein Becken mit geweihtem Wasser befand. Das heilige Wasser als reinigendes Element ist ein wesentlicher Bestandteil des Isis-Kultes
Quadrireme: großes Schiff mit vier Reihen von Ruderbänken
quirites: Bürger von Rom
salutatio: Stelldichein der Klienten beim Patron, um ihm zu

huldigen, ihn um Hilfe zu bitten und sich die *sportula* abzuholen

sanarium: Krankentrakt oder sogar Hospital innerhalb der Kaserne der Gladiatoren

sapa: durch Kochen eingedickter Traubenmost

sapo: Seife, Haarfärbemittel

servus ab admissione: Diener oder Sklave, der die Hereinkommenden kontrolliert

Sesterz: kleine römische Münze

sica: kurzer Speer, Dolch, Krummsäbel

solea: Sandale, Schuh

specularia: lichtundurchlässiges Fenster der Sänfte

spoliarium: Leichenhalle

sportula: regelmäßige Gabe in Form von Naturalien oder Geld, welche der Patron seinen Klienten bei der *salutati* ausgab

stolista: Ankleiderin

synthesis: eng anliegende griechische Jacke, die vor allem bei festlichen Anlässen, zum Beispiel bei Banketten getragen wurde

tablinum: Raum für Besprechungen und geschäftliche Verhandlungen, meist zwischen *atrio* und *peristylio* gelegen

tepidarium: Becken mit lauwarmem Wasser in den Thermen

thermopolium: Gasthaus, ausgestattet mit Tresen, in welche großen Gefäße aus Terrakotta eingelassen wurden, in die man heiße Speisen und Getränke füllte. Solche Lokale gab es überall in Rom und auch in den Provinzen. Verschiedene Exemplare sind noch in Pompei, Herkulaneum und Ostia zu sehen.

triclinium: Speisezimmer, Speiseliege

Vale! (Plural: *Valete*!): »Lebe wohl!«

vestibulum: Eingangsbereich des Hauses zwischen Straße und Haustür

vestis cenatoria: elegantes Überkleid, das statt der Toga bei festlichen Essen über der Tunika getragen wurde. Es galt als unschicklich, es außerhalb des Hauses anzulegen.

vigiles nocturni: Nacht- und Feuerpolizei

virtus: Tugend; klassische Tugenden und (sittsame) Verhaltensweisen des Römers

vivarium: Gehege der wilden Tiere für das Amphitheater

vomitoria: Eingänge des Amphitheaters

Historische Personen

Agrippina: auch Agrippinilla, die Jüngere, zur Abgrenzung gegen ihre Mutter Agrippina die Ältere. Sie war die Tochter des Generals Germanicus, Mutter von Lucius Domitius, der sich später Nero nannte, Nichte und letzte Ehefrau von Kaiser Claudius.

Atticus: Forscher und Gelehrter, der im Jahrhundert vor Christi Geburt lebte. Während eines Aufenthaltes in Athen kam er mit der epikureischen Philosophie in Kontakt. Er war ein Freund von Cicero und Autor verschiedener Abhandlungen über die Geschichte Roms.

Cestius: Prätor und Volkstribun, gestorben 12 vor Christus. Sein Marmorgrab in Form einer Pyramide ist noch in Rom neben dem Paulustor zu sehen.

Claudius: römischer Kaiser. Väterlicherseits Enkel der Kaiserin Livia, vierter Herrscher über Rom nach Octavianus Augustus, Tiberius und Caligula, dem er 41 nach Christus auf den Thron folgte. Claudius stellte (formal) die Autorität des Senats wieder her, verlieh zahlreichen Kolonien das römische Bürgerrecht, förderte die soziopolitische Aufwertung der Ritterklasse, festigte die Herrschaft über Mauretanien, Judäa und Thrakien. Nach seiner dritten Ehe mit Messalina heiratete er seine Nichte Agrippina die Jüngere, die ihn dazu brachte, ihren Sohn aus der Verbindung mit Domitianus Ahenobarbus zu adoptieren: den späteren Nero.

Messalina: heiß geliebte, dritte Ehefrau des Claudius und Mutter seiner Kinder Octavia und Britannicus. Sie wird später vom Kaiser zum Tode verurteilt, nachdem sie sich mehrfach des Ehebruchs schuldig gemacht und eine Verschwörung gegen ihn angezettelt hatte, um ihren Geliebten Silius auf den Thron zu bringen.

Pallas: ehemaliger Sklave des Claudius, der es nach einer kometenhaften Karriere bis zum Finanzminister brachte.

Sibylle von Cumae: In Cumae befand sich eine Priesterin, durch welche das Orakel des Apollo sprach.

Geografische Orte

Augustodunum: das heutige Autun in Frankreich, in der Bourgogne

Baiae: Das auch »pusilla Roma« genannte Klein-Rom hatte riesige Thermalbadeanlagen und war der eleganteste Ferienort der Antike. Die vornehmsten Persönlichkeiten, der Kaiser eingeschlossen, unterhielten dort ihre Sommerresidenzen. Im Lauf der Jahrhunderte ist eine Großzahl der römischen Bauten im Meer verschwunden, dennoch kann man im örtlichen Archäologiepark noch die Überreste der Thermalsäle und einiger herrschaftlicher Villen sehen.

Bononia: das heutige Bologna

Clivius Publicus: eine Straße in Rom, die den Aventin hinaufführte

Delphi: Stadt in Griechenland, Sitz des berühmten Orakels des Apollo, der durch den Mund der Pythia oder der delphischen Sibylle weissagte

Forum Gallorum: das heutige Castelfranco Emilia bei Modena

Gallia Cisalpina: heutiges Norditalien, diesseits der Alpen (von Rom aus gesehen)

Gallia Transalpina: Gebiete jenseits der Alpen (von Rom aus gesehen)

Magontiacum: das heutige Mainz

Mare Nostrum: »unser Meer«; römischer Name für das Mittelmeer

Mutina: das heutige Modena

Neapolis: das heutige Neapel

Pithecusa: das heutige Ischia, von den Römern auch Aenaria genannt

Porta Flumentana: eines der Tore in der Servianischen Mauer in Rom, das vermutlich zwischen dem Forum Boarium und dem Forum Holitorium etwa auf der Höhe der Aemiliusbrücke lag

Praeneste: das heutige Palestrina, nicht weit von Rom am Fuß der Penestriner Berge gelegen

Puteoli: das heutige Pozzuoli

Taprobane: das heutige Sri Lanka (Insel Ceylon)

Vicus Patricius: Straße in Rom, die vom Argiletum am Eingang zur Subura zum Viminalis-Hügel hinaufführte.

Vicus Tuscus: Straße in Rom, welche vom Forum Romanum abging und am Tempel von Castor und Pollux vorbei auf das Forum Boarium mündete.